U0943752

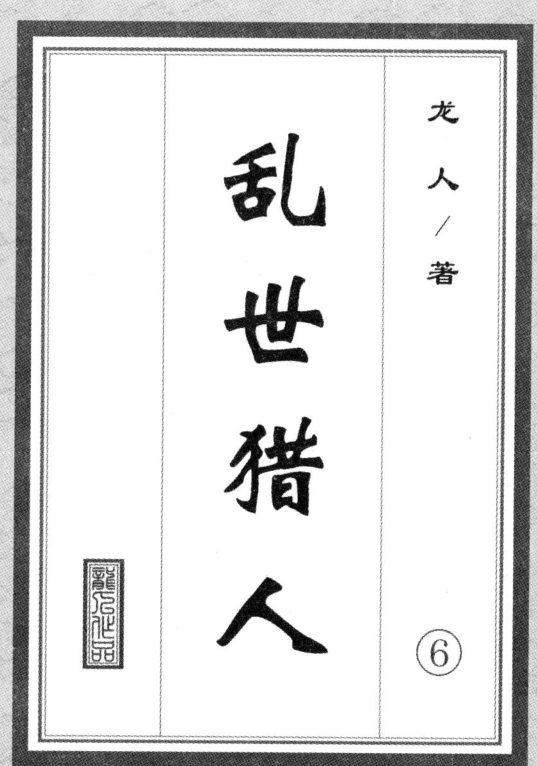

二十一世纪出版社集团
21st Century Publishing Group
全国百佳出版社

图书在版编目（CIP）数据

乱世猎人：全 14 册 / 龙人著 . -- 南昌：二十一世纪出版社集团，2017.10

ISBN 978-7-5568-3104-3

Ⅰ . ①乱… Ⅱ . ①龙… Ⅲ . ①长篇小说－中国－当代 Ⅳ . ① I247.5

中国版本图书馆 CIP 数据核字 (2017) 第 243763 号

乱世猎人：全14册 龙 人 著

责任编辑 敖登格日乐
出版发行 二十一世纪出版社集团
（江西省南昌市子安路75号 330025）
www.21cccc.com cc21@163.net
出 版 人 张秋林
经　　销 新华书店
印　　刷 北京龙跃印务有限公司
版　　次 2018年2月第1版 2018年2月第1次印刷
开　　本 710mm × 1000mm 1/16
印　　张 224
字　　数 2327千
书　　号 ISBN 978-7-5568-3104-3
定　　价 700.00元（全14册）

赣版权登字—04—2017—746

目　录

第七十一章　少年剑手

“破釜沉舟”四字一出，众人闻言顿时呆立当场，他们做梦也想不到平时看来文弱的小姐会作出如此重大的决定！

展雄望了望呆立的众人，回身向车内说道：“小姐分析得极有道理，他们定是在等候援兵，我们这一路行下来，并没有多长时间的休息，虽然车马的行程未定，但他们一边要查探我们的行程，一边要派人马来追击，若是大批人马，肯定会惊动临近城中的守军，而步骑相对肯定速度太慢。根据这种推算，他们若要安排三五百人在这里伏击，本是一件极为困难的事情，他们的人马也定是分批而行，所以才会迟迟不敢动手！”展雄想了想道。

“展队长说得极是，想来也是如此，只要大家小心戒备，他们大概也不敢大举来犯！”长孙敬武赞同道。

“大家听好，箭上弦，随时准备攻击，盾牌手护住前方和左右两方！”展雄沉声吩咐道。

车马立刻变为尖三角阵，两边的盾牌手斜斜拉开，有若一行南飞的大雁，成人字形列开。将两辆马车及弓箭手夹于中间，所有人的神经都绷得极紧，谁也不知道生死究竟是要哪一刻来决定。

“砰——”那具尸体撞在马身上，重重地坠落，飞洒着的鲜血惊得健马一阵乱嘶，同时因为那一掷之力极重，撞得战马歪向一旁，扰乱了后面四匹战马的冲势。

凌通的手臂凭空一伸，竟抓住了马鬃。

那坐于马背的汉子刚被战马一惊，此刻见凌通伸手便抓住了马鬃，身手之敏捷，大出其意料之外，仓促之间，手中的大弓横切而出，斩向凌通的手臂。

凌通一声冷哼，借抓住马鬃之际，身子斜斜一荡，两脚竟自大弓之中穿掠而过，像灵蛇一般滑溜，动作之潇洒利落，真叫人叹为观止。

“砰——”凌通的两脚奇迹般地印在对方的胸口上，便在对方庞大的身躯飞落马后之时，凌通却翻上了那大汉的马鞍之上，并顺手夺过其手中的大弓。

“啊——”那汉子刚好落在后面一匹战马的马蹄之下，发出一声长长的惨叫。

“刘老四!”后面几名汉子一声惊呼，但勒马已是不及，竟将那汉子踩昏过去。

凌通一声长啸，手中的大弓猛甩而出，旋转之际，那弓弦有如锋利的剑刃一般发出轻轻的嗡叫，与那汉子所发出的惨烈呼叫，形成了一种极为勾魂摄魄的震撼。

那几人“锵锵——”地拔出背上的钢刀，一手挥弓向飞射而至的大弓挡去，一手挥刀便向凌通坐下的健马斩到。

“呲……”凌通再次自马背上升起，甩出一把铜钱，身子也向那四马之间落下。

“嗖——”萧隐城拾起一张大弓，射出一箭，身子跟着扑了过来。

“叮——”萧隐城所射的箭矢竟被对方所挡，不过也震得对方身子一晃。

“好身手，想不到这山野之中竟然会有如此好手，真是难得!”一个声音冷得像严冬之寒风，自远处飘来。

“叮叮……”凌通的剑扫在那几柄刀锋之上，身子再一次弹起，脚下却疾踢对方的手腕，动作利落至极。

那几人坐于马背之上，下身移动不便，身子大失其灵活性，哪里能与凌通相比？凌通的个子偏小，虽然有十五六岁的孩子那么高大，但比起这些惯于马背上生涯的大汉，身形便显得小巧多了，刚才洒出的一把铜钱，虽然没有伤着这四人，却让他们坐下的四匹健马受了伤。马匹受伤之下，自不免受惊，更难以控制，使得他们的身子也随着坐骑剧烈颠簸。

凌通把先机全都占住，这几脚踢出，竟是准确精妙无比。这些人自然想不到凌通那独特的练功之法，所练的便是准确度、速度、力度，正应一句“天下唯招都可破，唯有招快不能破”！

“砰砰砰……”凌通的四脚皆中。

那四人坏在萧隐城的那一箭，使他们心神大乱，才让凌通有机可乘。而且凌通那古怪无比的身法，更起了先声夺人之功，使他们都变得穷于应付，这才一击奏效，若是在平地之上，凌通想要胜过这四人，那可真有得一番苦斗了。

“砰砰……”

萧隐城一声闷哼，重重地落在地上，阻住他的人正是那说话声音极冷极冷之人。

那人也重重地落在地上，脸色变得凝重至极，声音依然很冷地道：“萧隐城，你终还是要走入我们的圈子中来！”

“你是排云手管严？”萧隐城有些惊骇地问道。

“算你有眼力，我在这里已经等了你十几天，今日你终于还是到了！”管严淡淡地一笑道。

“这些人都是你带来的？”萧隐城有些愤怒地问道。

“若是我带来的，何用如此大动干戈地杀人放火，我怎会蠢到那份上？只不过这些人都是我的熟人。今日正好凑上一阵，你便受死吧！”管严冷笑道。

凌通的身子飞旋，在四人仍没有完全反应过来之时，已在每人的胸口点了一脚。

那四人体内气息一窒，全都“哇——”的一声，喷了一口鲜血。

凌通此时一听，这些贼人竟是管严的朋友，心中激怒无比，狂喝一声：“你这恶贼！”身子若旋风般向管严撞去。

“小娃娃有如此成就，的确不错，不过很可惜……”说到这里，管严双掌平推。

“公子，小心！”萧隐城骇然飞扑而上。

“啪——”凌通的拳头已印在管严的手掌之上。

凌通一声闷哼，身子飞跌出两丈，一下子趴在地上。

“通哥哥，你怎么了？”萧灵骇然扶起凌通，惊问道。

“我没事！”凌通迅速爬了起来，却似没受什么伤。

管严的身子也被凌通撞得晃了一晃，手心一热，心头正自暗骇这小娃娃的功力精纯之时，却见对方若无其事地爬起身来，更是大讶，不过他已没有任何时间考虑了。

萧隐城的双掌已击到，他们两人的功力在伯仲之间，自然谁也不敢有丝毫的大意。

凌通心头虽然感到气血有些翻涌，但瞬间又平复下来。他这两年来，每天都去击打木桩、树身。蔡风说过，要想能打人，便先要学会挨打。所以，他不仅仅是用手和脚攻击树身，也用身子等各部位猛撞树身，每天都几乎是皮破血流才肯罢手。这两年来，也练得铜筋铁骨，再加上其内力正大精纯，抗击能力自然强过平常人数倍。

“轰……轰……”萧隐城与管严连击几掌，拳脚之间，竟似乎明白对方所有的后招。

“萧隐城，你终于来了！”几声冷哼自树林中传来。

凌通一急，道：“老爷子，这姓管的交给我，你快带小妹妹走！”

凌通说着甩开萧灵的手臂，向管严扑去。

萧隐城心头一阵感动，道：“凌公子，你走吧，这里不关你的事！”说着又要扑上。

凌通一急，道：“他们杀了我的村人，我定要报这个仇，你们快走！揭穿他们的阴谋，不是就为我报了仇吗？”说着手中的短剑疾刺，身形若风车一般绕着管严乱转，全不与管严硬接硬挡。

“我也来帮你！”萧灵竟不知轻重地也向管严扑去。

“灵儿！使不得！”萧隐城急忙呼喝道。

“啪！”萧灵刚刚加入战圈便被甩了出来，被跌得七荤八素的，心中却极为不服。

“你们谁也别想走!”树林之中迅速纵跃出七八条人影，身形之利落，与刚才被凌通所杀的人简直不可相提并论。

管严见凌通缠了这么久，依然没有一点松懈，而且越攻越猛，几乎让他有些应接不暇，不由得大为恼怒，他本是这次领队的首领，虽然武功并不比其他人高出多少，但一个领头的却被一个小孩子打得手忙脚乱，叫他的脸面如何放得下？一发狠，也拔出腰间的长剑，将他多年未曾用过的排云剑法使了出来。

每一剑都有若带起千斤重物，东一划，西一划，看似缓慢却又极为清爽利落，没有一丝一毫拖泥带水之感，大开大豁。

“好剑法!”一旁之人不由得全都赞道。

凌通见管严这一出剑，其气势立刻大为不同，压力也大增，身法亦被剑气带得稍有些凝滞，禁不住气恼地道：“好个屁!”说着身子再度逼近一些，剑式一改，劲气变得虚无缥缈，短剑快得让人眼花缭乱。那每一个角度，都变得极为小巧，每一个转变都显得贯通自如。脚下的步法依然歪歪曲曲，有若蛇行。

管严只觉得凌通就像一根毒刺般扎入他的肉里，自然而然地在他心上印下一个阴影。他本来大开大豁的剑法，这一下子竟缩手缩脚起来，凌通就像是一块绊脚的石头，碍手碍脚的，竟使他无法放开手脚。但偏偏又无法将这块绊脚的石头踢开，只气得他都快要疯掉了，可是拿凌通又没办法。

凌通根本就不与他硬接，总是极为巧妙地直抵他要害，每个动作看起来又是那么优雅，好像是提笔写字，那么轻松自如。

一旁相观的人不由得全都骇然，哪想到这小孩竟会如此厉害，剑法如此神奇。

“萧隐城，你受死吧!”一旁围观的几人绝不给萧隐城任何缓气的机会，便向萧隐城扑到。

“灵儿快走!”萧隐城把萧灵向外一抛，身子不退反扑而上，却是攻向管严。

“叮……”“呀……”管严一声闷哼，凌通在萧隐城的剑截住管严之剑的时候，乘机切下了他的三根手指。

“凌公子快走，灵儿交给你了！”萧隐城微有些悲怆地道。

“我们一起走！”凌通一拉萧隐城急道。

“嗞……”一柄长剑向凌通的手上斩到，吓得他赶忙缩回手臂，身子一矮，自两名汉子的腋下钻过，正想顺手出击之时，面门前忽地闪过一道厉芒，却是一把大刀斩了过来。

凌通心中暗叹，只好放弃出手反击的机会，身形微仰，顺着地面扫出一脚。

那人一刀自凌通的面门之上斩空，骇然倒退，而在此同时，那两名让凌通自腋下钻过的汉子，全都倒踢出一脚。

凌通根本没有机会去追袭那刀手，只得以左脚点地，翻过身来，双掌击出，正好阻住对方凌厉的两脚。

“啪啪……”凌通的身子倒翻而出。

这几个动作都只是在瞬间之中，快得不可思议，利落得让人心神俱震。

凌通的小巧动作敏捷异常，随手而出，却收到了难以估计的作用。

的确，最厉害的招式，并没有名称，随手而动，随机而变，只要达到最快、最准、最狠，便是最可怕的招式。

凌通也深深地体验到当初蔡风为何会说：“招式没有什么真正的约束，有约束的招式便是庸招、败招。天马行空，无迹可寻。唯快、准、狠才是最厉害的杀招！”剑痴也曾告诉过他：“招无定式，有式则有形，有形则有破绽，有破绽即为败招。唯顺其自然，随机而动才是好招。剑法之道，在于法，法却在心，心在天！剑法之法在心，在天，则顺其自然，应宇宙一切无穷之机变，循循不息，生生不休，则为无穷之法，无敌之法。世有剑法万种，其宗不变，同归法矣，有派别之称乃是世人之偏，其法难大成，唯有得法而忘法、脱法，以无法之法使剑，才谓之大成也！”

这便是武功，是以凌通这几个利落的动作全都是随机而动，但也与萧隐城分了开来。

“小心！”萧灵急呼道。

凌通其实早就知道身后有剑刺来，奈何人在空中，只得气沉于脚，重重地下落，手中的短剑下切而至，却是斩向那刀手的眉心。

那刀手大骇，凌通借那两脚之力，使身法几乎增快了一倍，几乎是那刀手还未定下身来之时，便已经攻至他的面门之前。

“当——”那刀手身形再退，挥刀横挡。

凌通一声冷哼，心头松了一口气，他便是要借这个力道使身子上升。

凌通的身子上升速度之快，超出了所有人的想象。

只见他双手一抱膝，像肉球一般，翻滚着升起，竟赶在那柄自身后攻来的长剑之前，升上了天空。

那柄由身后攻来的长剑一下子刺空，那剑手错愕之际，凌通的剑又自空中袭来。

凌通竟在升上两丈高空之时，身子便像跃起的鲤鱼一般抖直，然后合着短剑，若一杆标枪般向那剑手刺到。

那剑手大骇，在刺空的同时，双脚点地，长剑向天空中一绞。

凌通的短剑竟自长剑剑身下滑而至，同时一改头下脚上之势，猛踢出一脚。

“啪——”那长剑的剑尖刺入短剑剑锷之中，凌通的脚却飞快地攻向那剑手的面门。

那剑手上身一仰，想移剑横切，但剑尖却被凌通所压，一下子无法抽出剑来。

凌通一声长啸，短剑一拖，移开长剑，在挡住长剑横切之时，一脚踢在那剑手的小腹之上。

“砰……啊……”那剑手身子倒跌而出，喷出一口鲜血。

凌通也一声惨哼，背上被那刀手拖了一道伤口，却不是很深，但也痛得他咬牙咧嘴。

那边的萧隐城也被攻得险象环生，不过，也幸亏管严被切断三根指头，否则只怕萧隐城已伏尸地上了。不过现在的情况也好不到哪里去，他身上已经有数道剑痕，虽然，他的功力比凌通要高，可其身法却与凌通相差了很远，在四名好手的围攻之下，显得左支右绌，难以坚持。

“叔公！”萧灵一声惊叫，一名汉子已经向她扑到。

凌通心中一惊，本打算回过头来找那刀手算账，而这一刻，只好先打消念头，脚步一挫，向那汉子身后逼去，口中大喝道："砍你屁股！"

萧灵向后一退，被一根树枝绊倒于地上，仰跌而倒。那人一抓抓了个空，正准备俯身之时，突感身后劲风袭体，又听得凌通这么一喝，忙改变动作，扭身出剑向凌通刺到。

凌通眼中闪过一抹杀机，便在短剑快要与之相交之时，猛一挫身，自这汉子的左侧插了过去，动作利落至极。

"啪——"那汉子一声闷哼，竟是萧灵一脚踢在他的裆部。

凌通又怎会错过这个大好机会？伸腿一绊，短剑横拖。

那汉子的身子轰然倒下，刚好倒在凌通的短剑之上，虽然未死，但也受伤不轻。

"啊——"凌通左臂又被人刺上一剑，一只踢向他屁股的脚却被他躲开了。但身子依然一个踉跄，冲到萧灵的身边，伸手一拉，喝道："快走！"

萧灵虽然不太懂事，但是眼下的形势她也是看得出来，知道若再不走，真的只有死路一条了，虽然她不舍萧隐城，但这却是没有办法的事，不由得惨呼道："叔公！"

"灵儿，你快走，别管叔公！公子，灵儿便交给你了！"萧隐城说话间身上又被划了几道伤口。

凌通将萧灵抛了出去，身子电闪般，回头削出一剑，堪堪斩在一柄攻来的剑身上，击得那柄剑稍稍一偏，自腋下穿过，将衣衫给划破了，只吓得凌通出了一身冷汗。

那人见凌通反应如此迅速，不由得吃了一惊，凌通却又踢出一脚，快捷无伦的一脚！

"砰！"那人也以同样的一脚踢出，在空中，两脚相撞，两人的身体同时倒跌而出。

凌通背部着地，只痛得冷汗直冒，但依然若龙虾一般迅速翻起，也顾不了椎骨欲折的疼痛，便向远处奔去。

那人并未跌到地上，而是撞入后面来攻凌通的汉子怀中。事起仓促，带得两人同时倒退三大步才稳住身子，凌通却带着萧灵跑了出去。

“追！别让那两个娃儿跑了！”管严怒道，他被凌通切断了三根手指，恨不得要将凌通抽筋扒皮，又怎肯让他跑掉？更何况凌通在这电光火石的瞬间伤了他们三人，年纪却如此小，此时不除，将来岂不会成为一个大祸患？

凌通人这么小，便有如此高深之武功，那他的师父，其武学岂不更是惊人无比？若是此刻不杀人灭口，日后只怕会真的死无葬身之地！更因为，萧灵身上是否藏有那封密函也说不定，管严怎能够让萧灵便如此逃之夭夭呢？

此时自那树林中又行出数人，却是策马疾奔。

“挡住那两个小娃娃！”管严喝道。

那几人立刻在马背上张弓搭箭。

凌通心头一急，轻喝道：“入屋！”说着提起萧灵便向一间矮屋中闯去。

“哗——”两人撞破木窗而入。

“嗖嗖嗖……”一排劲箭自他们脑顶掠过，全都钉在对面的墙上，只吓得两人出了一身冷汗，但却不敢有丝毫的迟疑，凌通抓起一块石头从窗子向外砸出，拉着萧灵的手又向后门冲去。

“啪——”石头重重地落地，却不知道是否砸中了人，但这一切都不要紧，重要的却是逃命。

“呀——”不远处传来萧隐城的惨叫声！六人联手出击，他只有一个结局，根本不用任何人猜想或质疑的结局——死亡！！

“叔公！”萧灵一声悲呼，就要调头向回跑，却被凌通死命地拉着钻入屋后的矮树林中。

那几匹马却要绕过屋子才能追到。

“我要我叔公，我要我叔公！”萧灵有些固执地闹了起来。

凌通大急，道：“等你留得性命再来报仇吧，难道你想死吗？”

萧灵泪眼婆娑，但却只得被凌通拖着向山上跑去。

凌通身上的鲜血染红了萧灵的衣衫，但却顾不上这么多了。幸好，马儿不能够上山，那些人只得全都跃下马背，向两人追来。

山上的林木极多，对方的弓箭根本没有多大的作用，这对凌通二人减少了许多威胁。

凌通感到有些虚脱，因为流血过多，但依然紧咬着牙拼命地向山上跑。

“六叔、七叔，你们怎么在这里？快帮我杀了那几个狗贼！”凌通大喜地高声叫道。

萧灵却知道凌通又是在用那空城之计，两人的身子一窜钻入灌木丛中，低着头行走。

那几人一听凌通这般一喊，果然中计！见凌通和萧灵一矮身，倒真有些相信了这里面伏有敌人，全都变得小心谨慎起来，速度也放缓了许多。

凌通忍不住一阵呻吟，那些荆棘划在伤口之上，痛得他直冒冷汗。

“我来为你包扎一下！”萧灵这一刻也渐渐恢复了冷静，悲痛之余，仍不能忘记对凌通伤势的关心。

“我们还是快点离开这里再说吧！”凌通惨哼着道。

“可是你流了好多血呀！”萧灵担心地道。

“总比死要好一些！”凌通拉着萧灵从荆棘丛中爬了过去。

这一带的地形，凌通早已了然于胸，哪里有一个洞，哪里有枯树，都清清楚楚，自不是那些马贼所能相比的。

穿过荆棘，是一个高崖，有两三丈高，下面满是石头，要是翻下去，定会摔得脑碎骨折。

凌通带着萧灵绕到一旁，从一条小坡爬下，再钻入另一片密林，这才真的松了一口气，狠声道：“这些王八蛋要是敢来，老子一个个地将他们干掉！”说着取下那小弓弩与一把短矢。

“来，我为你把伤口包扎一下！”萧灵从自己的衣裙上撕下一截，温柔地道。

凌通却有些虚脱地倚在一株树干上，长长地吁了几口气，骂道：“这些狗贼真狠，迟早老子要将他们一个个都干掉！”

萧灵不作声，泪水却若断了线的珠子一般从眼角滑了下来。

凌通最见不得眼泪，不由得有些手足无措地道：“小妹妹，你不要哭好不好，把我的心都哭乱了。”

萧灵却哭得更厉害了。

凌通想到她身边的人一个个死去，连她最亲的叔公也被那些贼人给杀了，心中不由得大为怜惜，轻轻地搂住她的肩头，柔声道："不要太难过，我不会让那些坏人再欺负你的！"

萧灵扑在凌通的怀中大哭起来，凌通想到六叔死了，四婶死了，其他的人更是生死未卜，不由鼻子一酸，也跟着掉起眼泪来。

两个半大的孩子就这么相拥在一起，大哭特哭起来，树林中倒也不怎么寂寞。

"砰砰……"天空中竟飞落下一阵大石头。

长孙敬武和元权的脸色变了，变得极为难看，谁想到对方竟在这荒山之中埋伏有掷石机，这可不是盾牌所能够阻挡的。

"啊……呀……"惨叫声四起，那些大石虽然命中率不是很高，但是因为人手太过密集，竟被大石砸伤了数十人，那尖三角形的盾阵被冲得散乱不成样子。

"轰……轰……"马车的车辕也被砸倒，战马受惊，狂嘶、乱跳着，拖着马车直闯，赶车之人都难以操控，那些卫士亦骇然让开。

长孙敬武大惊，伸手用力一挽，差点给拖倒在地，但终还是刹住脚步，强挽住奔涌的马匹。

"快，护住小姐和公子！"元权吩咐道。

"大家别乱，冲过去，掷石机不能近用！"展雄呼道。

楼风月和长孙敬武立刻跃上车辕，幸亏车辕并未砸得太过残破。

"怎么样了？长孙教头！"车内传来了少女惊魂未定的问话。

"还不太清楚前面的情况，贼子有投石机，看来是准备已久了！"长孙敬武的脸色微变。

"那就是说，他们并不是准备不充足啰。那么，他们的人马也定比我们为多，你吩咐大家，让大家不要乱，冲出这投石机的范围，便立刻结阵前行。否则，只会被敌人趁乱冲散，让对方有机可乘！"车中少女颇有大将之风地吩咐道。

“大家结阵而行，千万别乱，以免中了敌人的诡计!”长孙敬武高声喝道。

展雄立刻会意，喝道：“圆阵，前行!”

众卫士立刻很自觉地顺着马车排出一个椭圆形的阵式，做出随时都能够出击的打算。

“杀呀!”山野之中传来一片呼号，山坡之上立刻显出一排排人影，全都疯狂地向长孙敬武诸人涌到。

“止行，准备放箭!”展雄低喝道，同时刹住马身，弯弓搭箭。

众盾手将大盾在周围一插，形成一道盾墙，然后以最快的速度掣出背上的大弓，对着冲来的敌军，齐齐发射。

敌军借树木的掩护向这边攻至，饶是如此，中箭而亡的人也不在少数。伤者更多，但他们似乎是志在必得，根本不在意死伤人数。

长孙敬武环视了四周一眼，只见几个坡口全都是人，至少也在三百以上，而自己这一方人只有一百三十人，还有几十名兄弟受了些轻重不一的伤，这场仗不用打，也知道不会有多少胜算。更何况敌人的主将似乎并未显身，到底是怎样一个人，谁都不知道。这无形之中便给每一位兄弟的心中制造出了一些压力。而对方早已先声夺人，士气正旺，虽然己方这些卫士人人都十分勇敢，但终是要保护人，不能放开手脚去杀敌，心有顾忌，难以发挥出最强的战斗力。

车中少女掀开车帘，露出一张若冰雕玉琢般的俏脸，然而此刻却并没有丝毫慌张与惊恐之色，而是显出超凡的镇定。

“小姐，我们向北冲吧，那边人少!”长孙敬武沉声道。

“不，我们应该向南冲，兵家有云：‘虚者实之，实者虚之。’北边定然有极为厉害的埋伏，否则，他们也不会将这个极为明显的破绽留给我们，他们定已准备了一段时间，应不会出现这般漏洞!”那少女坚决地道。

长孙敬武脸色有些难看，急道：“万一那真是个破绽岂不……”

“长孙教头，依我一次吧，我的直觉告诉自己那里只是个陷阱，莫折念生是个厉害的人物，其属下自有不少高人，怎会露出这样一个破绽呢?想想，他们来攻击我们为了什么呢？就是抓我和弟弟做人质，他们是要活的，这般硬拼自难有活望，他们才会设下这样一个陷阱，好抓活的。快吩咐大家向南突围！”那少女打断长孙敬武的话急切地吩咐道。

长孙敬武一想，也的确有道理，便高呼道：“兄弟们，向南杀呀！”说着，驱动马车，当先向南面冲去，手中抓住马鞭，重重地在空中抽了几响。

展雄一马当先，护在马车两侧，长刀挥舞，大有挡者披靡之势。楼风月与元权则护住元方义的马车，跟在后面冲去。而近百卫士列成三角尖阵跟在马车之旁，向南疾冲，不时放箭对两方和后方的敌人进行射杀。

惨叫之声，马嘶之声，喊杀之声，将树林渲染成了一种域外的世界。

这些卫士都是百里挑一的精良之士，其战斗能力极强，只不过因为要守护马车的原因，而不能够拼命地搏杀。

展雄很快便与这些伏兵短兵相接，长长的斩马刀，若开山巨斧一般，每一击都几乎将对手劈得飞跌而出，力道之大，根本没有一合之将。

长孙敬武一贯所用的武器为长刀与长枪，只见他立于车辕之上，长枪横挑、直刺，那些想斩马的敌人不是被他的长枪所挑，便是被展雄的长刀所劈。

战况激烈得使整个山林都要沸腾，每个人都杀红了眼，手中的刀枪根本就没有停止过。

鲜血，断手残肢，洒得地上一片狼藉。惨叫之声，喝杀之声更是惊心动魄！

“呜……”展雄一声惨号，肩头中了一箭，手下一缓，坐下的战马便被斩断了前蹄。

展雄一声怒吼，挥舞着长刀飞扑而下。大开大豁，步子毫不停歇，其势依然勇不可当。

“长孙教头，帮忙把箭尾截断！”展雄大声道。

长孙敬武毫不意外地挥刀，便斩断了箭尾，箭尖在肉里面震动了一下，只痛得展雄冷汗一冒。

“兄弟们，杀呀！”展雄如雷般地暴喝道。

楼风月和元权此时也全都改用长兵刃，长距离地出击，若挑鸡杀鸭般，但对方也不时地放箭来袭，使得他们每一刻都要分神提防。

四面的伏兵很快就要追上来了，箭雨不断，不过在混入南面伏兵之中后，箭便少了，所放的只是冷不丁的箭，这种暗箭更可怕，但在战场之上，谁还能管得了这么多？谁也不知道会在哪一刻被敌人的剑刺入胸膛。

卫士们一个个地倒下，伏兵也一个个地倒下，每人身上都染满了鲜血，到底是谁的鲜血染红了自己的衣服，大概也不太清楚。因为每个人的眼中几乎都不存在自己，只有敌人，只有手中的兵刃，他们的脑中似乎只有一个概念，那便是杀，杀，杀……

两辆马车倒似是畅通无阻，因为马车之旁的防护力量大得惊人，全都是好手，那些敌人根本就近不了身，马车便像是自尸体之上碾过去一般。

的确，南面的伏兵看似极多，但阻挠之力却不是想象中的那么强大，只是自四面涌来的追兵的确很多，虽然马车的速度未减，却始终很难一下子便逃出重围。何况，对方的战马速度比起马车就要快上一些了。

伏兵中的骑兵已经赶到，那长长的斩马刀极有威力，而且这些骑兵似乎都是好手。他们一到，长孙敬武诸人的压力大增，行动的速度大受限制。

卫士之中，也有十几骑，他们一齐高呼："长孙教头，你们带小姐快走，这里由我们来对付！"

那些卫士无论受伤也好，未受伤也好，全都缓行至车后。

众人总算是突出了南面的包围，但追兵之中又多是骑兵，这使得他们很难摆脱敌人的追击。

那些卫士一个个全都似乎不将生命放在眼里，夺马、搏杀，当他们由守卫变成攻击之时，他们的力量的确没有人敢小看，真个是以一敌十。虽然浑身浴血，其战意之高昂，足以让任何人都心惊，不愧为身经百战的精良之军。

长孙敬武和展雄等诸人全都是浑身浴血，马车之旁，仍有二十多名亲卫相护！

"长孙教头、管家，小姐和公子便交给你们了！"展雄向长孙敬武等人一拱手，凄然一笑道。

“展兵卫，你要去哪里?”车内响起那少女的询问声。

“小姐，你多保重，我怎能舍下这些与我一起出生入死多年的兄弟们呢？就是死，我也要与他们死在一块儿!”说完再不答话，在刚由对方手中夺来的战马屁股上重抽一鞭，疾向战场上奔驰而去。

“兄弟们，我又回来了，让我们杀个痛快吧!”展雄一声高呼，长长的斩马刀疾挥，顺手斩下两名突破卫士防线的敌方骑兵。

“展兵卫!”车中传来关切的惊呼，但却没能召回展雄。

长孙敬武和元权诸人眼中不由得露出崇敬之色，但却也无可奈何，只得策马疾驰，走上官道，向武功城驰去。

“嘘——”凌通似有所觉，轻轻地打了一个噤声的手势。

萧灵抬起头来，泪水依然不断地往下淌。

凌通吸了一口气，轻柔地用衣袖擦去她腮边挂着的泪水，小声道：“可能有坏人来了，咱们这就去找他们算账!”说着轻轻地拉着萧灵向林边靠去。

果然只见有几人从那山崖上向下爬，凌通并没见过他们，但却知道绝不是附近几个村子里的人，而且每个人身上都有血痕，定是那群匪人的同伙。

“他娘的，这群王八蛋居然还敢到这里来追老子，老子要你好看!”凌通咬牙切齿地低骂道。

“小心一些!”萧灵关心地道。

“不碍事的，让他们尝尝老子的弩矢毒箭之厉害!”凌通自信地道。说着从怀中掏出一个布包，拆开，却是一把短矢，闪着幽黑之光。

“这上面有毒?”萧灵惊骇地问道。

“不错，这上面的确有毒，没毒我才不跟他们玩呢!”凌通狠狠地道。

敌方一行共有八人之多，几个人顺着那石崖缓慢地下爬，显然有些体虚力弱之感，但更多的却似是惊魂不定。

“呀……”一名汉子自石崖上翻滚而落，坠到地上，已在石头上碰了个一塌糊涂。“石老二，你怎么了?”几人全都惊呼出声，却并不知道那汉子是因为中了毒矢才会滚下山崖的，还以为对方只是一失足才跌下，也并未太过在意！

萧灵向凌通望了一眼，脸上显出一丝喜色。凌通向她扮了个鬼脸，瞄准对方又放出一矢，这下子正中一名汉子的后颈。

那人一声惨叫，向后翻倒，直跌下石崖，脑袋在石头上撞个粉碎。

“华老四，不对，大家小心！”一个老者喝道，话刚说完，自己也一声惨叫，跌下山崖。

第七十二章　生命之曲

剩下的五人大惊，呼道："有埋伏！"全都骇得向石崖之顶爬去，完全是一副惊弓之鸟的样式，不过他们上爬的动作极为利落，显然是有极为高明的武功。

"呀——"刚爬上崖顶，又有一人惨叫着便向下跌，但迅即被一个长脸大汉抓住。

"范老五，你怎么了？"那汉子惊问道。

"箭……"那被唤作范老五的汉子只说出一个字，便歪过头去死于非命。

"箭?!"那汉子低念道，忙翻过范老五的身子，却见背后一个箭孔正向外渗着黑血。

"好毒的毒矢，大家小心了！"那汉子脸色大变地叮嘱道。

众人眼见这范老五中箭立毙，心下大骇，哪里还须人吩咐？极为自觉地便戒备起来。余下四人的目光在崖下的密林之中搜寻，似想找出破绽所在，可是由于林子太密，他们根本不能发现凌通二人的藏身之处。

"我们绕过去吧！"一名汉子似是吓破了胆似的惊惧道。

那长脸汉子脸上也露出惊惧之色，道："好吧，小心一点！"

另三名汉子脸上不免显得一阵紧张，向四周张望了一眼，又向那荆棘之中爬去。

凌通和萧灵都看得有些莫名其妙，不由得相视望了一眼，任他们想破脑袋，也不知道到底是发生了什么事。

"他们不是来追我们的？"萧灵低声道。

“好像不是，他们到底在弄什么鬼呢？”凌通也有些不解地道。

“我们去看看！”萧灵道。

“那几人的武功都很好，我现在的伤又未好，力气也没全部恢复，只怕斗他们不过，我看还是算了吧。”凌通叹了口气道。

“那我们该怎么办才好呢？”萧灵急切地问道。

“待天黑了一些，我们偷偷回去看看！”凌通吸了一口气道。说着便盘膝坐下，又道：“我要运功，你就在我旁边坐下吧，不要打扰我，好吗？”

萧灵听到凌通这般温柔而又亲切的话语，不由得心头微暖，极为乖巧地靠着凌通坐了下来。

“你怕不怕？”凌通像是想起了什么似的问道。

“有你在，我什么都不怕！”萧灵认真地道。

凌通“嘿嘿”一笑，道：“你别这么相信我！”说着把那小弩掏了出来，一把拉过萧灵的手，道，“把这个拿着防身用！”并把那一包毒矢也交给了萧灵。

“这些全都很毒呀，你是怎么弄来的？”萧灵有些不解地问道。

“我自己配制的。我大伯的医术很高，更知道很多药物。你别怕，这里有解药。”说着掏出一个白瓷瓶递给萧灵，淡淡地笑了笑，又道，“对了，这里还有没毒的箭矢！”说完又从腰间解下一个皮囊，里面也插着一排短矢，交给萧灵。

“你对我真好！”萧灵羞涩地一笑道。

凌通不由得傻傻一笑，道：“谁叫你遇上了我。”

萧灵不由得也笑了起来，目中深含感激之意。

凌通再不说话，闭目静静进入禅定之境。

“驾……驾……”“嘚……嘚……”蹄声与喝叫之声远远地传来，官道的地面都似乎在震动。

长孙敬武的脸色变得很难看，这样终不是办法，马车的速度肯定无法与战马相比。

“小姐，我看我们还是换成骑马赶路，马车不要可好？”元权也考虑到这个极为可怕的问题，提议道。

“好哇，好哇，我都快在里面闷死了！”元方义欢声道。

“不行，此刻时间上来不及，我们若是改换乘马，须得配鞍和解缰，贼人却已经追来了！”车中的少女沉声道。

“我可以派兄弟们阻他们一阵子，相信还来得及！”长孙敬武道。

“大家迅速在道两边埋伏！”元权很配合地呼道。

那些人似乎已抱定必死的念头，全都跃离马背向官道两旁的草丛中钻去。

“小姐、公子，快出来！”长孙敬武和元权迅速牵过两匹健马，车辕子根本不解。

车中的少女和少年迅速钻了出来，见是那些亲卫的马匹，心头不由得一阵恻然，但在这种关头也顾不了这么多了，迅速跨上马背。

“驾——”赶车的人依然驱车疾行。

“请公子和小姐跟我们走！”长孙敬武将马头一调，绕着官道向山间冲去。

一行八匹健马全都脱开官道。

“驾——”“唏津津……”

马嘶声、惨叫声在官道之上飘散开来，战况又拉开了序幕。

伏兵的确很够杀伤力，但毕竟力量悬殊，在人数之上不成比例。虽然这样一来，对追兵造成了极大的伤亡，可是根本无法阻挡追兵的迫近，而且后来之人学了乖，身子伏在马背之上，甚至有的绕过官道追袭，更以劲箭还击。

很快，双方便已是短兵相接。这些亲卫虽然个个了得，但在众马齐夹之下，也只有挨打的份儿。如此下去，只有一个结局，那便是死亡！

机警一些的，立即抢得战马落荒而逃，不够迅速的，便只有死路一条。

追兵迅速地越过防线，向马车衔尾追去，马车的速度根本无法与轻骑的速度相比。

不过片刻工夫，追兵便已追到马车之后，斩马刀疾挥，虽然并未斩杀车夫，却将几匹马斩杀了，马车便成了死物。

追兵挑开车帘，却发现里面竟空无一物，不由得大怒，众人立刻知道中计，一边派人向官道两旁追寻，一边抓住车夫拷问。

天色微黑，凌通才缓缓地睁开眼睛，见萧灵紧张地握着小弩，四处张望，不由得轻笑道：

“你担心野兽吗?”

萧灵小脸微微一红，并不否认地点了点头，道：“我刚才听到狼在号叫!”

“哈哈，我是百兽之王，狼早就知道我在这儿，所以它们不敢来了。”凌通笑着道。

萧灵莞尔一笑，关心地问道：“你感觉好些了没有?”

“伤倒是没好，但力气却是有了，不过这点小伤还不碍事。走吧，我们一起回村去看看!”

萧灵眼圈不由得一红，一副凄然欲泣的样儿，却不出声。

凌通一呆，关心地问道：“你怎么了？难道不舒服吗?”

“不，没什么。”萧灵刚说完，泪水便已经流了下来。

凌通立刻会意，一手搭在她的肩上，轻轻地为她擦去泪水，安慰道：“你别担心，我爹娘和村里的人都很好，他们一定会很喜欢你的，你这么可爱，我最怕的却是他们舍不得让你回家。”

萧灵不由得破涕为笑，羞怯地道：“你骗人!”

“我哪里骗人啦?”凌通愕然问道。

“你刚才不是骗人吗?”萧灵幽幽地道。

凌通恍然，笑道：“你照过镜子没有?”

“当然照过!”萧灵不好意思地道。

“这就是了，难道你没有发现自己很可爱吗？要不你照的那面镜子肯定是破了的。”凌通故意打趣道。

萧灵不由得一阵好笑，道：“你尽会逗人!”

“对了，你家在哪里呢?”凌通忍不住地问道。

“我家在南朝，江南。”萧灵说到家乡，眼中不禁出现了一丝亮光。

“江南？有雪花糕的地方吗？”凌通问道。

萧灵不好意思地一笑，道：“嗯，那里的确有很多味道可口的点心。”

“听说江南很大，你在江南哪个地方？该不会不记得自己的家在哪里吧？别到时候我送你回家时，你把我也丢掉了，那可就麻烦了！”凌通笑着打趣道。

“我的家在杭州府，当然记得，你真的愿意跟我一起去玩？”萧灵惊喜地问道。

凌通一愣，反问道：“杭州府很好玩吗？”

“当然很好玩了，那里山水比这里美得多，杭州西湖好大好大，我们甚至可以去不远的地方看大海。”萧灵双手合十，像是在说梦话一般，只引得凌通神往不已。

“怪不得，怪不得！”凌通叨念道。

“怪不得什么？”萧灵有些不解地问道。

“你肯定是喝西湖的水长大的。”凌通肯定地道。

“你怎么知道？”萧灵奇问道。

“要不你怎会长得这么可爱？这么美？”凌通煞有其事地道。

“喝西湖的水就会长得美和可爱吗？”萧灵小声地问道。

“那当然了，西湖是叫西子湖吗？”凌通反问道。

“是呀。”萧灵轻答道。

“这就是了，西子就是春秋战国时候的天下第一美女西施，既然西子湖是因她而得名，肯定是因为她喝了那个湖中的水，或总是用那个湖里的水洗澡。而她能成为天下第一美人，肯定也是因为喝了那湖中之水的原因。因此，喝了西子湖中的水，定会变成一个又可爱又美丽的大美人。现在你明白了吧？”凌通煞有其事地解释道。

“扑哧——”萧灵忍不住笑出声来，笑骂道：“胡扯！”

“我怎的胡扯了？难道你不可爱、不美吗？”凌通奇问道。

“我不是说这个嘛，我是说你的道理是胡扯。”萧灵辩驳道。

“我怎么胡扯了？”凌通奇问道。

“西湖那么大，西湖边住着很多很多人，他们都是喝湖中的水，用湖中的水洗澡，那岂不是每个人都要成为天下第一美人了？世上哪有这么多的天下第一？更何况，我就不相信西湖边就没有丑女人。”萧灵不服气地道。

凌通想了想，笑道：“这个，你就不知道其中的道理了。”

“什么道理？”萧灵奇问道。

“比如说练武吧，还要讲究一个资质问题，资质好就会练得快，前途也就无量，武功越来越高；而资质差，就是师父再好，一辈子下来，也不过是个废物而已。更有甚者，导致走火入魔。还有些心术不正、满脑子坏主意的人，他们即使练成了好武功，也只能成为祸害，你说对吗？”凌通问道。

“是呀，那这和西湖又有什么关系呢？”萧灵不解地问道。

“这只是个比方而已，西湖也是这样子啊。它可不是一般的湖，而是一个神湖，神湖自然与众不同。西子湖畔美女众多，当然丑女也有，不美不丑的女人也有，那是因为各人的资质根骨问题，人说‘朽木不可雕’，有些人实在是资质根骨太差，即使喝再多的西湖之水，抑或是整天泡在湖水中，也不会长得怎么美的。因此，很丑或不美不丑的女人，肯定全都是天生根骨差，朽木不可雕也，这不能够怪西湖之水。而那些根骨资质好的女人又要分两大类……”

“哪两大类呢？”萧灵不由得好奇地打断凌通的话，不知不觉中被引入了凌通的话题，甚至忘了失亲之痛。

“你等我说完嘛，这两大类呢，一是，根骨资质极好，心地又善良，品德高尚；二是，根骨资质极好，心地歹毒，品德恶劣。前面一种自然以西施最为典型，她为了拯救越国，而不惜忍辱嫁给吴王，告别心上人，心念着国家，心念着天下老百姓。这是何等品德？这是至善！所以才会有她的至美。而那些资质极好，心术不正、品行极差的人，西湖乃是神湖，怎会让这些坏人当道呢？当年的妲己之美，却成了人间祸害，迫使大商朝灭亡，受到世人的唾骂。只是这等蛇蝎心肠之人没喝西湖之水罢了，否则她定会变成丑八怪。那样子，她便没有办法去迷惑人，没有办法使大商朝败亡了。现在你该明白了吧？”凌通得意地道。

萧灵一惊，骇然道：“真的是这样子吗？”好女孩最爱美，一听凌通说得如此煞有其事，倒还真怕一不小心被变成了丑八怪。

“你担心什么，你现在这么美，肯定是你资质和根骨都好，心又善良，将来说不定比西施更美也难料呢！”凌通好笑道。

“可是……可是我见过的那些丑女人也都很善良呀。”萧灵仍有些不敢全信地道。

“那当然是有的，西湖是神湖，心地善良的人便让你更美丽，心地坏的人，便用水洗涤她们的心，使她们慢慢变得善良。到最后，她们也会变得和平常人一样善良！”凌通解释道。

萧灵这才松下了一口气，问道：“你怎么知道得这么清楚？你又不曾到过西湖！”

“难道你没听说过吗？人们都是这样说的呀，人们还说，西湖边的美女才是真的美呀，不仅人美，而且心里也美得没话说，若不是南北朝在交战，肯定有很多人都会跑去西湖边找媳妇！”凌通含糊其辞地道。

萧灵本有些不信，见凌通说得这么逼真，不由得忍俊不禁笑了起来。

天色渐暗，林中有些昏沉。

长孙敬武诸人竟全找不到路，处处荆棘丛生，战马也不敢跨过。

在山林间打着转，却不知该向哪个方向行走为好。眼看天就要黑了，而追兵可能很快便至，这一切如何是好呢？

“我们该怎么办？”元公子微急地问道。

“到了晚上，我们可能会更难行了。”元权也有些着急地道。

“我们下马，砍出一条路来，不相信就过不去！”长孙敬武发起狠来道。

“这不行，这不是很明显地告诉敌人，我们是从这里走的吗？”元小姐反对道。

“那我们该怎么办？难道要往回走？”元权急声道。

“我看我们只能从马背上下来，不再骑马！在夜里，那些追兵在这种密林中如何找得到咱们？有马反而更容易暴露目标！”元小姐坚决地道。

“这怎么行呢？小姐和公子乃千金之躯，这里荆棘丛生，岂不是会伤了公子和小姐？”长孙敬武反对道。

“大家的性命要紧，些许小伤又算得了什么？我元定芳岂是如此不识大体之人？”元小姐毫不犹豫地道，同时翻身落马。

众人不由得一呆，想不到这娇弱的少女却有这般坚决，所表现出来的聪慧和果断确是超出了一般弱质女流的表现。

“好吧，大家小心一些，护着公子和小姐！”长孙敬武叹了一口气道，同时抽出大刀在手，斩马刀插于背上，跃下马背。

楼风月和元权也全都打起精神，披荆斩棘地前行。

“你们这是干什么？”元定芳惊问道。

“我们如此牵着马儿过了这片荆棘，或许也便有路可行，就是追兵赶上，我们也可以策驰狂奔，他们无法追及我们的，若是我们这样下去也不是办法，先弃马车，再弃战马，那我们就真的没有一点凭借了！”长孙敬武认真地道。

“是呀，小姐，我们何怕追兵？只要我们行入正路，他们也拿我们没办法！”楼风月道。

“是呀，姐姐，我还舍不得丢下马儿呢，走路可就麻烦多了。”元方义不依地道。

“好吧，大家动作快一点。”元定芳吸了口气道。

一行八人，全都牵着战马，披荆斩棘，速度倒也不慢。在荆棘中约行了二十余丈，楼风月突然喜道：

“大家听，是水声，前面有条小溪！”

众人全都倾耳细听。

“不好，是追兵来了，有马嘶之声！”长孙敬武脸色微变道。

“不，前面真的是有条小溪，我也听到了水流动的声音！”元方义喜道。

“不错，前面是应该有条溪，但追兵的确也来了，看来是车夫出卖了我们！”元权的脸色很难看地道。

“那我们快走吧，我们赶到溪边便会有更多的逃生机会！”元定芳沉声道。

“好，大家快一点，加把劲！”长孙敬武手中的大刀若砍菜切瓜一般向前疾行，一只手更牵着马匹。

“他们就在前面不远，大家快找，这里有马粪，还是热的……”追兵的声音从不远处传来。

元权不由得诅骂道：“他娘的，这死马也来害老子，落井下石地拉一堆粪！”

众人心中紧张，却都没有心情发笑。

众人又行进五六丈，身后便传来了呼喝之声，显然是追兵发现了他们。

“他们从这里走了，快追……”

“唏津津……”战马一阵惊嘶，显然对这样一片荆棘极为畏惧，竟不向中间行走。

“下马！下马追！……”

大呼小叫之声只使长孙敬武诸人心急如焚，但却奈何不了这一大片荆棘。这似乎是一片从来都没有人来过的绝地，荆棘都长得特别粗壮，那刺十分坚硬，谁也不敢就这样硬闯，不过幸好对方也全都要下得马来，不然的话，那可就没戏可看了。

“放箭，放箭射死他们……”

“大家别乱来，别乱来，皇上要抓活的，别伤了那小姐和那蠢小子……”

人声嘈杂，显然追兵的人数极多。

“他娘的，什么狗屁皇上，一群乱臣贼子也敢自立天子，却做你娘的乌龟儿子王八的孙子吧！”长孙敬武气恼地怒骂道。

“骂得好！骂得好！”元方义赞道。

“快到了，看！果然是条小溪，顺着溪走，定能找到出路！”元定芳欢声道。

“别让他们跑了，抓到那小姐者赏银一千两，抓到那蠢小子者赏银两千两，两者全都抓住便赏三千五百两……”一个极为粗犷的声音高呼道。

追兵一阵哗然，显然比之刚才更为勇悍了不知多少倍，有的人干脆弃了马匹，只身向长孙敬武诸人追来，那些荆棘似乎对他们再也构不成任何威胁。

“快，护送公子和小姐先走！”楼风月和元权同时道。

“放箭！”长孙敬武一声低喝。

行在后面的三人与元权诸人立刻弓弩齐张，向追近者射去，长孙敬武领头带着元方义和元定芳行入小溪边沿。

“这里也没有路，该怎么办呢？”元方义禁不住急切地问道。

“我们下水，向下游走，这条小溪定能够抵达路边！”元定芳镇定地道。

“马匹怎么办呢？不要了，他们也骑不了马。”长孙敬武也有些不知所措地道。

“好吧！”元定芳咬了咬牙便下入了小溪之中，鞋袜全都不脱。

长孙敬武也顾不了这么多，扶着元定芳与元方义两人向小溪下游疾奔而去。

惨叫之声此起彼伏，双方都以劲箭相加，只不过在这片荆棘丛中，并不一定都能够收到效果，大部分被荆棘所阻，追兵更有人举着强盾，劲箭根本奈何不了他们。元权诸人不可能从斜侧发箭，因此，只要追兵在前方立上几块大盾，他们的箭根本就不能够起到任何作用。

“撤！”元权仓促地吩咐道，迅速跃落溪中，这五人每一个都是好手，虽然小溪中并不好走，但对于他们来说，却如履平地。

“追，只有几个家伙，我们去扒了他们的皮……”追兵一阵高呼，声音在山间回荡开来，倒的确很有气势。

想到那三千五百两银子，人人气势如虹，追来的近百人放下马匹，自长孙敬武等人斩开的荆棘丛中冲了过来。

长孙敬武见元权诸人追来，知道是挡不住追兵，不由得急道：“快，我们背上小姐和公子，快跑！”

元权一想也的确只有这个办法，但只怕对方也遣来了好手，到时候，力气不继之下，只有被他们追上的结局，但事情到了这个份上，什么都没的想了。

“公子，得罪了！”元权一把背起元方义，而长孙敬武则背着元定芳，如飞似的向山下跑去，踩得溪水乱溅，使衣服全都溅湿，但却也是没有办法中的办法。

“哈哈哈，看他们在抢媳妇了……他奶奶……”追兵一边谩骂，一边发起狠来追赶。其中的确有不少是好手，只看那纵跃的动作也知道身手绝不在元权诸人之下。只不过在下午混战之时，却没有出现。若是在混战之时，这些人都出现的话，恐怕长孙敬武诸人根本就不可能突出重围。只凭这近二十名好手，也足以让他们伤亡惨重了。

“他娘的，这些人的身手果然了得，都是打哪儿来的?”楼风月骇然道。

“他们定是伏在北面的伏兵，我们在向南突围之时，他们根本来不及追赶，若不是这些人，大概他们也不会如此快便能闯过展兵卫那一关。肯定是这些人杀死了我们的兄弟!”元定芳肯定地道。

“是了，这些人定是先藏在北面，还是小姐聪明，看穿了他们的诡计!”长孙敬武附和道。

“可惜，我们还是难逃他们的毒手!”元定芳有些感慨地道。

众人不由得全都黯然，的确，以这些人的速度，是用不了多久就可以追上他们的。而单凭他们六人想保护好元定芳与元方义，那几乎是不可能的事情。一对一或许还有得一拼，可是打仗，绝没有什么江湖规矩，那他们大概只有败亡一途了。

“这水好像加速了!”元权似感觉到了什么。

“是瀑布，听!”楼风月一惊，呼道。

“你们只要将两个小娃娃交给我们，我们可以放你们一条生路!”后面追来的几人高声喝道。

“长孙教头、元叔叔，你们把我们放下吧，你们先走，他们不会杀我们的，大不了一死而已，我不想连累大家!”元定芳凄然道。

“小姐怎说这般话?我们受主人之托来接你们去邯郸，若是没有办好事，也没有脸回去见主人了!”长孙敬武认真地道。

“不错，小姐，你不用说了，就是我们战到最后一个人，也要跟他们拼了，我们岂是怕死之辈?”元权坚决地道。

“下面真的是瀑布，这水越来越急了!”楼风月提醒道。

“你们听那是什么声音?”元方义突然出声道。

“是水落入深潭之中的声音!”长孙敬武答道。

“不，不是，在水声之中还有别的声音!”元方义道。

众人哪里还有心思去凝神细听，只当元方义是说笑而已，心中不由得微恼，在这要命的关头，还有心情开这种玩笑。

“方义，别胡说!”元定芳叱道。

“不，姐姐，我没有胡说，你听，的确有一个很好听的声音夹在其中!”元方义不服气地道。

元定芳见元方义说得那么认真，不由得也凝神倾听，瞬即脸色微变，道：“奇怪，真是奇怪!”

“怎么了，小姐?”长孙敬武惊问道。

“是笛声，在这种荒山野岭之中，竟会有笛声，这……这怎么可能?”元定芳大感惊奇地道。

“笛声? 小姐有没有听错?”元权惊讶地问道。

“没错，对，是笛声，好深沉，好深沉呀!”元方义惊叹道。

“不错，好婉转，清幽而落寞!”说到这里，元定芳和元方义全都被此笛声中那种莫名的情绪而感染。那种空荡、落寞之感深深地融入青山黑夜之中，却怎么也抹不去那种难以表达的伤感之意。

长孙敬武和元权诸人也全都听到了，而且听得很清楚，那哗然的瀑布之声并没有将笛声全部淹没，在那浑洪之声中，那笛声犹如翻缠不完的青丝，在声波中传送。

不成曲调，却只有感情，完完全全地表达了一种感情，一种意境，这已经超出了任何曲子之外，纯粹是一种内在的情绪。

听了这种笛音，使人完完全全地懂得，这样一个人，这样一种笛音，出现在黄昏之时，出现在孤山野岭之中，这绝不是偶然，绝不是!

那是一种跳出尘世的洒脱，是一种跳出尘世的无奈，跳出尘世的茫然，更有一种无家可归浪子的情怀。没有过去，没有将来，完完全全是一种旁观者的孤独。世人的旁观者，世俗的旁观者。

这人是谁？这是多么神奇的一种感情，多么神奇的一种意境，多么落寞的一种心境啊！

这人是谁？

“啊——”

众人心神皆被笛音所感染，竟忘了已至瀑布的跟前，分神之时，竟被那急速下冲的水流给冲倒。八个人全都倒在水流之中，不由自主地向瀑布下冲去，唯一片惊呼响彻山野。

“不好！下面是瀑布，别让那小妞和小蠢蛋给撞死了！”追兵们也全都惊呼道。

笛声倏然而止。

“嗵嗵嗵……”八人像石头一般自数丈高的崖上飞坠而下，全都跌入激流下面的水潭之中。

幸好，高崖之上并没有突出的岩石，否则只怕几人全都会骨折而亡了。不过，这样也被跌得七荤八素，被激涌的暗流给冲上水面。

水潭不是很大，但却也有几丈见方。这些生于北方的人，对于水的畏惧，几乎是天生的，虽然冲出了水面，但心中却一片慌乱，手在水面之上一阵乱拍，却根本就起不了多少作用，反而喝水更多。

元定芳正在慌乱得六神无主的时候，突然觉得手臂一紧，一件极为柔软的东西缠了上来，吓得她一阵大叫，但这次却例外地没有水涌入口中。正自惊骇之时，只觉得身子已经凌空飞起，当她还不知道是怎么回事的时候，便已重重地跌在实地之上，却不怎么痛。

“啊——”又是一声惊呼。

元定芳稍稍醒过神来，却发现在潭边的一块青石之上悠悠地坐着一个极为高大的背影，而元方义也在此时跌在她的身旁。

“啊……”落入潭中的八人一一地被摔在元定芳的身边。然后元定芳才看到一根极为细小的草藤落在地上。

一支翠玉笛的两端斜露而出，明显地横放在那人膝上。

“大恩不言谢！敢问恩公高姓大名，他日有幸定当相报！”长孙敬武最早恢复镇定，抱拳道。

“他乡遇故知，何必匆匆便要告别呢?”那静坐之人的声音微微带有少许的惆怅与落寞，也极为清脆，显然是个极为年轻的人。

长孙敬武不由得一愣，心中虽然焦急，但也不得不出言疑惑地问道：“敢问阁下是……”

“心若山中石，情在海角边，醉饮江河水，醒罢乱拂弦。”那人口中轻吟，同时缓缓地转过身来，露出一张微显冷漠而又充满个性魅力的俊脸。

“蔡风！蔡风!”元权与长孙敬武及楼风月忍不住同时惊喜地呼道。

“蔡风，你就是蔡风?”元定芳眼中显现出一丝迷茫的神情，低念道。想到刚才那种让人心神俱醉的乐音，心中涌起无限的仰慕之情。

那人微微一笑，道：“错，错。”

众人不由得一呆，长孙敬武愕然道：“你是绝情?”

所有人的眼中都露出一丝错愕之色，眼前这年轻人竟会是绝情!

绝情不是已经死了吗？那么多人亲眼看到他死的，难道眼前的人只是绝情的鬼魂?

否则怎么会一个人独自在这种时候出现在深山野岭之中?

“这次倒是对了。”那人很温和地笑了笑道。

“你……你是人还是鬼?”元权有些不敢相信地问道。

“人鬼本无别，尽情、尽欢便行，元大管家以为我是人是鬼呢?”绝情好笑地问道。

“你不是死了吗?”元方义吃惊地问道。

“每个人每一刻都是一个新生，每一段流失的岁月都是死亡，生命的终结才是新生寂灭之时，我死了，我也活了，我活着也便若死了。诸位是不是有人来追你们?”绝情淡然一笑，声音极为平静地道。

“是呀，是莫折念生的人!”长孙敬武忙道。

“你们去烤烤火，把衣服弄干吧，这里便交给我好了!”绝情极为自信地笑了笑道。

众人这才发现不远处正生着一大堆篝火，这就足以证明绝情不是鬼了。

“他们人很多!”楼风月担心地道。

“如果你们饿了，那里还有几只未烤的野鸡，本来已够我一个人吃个痛快，现在看来是不够吃了，你们自己去烤吧，我就不为你们准备了！”绝情毫不在意地道。

长孙敬武等诸人虽然知道绝情极为了得，但仍然不由得有些担心。但绝情如此一说，他们也不好再说什么，只好向那堆篝火旁行去。

“姐姐，你怎么还不走呀？”元方义惊问道。然而，元定芳竟呆呆的不知道想什么想入神了，这时听到元方义如此一叫，不由得俏脸一红，幽幽地向绝情打量了一眼，便随在众人之后向火堆旁行去。

“他们全都在下面，没有被摔死，太好了！”崖上传来了几声呼喝之声。

“咦，他是绝情！”崖上紧接着传来了几声骇然的惊呼。

“他怎么还没死？他是绝情！大家放箭，放箭！”那立在崖上的人慌忙大呼道，绝情的名字已经深深地印在莫折大提所领起义军的心中，这几个人之中更有几人那日亲眼见到了绝情的样子，这一刻在此荒山野岭之中遇到，怎不让他们大吃一惊？想到绝情于千军万马之中，杀莫折大提，独闯数道关卡的情景，这些人竟不敢下崖。

绝情哂然一笑，长身而起，若散步观花一般悠闲自得地向那火堆旁行去，口中却冷冷地道：“若谁敢下崖骚扰我的雅兴，我定叫他见不到明天的太阳！”

崖上之人大为惊怒，绝情不将他们这么多人放在眼里，如此不客气，岂不叫他们大为惊怒？

“放箭！”崖顶之人大喝道。

空中立刻飘满了劲箭，若蝗虫一般向绝情的背后射到。

“小心！”火堆旁的众人禁不住都骇然惊呼出声，为绝情捏上一把冷汗。

绝情却不屑地一声冷哼，左手向后虚虚地一抓，那些劲箭竟在空中全都改变了方向，向绝情的手心落至。便若绝情的手中有一块强大的磁铁一般。

“吱……”劲箭刚刚沾上绝情的手，便全都倒飞而回，竟然比射出之时的速度更快上数倍。

崖上之人一阵惨呼惊叫，躯体不断飞滚而下。

长孙敬武诸人不由得一阵骇然，想不到绝情的功力竟达到了如此不可思议的地步。

追兵相继赶到，近百人全都立于崖上，望着崖下的九人，只有瀑布的喧响是那么真实。

“谁要是能将这害死首领的凶手拿住，回去皇上定重重有赏，谁要是能斩他一刀，赏银一百两，死活不论！”崖上一名高大威猛的老者喝道。

崖顶先是一静，后来全都暴出一阵欢呼，劲箭若蝗虫般向绝情涌至，而所有的追兵则蜂拥而下，向绝情扑到，声势极为惊人。

长孙敬武诸人全都大惊，心想：“这么多敌人，以绝情一个人的力量如何能对付?”不由得高呼道：“跟他们拼了，你们保护好小姐和公子！”

元定芳也兀自担心，但事情既然已到这步田地，担心也是无用，只能盼望出现什么奇迹之类的。

第七十三章　仁慈之魔

奇迹倒是有，而且很快便已出现了。

所有的箭落空了，本来全都是对着绝情飞去的劲箭全都落空了，不是他们的箭法不准，而是绝情不见了，他刚才立足的地方插满了羽箭，但他的身形的确是不见了。

这么突然，使人恍若在梦中一般，但这却绝不是梦，而是一个奇迹。一个人的速度竟可以超越箭矢，这的确是一个不可思议的奇迹。

绝情的速度绝不是夸张，事实上便是如此！

当绝情再次出现的时候，已离他刚才立身之处有五丈之远，而与高崖却只不过六七丈而已。

"我说过，下崖者死！"绝情的声音飘入众人的耳中之时，身子已只距高崖两丈，然后他出手了。

或许那不能算是出手，那只能算是玩魔术，没有人能够想象得到，他的动作有多快。

或许，他根本就没有动过。但谁都知道，那是不可能的，因为刚刚跃下崖来的十人中，有五个被捏断了咽喉，只不过是在一刹那之间的事。

捏断他们咽喉的，是绝情之手！然后，便在另外五人飞速出手的时候，绝情撞入了他们的环围之中，激涌的气劲自他身体的每一个部位涌出，像是飓风掠过，像是沙暴惊起。

刀、剑、枪，自他的身体周围滑过，而他自己却像是一条滑溜得根本无法掌握的泥鳅。

惊呼传出的时候，元定芳很清楚地看到绝情的手是如何捏断第十个人之咽喉的。

这哪里是杀人，这分明就像是在拈花，在拂落爱人衣衫上的灰尘，在抚摸爱人的脸，是那么温柔那么生动！可这偏偏是最要命的，这样的死亡，会让人想到，死者是在受天堂的恩惠和召唤。

绝情像是在做着一种艺术，一种残酷的艺术，但绝没有人会从中体验到残酷。

所有的人都看呆了，包括立在崖上的那一群准备出手之人，绝情的可怕便像是一只仁慈的魔鬼。

杀机，并没有消失，杀戮并没有停止！绝情在瞬间便结束了十人的性命，但对手却更多，也更厉害，那十人与之相比起来，只能算是前锋的一名小卒而已。

莫折念生似乎对这次的行动是志在必得，所以派来的人手当中，的确有不少好手，但与绝情相比起来，那却完全是另一回事。

高手相争，绝不是一加一等于二的算法，高出一筹，便像是隔了一道江河。更何况，绝情与这些人之间的差距是难以想象的。不过，人多的形式便显得有些混乱，乱象横生。

刀光、剑光、枪影，穿插于人群之中，的确别有一番滋味，每一个人都凶猛异常，重赏之下的勇夫，是拼命的。只要能在绝情身上斩一刀，便能获得一百两银子，这等美事，谁会不想干？虽然，绝情的凶悍已深入他们的心中，但战场之上的人们，早已忘却了生死。何况，绝情那强大的气势早已将他们紧紧地罩住，那种要命的杀机，竟像一层浮于虚空的浮冰，冰硬而凄寒。即使所有追兵的杀机加起来，也没有绝情那由心底升起的杀机沉重。

绝情只有一人，可却生出千军万马的气势，生出无穷无尽的杀机，紧紧地揪着每一个人的心，紧紧地揪着！

刀与剑密密地交织着，成一张不透气的大网，虽然绝情很顺利地杀死了最先冲下的十人，也同样给后者留下了时间，留下了结阵的机会。每个人都深深地明白，单凭一人的实力，那只会是死路一条！以莫折大提的勇武，以那八大护卫和陆统军的身手，都无法阻止绝情击杀莫折大提，像他们这样的角色，若论单打，更不可能有半点戏看。所以，他们能做的，便是齐心协力，众志一心，联手以对。

这张大网的确是不能够小觑的，那丝丝缕缕的剑气，绞碎了虚空之中的每一寸空间，就是绝情也不能若刚才那般潇洒出手。所以绝情的身形在退，暴退！

退得那样怪，像是一条拖着尾巴的长蛇，又像是优雅的蜂鸟，但这毕竟仍是在退！

退，只退出了五步，五步像是让人眼中产生了一个错觉一般。

退，的确应只能算是错觉，因为在众人犹未从退的感觉中苏醒过来之时，绝情的身子又再一次投入那张不透气的剑网之中。

一退再进，绝情的身子突然开了花，在西天晚霞的辉映下，绝情的身子组成了一团璀璨无比的奇花。拥有着无限强大、爆炸性的力量，疯涌的劲气，以有形的机体向四周绽放、激射，没有人可以形容那种诡秘的程度。

元定芳、元方义及元权诸人全都怔怔地看呆了，便像是做了一个美丽的噩梦。一个美丽得让人心头喘不过气来的梦魇！

那是绝情的剑，绝情也有剑！不，不是剑，是笛子，是那根翠玉做成的笛子。否则，虚空之中所绽放的便不是这种异彩。

绝情不见了，在这璀璨的奇花之中，绝情已成为这美丽一瞬的一部分，或许就是这美丽的灵魂！

剑气疯射，疯狂得连树枝、土石、流水，也全都跟着疯狂起来，在虚空中激暴成一种放纵的混乱。

断剑、鲜血、惨叫、闷哼、人影，更是这寂寞山林中的一场奇景。

绝情的身子若被轻风所托的风筝，扶摇而上，然后以几个极为优美的动作，掠向崖顶，就像是一只归巢的山鹰。

崖顶众人大骇，谁也没有想到，绝情竟能在这般的狂攻之下仍能抽身而出，并向崖上攻到。

崖上所立的高手仍多，所有的目光都紧紧地盯着疾冲而上的绝情，在猜测着他将要落脚的地点。绝情的轻功的确已经骇人听闻，这种飞升，竟可达四五丈高的崖顶之上，在空中可再次扭头转向，倒的确是不可思议至极。但绝情不可思议的事情的确是太多了！独闯义军的禁地，而力杀莫折大提之举本就够骇人了。而他的不死，更是一个奇迹，这点轻功又能算得了什么呢?

刀、剑、枪，再次林立于崖顶，更有甚者，有人跃上空中向绝情击去，这几乎是一个必杀的格局!

绝情手中的翠玉笛，在空中轻颤出一幕优雅的云彩，向那为首的汉子扑去。

那人眼中露出一丝冷厉而狠辣的光芒，他根本就不看好绝情的这一击。因为绝情身体升得如此之高，又在空中转身，应该是在气竭之时，绝不可能再造成什么大的攻击力。而崖顶的好手联合，若连这样一个已气竭之人也挡不住，那根本不用再战!

“叮——”绝情的身子，与空中相迎的第一件兵刃相交。

绝情的身子奇迹般地再升而起，跟着便是剩下的兵刃全部落空。

那与绝情相交的对手，心中大骇，他所感觉到的绝情便像一个可怕的涵洞，他所有的劲气在与翠玉笛相接之时，全都消失得无影无踪，像是被绝情的翠玉笛给吞噬了一般，那是一种极为可怕、也极为难受的感觉。当他虚脱地落在地上之时，绝情的脚尖已经点在一杆长枪之上。

那枪手脸色一变，当他脸上肌肉扭曲了一下子的时候，绝情的翠玉笛不见了，绝情也不见了!

绝情的翠玉笛竟在刹那之间消失，在众目睽睽之下消失，便像是玩魔术、变戏法一般。

众人的眼中出现了一柄剑，不是笛，而是剑！真真实实的剑！不知道来自何方，也不知道将去何处。

一柄剑，吸敛了所有人的目光和心神，甚至每个人的精神都在这柄剑下颤抖。

绝情已不再是绝情，是剑！剑就是绝情！这柄剑就是绝情，无坚不摧的气势，无处不达的意境!

天和地，再不真实！天和地、山和水，就像是另一个世界的美梦。眼前的事实，只有一个，便是那柄当空而横的剑。杀机、杀气、杀戮，全都凝固于这一柄剑上！

所有的人口中只有惊呼！

这是什么境界？这是什么剑法？生命与剑意毫无隔阂地融合在一起，这到底是梦还是醒？

那为首的汉子，此刻他的脸色要多难看便有多难看。他实在太小看绝情了，他也实在对武学之道认识得太浅薄了，这种全不以常理的变化，便是他做梦都不可能想象得到的。

人剑，人便是剑，天地万物，何不能为剑？当那为首汉子的刀在手中还未完全击出之时，便已经感觉到额上一丝凉意。

这是他最后的一点感觉，的的确确，一个已成两半的人，已经再也无法感受到任何的痛苦了。

刀折，人亡，肠断，血溅！

剑不再是剑，绝情仍在，玉笛仍在。只是那自天地山川之间所凝的气势仍未曾丝毫有减。

所有人都像是刚刚自梦中醒过神来一般，呆呆地立成了山林间的一片木桩。

血腥在飘散，瀑布的水响犹自震耳欲聋，但人声却尽灭，甚至连呼吸之声都变得小了。所有的人，目光全都凝于绝情的身上，所有的人都静静地感受绝情身上所散发而出的气势。那种大川高山般的压力自每一个人的心头升起。

这简直不是一个人可以做到的，而绝情却做到了。没有任何人敢再怀疑绝情杀人的本领。没有任何人不为绝情刚才那惊天地、泣鬼神的一招所震慑，只是没有人顶礼膜拜而已。

“你们还想继续留下来找死吗?”绝情的声音便如一阵冰寒的霜雪覆于所有追兵的心上，使他们全都不由自主打了个寒战。

所有追兵全都从梦中惊醒过来，不由自主地望了望自己手中的兵刃，望了望地上的尸体和鲜血，再相互望了一眼，每个人的眼中都充满了惧意，没有人敢想象能否挡得住那狂野而恐怖的一剑。

“你们全都给我滚回去，告诉莫折念生，就说人是我绝情所救，若是谁敢再来骚扰的话，定叫你们一个个像他们一样！”绝情说完指了指地上的尸体，冷冷地道。

那些人全都愣愣地站着，脸上一阵青一阵白，但谁都知道，若再战，只能是无谓的牺牲。

“还不快滚！”绝情冷喝道。

那些人相互望了一眼，忙扶起地上的伤者，绕过绝情惊惧而仓皇地逸去。

崖下仍是一片狼藉，那第二组攻击绝情的人全都微微受了一些小伤，却并无大碍，刚才绝情的那一式他们自然也看得很清楚，也只得不甘心地逸走了。

近百人的追兵，在片刻之间皆已逃走，只剩下地上的一片狼藉及血腥味极浓的气息。

长孙敬武诸人神色间露出无比敬佩之色，更有着无限的欢喜，绝情的处理方式达到的效果，的的确确超出了他们的想象，一种绝处逢生的感觉，让他们狂喜不已。

绝情步子极为轻松地自崖上走下，每一步都似乎是踏着瀑布的节拍而行，更让人有一种发自心里的震撼。

“少侠真乃神人，我从来都没有想过世间竟会有如此超凡的剑法！”元权由衷地赞叹道。

“我长孙敬武佩服的人只有一个，现在看来又要多加一个了！”长孙敬武诚恳地道。

绝情苦涩地一笑，却并不回答，缓缓地坐到地上，不言不动，行起功来。

众人不由得大惊，在火光的掩映之下，绝情的脸色苍白，小腹之处的衣衫却被血水染红。

“公子，你受伤了？”元定芳关心地问道。

“小姐不要打扰他，让他休息一会儿！”楼风月静静地道。

篝火越烧越旺，在绝情从入定之中醒来之时，那几只野鸡已经烤得香气四溢，不过相较来说，似乎少了些。

“绝公子，你醒了，你没事吧?”元定芳惊喜而又关切地问道。

绝情淡淡地一笑，道：“我没事，只不过是刚才用力太甚，使旧伤复发而已!”

“绝公子，外面都传闻你被莫折念生给害死了，原来那是假的。却不知你怎么会在这里呢?”长孙敬武高兴得有些语无伦次地问道。

“这事说来话长，反正结果便是这样，其他的一切都不太重要，对吗?”绝情平静地笑了笑，反问道。

“这倒也是!”长孙敬武嘿嘿一笑道。

元方义与元定芳都是一脸仰慕地望着绝情，怎么也想象不到眼前的年轻人会有那般可怕的武功，若非亲眼所见，倒觉得他只不过是一个温文尔雅的书生。

“公子为何不回歧州府内？若是公子在歧州府的话，想来莫折念生那小子也不会这般猖狂了!”元权感叹道。

“山野之人，对那种行军作战并无兴致，就是我在歧州城又能如何?一个人的力量毕竟有限，总不能敌过千军万马，元都督镇守歧州，也不一定便会害怕莫折念生。”绝情淡淡地道。

众人一阵沉默，谁都知道，莫折念生的厉害之处，比之莫折大提有过之而无不及，否则也不会在如此短的时间内便可以扭转整个劣势，势如破竹般地攻近歧州城，莫折念生的勇武的确让人心头生畏。

绝情缓和地一笑，道：“想必，这几只野鸡不够吃，我去潭里抓几条鱼来!”说着立身而起，抓起一根火把便向潭边行去。

“我也去!”元定芳竟出乎众人意料地立身而起，呼道。

“哦，姑娘也有如此兴致吗?”绝情扭头含笑问道。

“我，我想看你怎么抓鱼。”元定芳俏脸微红，嗫嚅道。

“如果姑娘想看的话，不妨帮在下持一下火把吧。”绝情并不在意地递过火把，极为轻松地道。

“我也去，我也要看你怎么捕鱼。”元方义呼道，同时也拿起一根火把紧随而去。

众人望了望眼下这三个少年人，心头不由得泛起了一种异样的感觉。

绝情极为悠闲地踱步至潭边。

潭水清澈异常，虽然那瀑布自高处俯冲而下，但水中的游鱼，并不会在激流之中生存，而是在水潭四周的活水之处游动。

黑夜之中的潭水呈一种幽蓝之色，在两根火把的映照之下，水波便像是闪烁的鱼鳞一般，美丽异常。

绝情的目光锐利至极，水中的游鱼根本无法逃出他的视线，但元定芳与元方义却只看得见一潭碧幽的水光。

绝情望了两人一眼，笑道："夜里捕鱼的确是有些难度，对于渔人来说，只有靠网捕捉，在这深水潭之中，就是鱼叉也很难有效果。不过，这种鱼的味道却极为鲜美，几可与黄河鲤鱼相媲美！"

"你吃过黄河鲤鱼？"元定芳奇问道。

"自然是吃过，激流中的鱼比死水中的鱼要多几分鲜美和嫩滑，这水潭中的水一年四季都不停地冲击着，使得这片水域的水流极活，这些鱼身体的每一部分都几乎是在水中活动，所以它的身子也可算是活肉，自然更鲜美了！"绝情说着抓起地上那根山藤。

在元定芳与元方义的眼中，那根山藤便像是一条复活的灵蛇在虚空之中翻卷，然后破水而入，水波不惊。

山藤轻颤，水中一阵"哗"响，山藤破水而出，立时，长藤的一端竟奇迹般地串着了四五条一尺来长的大鱼。

元定芳和元方义同时一声惊呼，他们根本就看不懂绝情是怎么把鱼刺上来的，那根山藤，竟可以将鱼身刺穿？想到精彩之处，二人忍不住大声叫好。

"太神了，怎么会这样呢？"元定芳惊奇不已地道。

"没办法，这些鱼的嘴巴都长在身上，恐怕是饿坏了，见了山藤也要咬着吃，便这样上钩了。"绝情笑道。

"你怎么知道鱼在哪里？水底下这么黑。"元方义奇怪地问道。

"鱼是自己上钩的嘛，何必要我知道它在哪里呢？"绝情打趣地道。

两人不由得一呆，愣愣地傻笑了一阵子。

“别愣在这儿了，我想这些鱼够吃了，走吧。”绝情提醒道。

凌通赶入村庄，只见四处血迹殷然。萧灵举着火把紧紧地跟在他身后。

夜色已经很深了，村中很寂静，唯有象征着猎村的一棵古老大樟树之下，篝火映红了天幕。

凌通知道，村中人正集合在樟树之下，这是为死者送行的仪式。凌伯的尸体也在这里火化，然后再送入山中掩埋。

凌通的心不由得拉得很紧，死者究竟是些什么人呢？萧灵的眼睛却湿润了，她最后一个可以依靠的人也离她而去，将她丢在这陌生的他乡异地，怎不叫她悲从中来呢？

凌通听到萧灵的饮泣之声，立刻明白她的心情，不由得伸过手来拉起了她的小手，怜惜地道：“不要伤心，还有我呢，你便将我当做是你哥哥吧，我一定会送你去江南的！”

“你为什么对我这么好？”萧灵忍不住心酸地问道。

凌通一愣，想了想道：“因为你是个可爱的小女孩，我便对你好啰！”

萧灵见凌通说得那般真诚，忍不住又眼泪“哗啦啦”地掉了下来。

“不要再哭了，好不好？你一哭，我就想哭，一个大男人哭起来多不好意思？你别让我出丑好吗？”凌通用衣袖擦了擦萧灵的眼泪道。

萧灵果然止住哭泣，有些怯怯地随在凌通的身后，向那老樟树下行去。

“通通，通通回来了！”老樟树下传来一阵惊喜的欢呼。

“通儿，你没事就好，快来向几位叔婶行个礼！”凌跃一见凌通仍是活蹦乱跳的，心下大喜，忍不住有些激动地唤道。

凌通见父亲身上缠满了纱布，母亲在一旁神情憔悴，却并没有什么大碍，心中稍定，乖巧地唤了声：“爹、娘，可把孩儿担心死了！”说着拉着萧灵挤入了人群。

“我们还一直在担心你，翠花说你与一位老先生一起回来，可是后来，我们只见到老先生的遗体，还以为你也被恶贼害死了呢！”吉龙抢着道。

凌通望了他一眼，见他肩头兀自流着血，想到萧隐城之死，不由得叹了口气道：“若非这位老爷子舍命相阻，只怕我真的是见不到爹娘了。”

众人想到那些贼人的凶狠，不禁仍然心有余悸。那些人的厉害实是超出了他们的想象，若非倚仗树林的机关埋伏和山洞之类的，只怕根本就不能防守得了贼人的进袭，而凌通只不过是个小孩，如何能够与那些贼人相抗衡？是以众人都以为凌通会遭到毒手。可此刻见凌通活蹦活跳地出现在大家面前，虽然受了伤，也的确出乎众人的意料之外。而凌通说是萧隐城舍命相救，自然信而不疑。但却为萧隐城的死而微感黯然，也有种说不出的感激。

凌通愣了愣，一把拉过萧灵，介绍道：“这是老爷子的孙女萧灵，老爷子临终前，叫我好好地照顾她，大家就叫她灵儿好了。”

众人这才注意到这清秀而气质高雅的小女孩，只是此刻眼角挂着两行泪珠，让人怜惜万分。

凌二婶更是充满了怜爱地伸手轻抚萧灵的秀发，怜爱而伤感地道：“闺女，你别伤心，就当这里是你的家好了，今后若有什么事情就跟大妈说，大妈和这里的乡亲都会帮助你的。”

萧灵禁不住拉紧了凌通的手，眼泪“哗啦啦”地便掉了下来。

“灵儿，别哭，我娘说得对，你就当这里是你的家好了，我会好好照顾你的。”凌通安慰道。

“灵儿不要，灵儿要回家……”萧灵忍不住哭出声来道。

众人不由得相视愕然，却不知这小姑娘的家在何方，但感对方乃是凌通的救命恩人之孙女，谁也不会怪她。

“通通，这闺女的家在哪里呢？”乔三忍不住问道。

“她家是在南朝杭州西子湖边！”凌通回应道，神色间有些迟疑地望着乔三。

“什么？她是南朝的人？家在西湖？”凌跃骇然问道，像是听到最稀奇之事一般。

“哇，这么远，怎么去呀？”吉龙和众村民都附和道。

乔三的眉头微皱却并没说话，隐隐地知道这之中定有别情，否则对方怎会自那么遥远的地方来到这儿呢？

凌通咬了咬牙，捏紧萧灵的手，坚决地道："灵儿别哭，我会让你回到家中的。"

萧灵这才勉强收住了哭声，却仍是伤心欲泣之状。

"闺女，你先去休息休息好吗？我看你是累了。"乔三温和地道。

凌二婶疼爱地唤道："闺女，跟大妈来！"

萧灵也的确是累了，却仍向凌通望了望，似乎这么多人之中，她唯一可以依靠和相信的人是凌通一般。

凌通心下一片黯然，也微有些感动，更涌起了男人天生的侠义心肠，不由温柔地道："灵儿，你先去休息吧，我明天再去找你。"

萧灵这才默默地跟在凌二婶身后行去，不时回头望望凌通，倒有种生离死别的感觉。

"通通，你先向几位叔婶上几炷香，磕几个头吧。"凌跃吩咐道。

凌通含泪拜过之后，想到几位平日与自己相处极好，又极疼他的人，却在一日之间就不能重聚，禁不住涌起了满腔的仇恨，问道："三叔，那些恶贼是你们赶跑的吗？"

"不是，是你鸿之哥带了官兵从小道赶到，这才将贼人杀退，他们已去追击贼人了。"乔三道。

凌通不由得向翠花望了望，翠花却摇了摇头，显然是剑痴并未出现。但既然官兵已到，自然是更为放心，也只有官兵才能使这群流匪害怕。但他禁不住又想起管严那批人，那些人也被杀了吗？

"点火吧！"乔三强压住悲愤，有些无力地道。

众人全都黯然泪下，大樟树下一片凄惨。

乔三向吉龙吩咐道："去准备一些酒菜，明日招呼那些官爷！"

吉龙点了点头，道："我待会儿立刻去办！"

火光下，众人再次陷入沉默。

"能请得田宗主光临，可真是天之大幸呀！"昌义之与韦睿同时欢颜道。

"二位太过客气了，我们三宗本可说是同气连枝才对，今日能再次相会，确有一种过境沧桑之感，还得感谢祝宗主的一番美意！”金蛊神魔悠然一笑道。

祝仙梅很冷静地坐于一旁，那斗篷依然未曾摘下，并不能看见她面部的表情，但谁都可以感受到她内心的欣慰。

“今日有田宗主相助，天下又有何事不可成？这真是太好了！”韦睿欢声道，旋又记起了什么似的问道，“那么徐家的小辈便不用去费心啰？”

“不，徐家之事依然要办。要说到当世医道之精，当然无人能与陶弘景相比，但徐家的医道也绝不能小觑，徐文伯那老匹夫的医术连我都得敬他三分。更何况，徐家世代行医，其家中藏药是外人难以想象的，就是皇宫药库之中也不一定会比它全，若由徐家这个内奸出面的话，我们所需要的任何药物便容易得到了。目前谁也不知道蔡伤所下是何种毒药，也许，所需的药物会很难寻得，但有徐家这一着伏笔，许多难题，便能迎刃而解！”金蛊神魔淡然道。

昌义之不由得惊奇地向祝仙梅望了一眼。

祝仙梅一声轻笑，道：“二位不必惊讶，这之中的细节，我早对田宗主讲过了。所以，他对这之间的事情很清楚，你们不必再费神重复了。”

“如此更好，那便省了我们许多口舌，既然田宗主如此说来，那么徐府的事便依旧进行下去了。”韦睿悠然一笑道。

“办这件事情的人是谁？”祝仙梅平静地问道。

“石泰斗！”韦睿自信而又有些欣慰地答道。

“嗯，年轻一辈中，他的确是个了不起的奇才，有他办事，我便放心了！”祝仙梅语气之中多了几许赞赏的调子。

昌义之也“呵呵”一笑，道：“这年轻人的确与众不同，韦兄有如此弟子，倒真让我好生羡慕，花间宗有继了！”

韦睿忍不住得意地一捋胡须，嘿嘿一笑道：“泰斗这孩子的确让人感到很欣慰，能有今日之成就，也的确不是侥幸得来。当初，我所选择的一百名根骨极好的童子，在我的训练之下，能够过关的，只不过十余名而已，而最先闯出‘十八层地狱’的人，却是这一个当初我认为资质最差的，他足足比第二个闯出‘十八层地狱’的青年早上两年。这几乎是一个不可能的奇迹。就是老夫当初入门之时，闯出‘十八层地狱’，也花了十六年，而他却只花了十四年半，单凭这一点，他已足够有实力问鼎江湖了！”

“哦，这一点，我以前倒没有听韦兄提起过，听说有史以来，本门中人闯出‘十八层地狱’的，最少也得用十五年，却想不到泰斗居然能创出这样一个先例，倒的确是可喜可贺，他日之成就定会在韦兄和我们之上了！”昌义之笑道。

“昌兄客气了，现在的天下，应该让年轻人去闯了，我们都已经老啰，壮志虽存，但雄心可不若当初哦！”韦睿笑道。

“韦宗主客气了，二位应该说是老当益壮啊！”金蛊神魔笑道。

四人不由得全都开怀地大笑起来。

稍顷，昌义之声音变得沉重地道：“不知几位宗主曾听说过《长生诀》这个名字没有？”

“《长生诀》？”金蛊神魔和祝仙梅全都惊问道。

“不错，正是《长生诀》！”昌义之补充道。

“我听说《长生诀》乃是当年黄帝的师父广成子所著的一部奇书，得者可修成正果，荣登仙界，难道世间真的有这部奇书的存在？”金蛊神魔骇然问道。

“田宗主所言的传说的确是广为人知，我也曾听说过！”祝仙梅补充道。

“那并不是一个传说，而是一个事实。事实之上，世间的确有那部奇书的存在。当年宋武帝刘裕曾获此奇书，却并未悟透其中奥妙。相传，宋武帝之书是为葛洪所遗，葛老神仙就曾悟出此书之中的一部分奥秘，终能达至羽化飞升之境。据闻，葛老神仙也并未完全悟透这部奇书，否则，便是他的躯体也可随之而去。当然，这只是传言，而这部书的确一直存在。而且当年一直存放于皇宫的宝库之中，直到宋明帝之时，这部宝书便不翼而飞。明帝昏庸，也不知宝书的重要性，并未就此追查。但后来，有人探得，这部奇书却是落在北魏广灵刘家的手中，没有人能够破译出其中的奥秘，当靖康王萧正德引北魏之兵攻梁时，也不知道是什么原因，广灵刘家竟然愿与他联姻，而且答应以这部奇书作为嫁妆！”昌义之认真地道。

“昌护法是怎么得知这个消息的?”金蛊神魔和祝仙梅不由得异口同声问道。

“这消息的来源是郑王及刘家的密探，应该说是准确，而郑王与我更是来往极为密切，他和靖康王有隙，更想得到此奇书，叫我为他定计。因此，这之中的情节我了解得比较清楚，才会得知《长生诀》可能会作为嫁妆来梁!”昌义之认真地道。

“哦，如果《长生诀》传闻属实的话，岂不是可以和本门的十卷《天魔册》相媲美吗?”祝仙梅极有兴致地道。

“何止与本门的《天魔册》相媲美，若是能全部悟出《长生诀》之上的奥秘，便可以长生不老，永登仙界，与天地同寿。《长生诀》乃道家至宝，其上自然记载着道家最为高深的武学。广成子、黄帝都是上古之神，全源自这部《长生诀》，可见其中的奥秘有多么让人难以想象，只要能得《长生诀》，就是我们当中之人，谁能够悟通一小部分，要像葛老神仙一般，羽化飞升，并不是一件难事。当年祖师爷不是也曾练成了《天魔册》之上的绝学吗？但，仍然不是葛老神仙的对手，才会退隐幕后，可见，《长生诀》的确有其神妙之处。”昌义之正容道。

听到长生不老，祝仙梅的眼中露出了一丝异样的光彩，当初魔门祖师爷败于葛洪之手是不可否认的事实。数百年来，魔门最忌的也便只有那么几个人，道教的葛洪，后来佛门中的慧远，道安也曾是他们的强硬对手，但败得最惨的却是佛魔之争，慧远竟将魔门逼得四分五裂，魔门中人只得逸散于四处，绝顶高手，在这一役之中，几乎尽丧。

花间宗的老宗主更设置十八层地狱，只有凭实力冲出十八层地狱的人，才有资格立于世上，才有可能与佛门一较长短。为了对付佛门，他们对这些后辈弟子的训练，几乎是灭绝了人性的，没有人能够想象十八层地狱之中的艰苦与阴暗，往往数百名根骨极好的少年，在训练之中，只有几人能活着闯出十八层地狱。有些人甚至终身老死于十八层地狱之中仍无法闯出，其他各宗的训练也同样是非常人所能够想象的。除了烈火宗远在毛乌素沙漠，对进取中原之念不强之外，其他各宗都极具野心。因此，这几宗所出的高手也便多得多，烈火宗已渐渐变得有些没落，关外十魔说起来都是高手，但与韦睿、昌义之等人相比，又相差了两个级别。

葛洪可以说是道教的一代宗师，其功力之高绝不容置疑，若连他也只不过习得《长生诀》上的一部分武功，那么《长生诀》上的武功将是多么不可思议！是以，昌义之说《长生诀》胜过《天魔册》并没有人反对，而且每一个人都为之动心了。没有人会不想长生，没有人会不为自己的生命担心，死亡永远都是一个难以闯过的关卡。对于任何人，死亡都是一种难以抗拒的灾难。特别像他们这一帮权重且野心极大的人物，生命尤让他们觉得宝贵，值得迷恋！

“他们将何时行动？”祝仙梅有些压抑不住自己的激动问道。

“郑王早就在行动，是我给他安排的，计划以假亲相迎。到时候，只要拖住靖康王的人马，他们便能以男方的身份接过刘家的女儿，同时准备在半途之中对女方的送亲队伍进行伏击，制造一个新娘被抢的假象，而所有的参与者，都不可能留下活口。那时候，靖康王死无对证，且更不敢明目张胆地闹翻，毕竟，与敌国通婚并不是一件好事。刘家之人也同样会是如此，若是他们这次太过张扬，只会让北朝认为他们有叛乱之心，那么，他们在北朝中的基业便会毁于一旦。因此，这几乎是一个不怎么冒风险的计划，而靖康王也只能哑巴吃黄连，有苦说不出！”昌义之缓缓地道。

“哦，如此一来，这一切就变得极有意思了！”金蛊神魔好笑地道。

“的确是如此，这样也就好办得多了。”祝仙梅极有兴致地道。

韦睿双眼闪烁着异彩，兴奋地道：“我们大可让郑王也弄得莫名其妙，不知所以，让他们把这笔糊涂账全都记在靖康王的身上，两人去大闹上一番！”

“韦兄有什么好计划吗？”三人的目光全集中在韦睿的脸上。

“昌兄不是说，这一切是由你安排的吗？既然是这样，你大可对刘家的嫁妆稍稍留意一些，便可知道《长生诀》是否在其中。你派属下心腹加入迎亲的队伍之中，以这些人的身手要查看一些东西，还不轻而易举？我也可派后起之秀同去，若东西在嫁妆之中，我们来个顺手牵羊，谁还能查出个什么来。那么以后两虎相争，为的只不过是一件完全没有特殊意义的嫁妆，岂不好玩？”韦睿笑道。

“韦兄所言虽是，但韦兄却没有想过，《长生诀》乃是一件稀世之珍，刘家怎肯放在那些嫁妆之中？就算是，这样一小本书，也是极为难寻的，你们也千万别小看了刘家，能成为北魏几大家族之一并不是一件简单的事，也许，他们与尔朱家族相比较起来，尚有不及，可谁也不能小看他们，刘家中的高手必定极多，也一样很可怕！这次送亲虽然不敢大肆宣扬，可绝不会把它当作一件小事去做。大家想想，刘家为什么会把女儿嫁给靖康王？我想其中的原因可能极多！”金蛊神魔平静地分析道。

众人全都一愣，凝目望了望金蛊神魔，做深思之状。

“田宗主是说刘家别有用心？”祝仙梅娇声问道。

第七十四章　仙诀引魔

金蛊神魔温柔地看了祝仙梅一眼，悠然道："大家不要忘了，北魏的实力并不比南朝弱，北魏虽然在此刻是一片混乱，朝中腐败至极，但厉害人物仍有很多，若元融、李崇、卢家之类的人。四大家族中除刘家外还有叔孙家族，叔孙怒雷那老家伙更不是好惹的，就是尔朱荣也得敬他三分。叔孙家族之中的年轻一辈也有不少厉害的角色。元家更是根深蒂固，其内高手如云！世道是乱了一些，战争的烽火四处扬起，这对送亲有利也有害，从北部广灵至江南，数千里之遥，就是再怎么隐秘，也无法瞒得过北魏朝廷的耳目，北魏朝廷岂有不插手之理？而刘家智者绝对不少，他们岂会不明其中轻重？岂会做这种蠢事？岂会想不到这样的后果？"

"对，我们竟一时被《长生诀》给迷惑了。的确，田宗主所言都是无法避免的，那他们怎会做出这种蠢事？幸亏田宗主提醒！"韦睿有些恍然道。

"不错，这种后果，只会让刘家无法立足于南朝，如此严重的后果，除非他们想要举家迁至南朝！"祝仙梅附和道。

"那是不可能的。刘家能成为北朝四大家族之一，其实力在北朝扎得极深，无论是朝中朝外，都有他们的势力。更因为他们经营了一些比较重要的行业，即使想要举家迁至南朝，也至少要有十数年的准备过程，否则，就算北魏不去管他们，他们搬到南朝也只有寄于别人的屋檐之下，更得从头再来，这一点相差却是极远极远。南朝虽然近几年变化极大，但与北朝的资源相比，仍然差距较大。在南方，很多地区都仍是一片荒岭，或原始的人，用牛都不会，刀耕火种。而在北方，却是粮源充足，在战火连绵之中，繁华之地仍是处处可找。在北朝像拥有刘家这般实力的家族，就是四方的起义军也不敢对他们太过得罪，他们在北方的收入至少是日进斗金，怎会放弃北方那块宝地而入南朝来垦荒呢？再说刘家也有不少用兵良将，三军未动，粮草先行，若连这一点都不明白，那还称什么良将？因此说来，刘家是绝不会在这个时候举家南迁的。”金蛊神魔断然道。

“田宗主所说极是，那他们又有什么阴谋呢？难道他们嫁女只是一个幌子？”昌义之皱了皱眉头道。

“既然刘家这般有恃无恐的不怕朝廷追究，那定是有问题。且不说朝廷，单说北魏四大家族都是鲜卑贵族，若是知道刘家有预留后路之心，还会容他刘家列入四大家族之中吗？还会有他刘家的好日子过吗？因此，据我估计，北魏朝廷和四大家族之间，早已经知道这件事，抑或是北魏朝廷精心策划的一手好戏！”金蛊神魔双目中闪过一丝自信的神色，肯定地道。

“此话怎讲？”祝仙梅若有所思地问道。

“祝宗主是聪明人，一点便通。试想，为什么刘家会选中萧正德？那是因为萧正德确有反叛之心，更是野心勃勃，却又是一个极为糊涂之人。萧衍立他为太子，又废他这个太子，他岂会不记恨于心？当初引魏攻梁已经很明显地表露出他对萧衍的不满，这种皇族之间的矛盾已经深种，只是缺少一个火种而已，只要有一个火种，梁朝皇族之间定会有一次大火拼！而这正是魏人所期盼的。北魏境内已经够乱的了，破六韩拔陵已经战死，六镇的起义军降魏，但这些起义军和难民安置于冀（今河北翼县）、定（河北定县）、瀛（河北献县）三州就食，而起义军的活动并没有就此停止，反而让这三地及附近各处变得乱了起来。且柔然王阿那瓌的铁骑将北六镇踏得狼藉一片，虽然后因告急而退，但六镇在这几年之内，却是难以恢复生气，难民只会让北魏头大。更何况，西有胡琛、万俟丑奴、赫连恩、莫折念生闹得不可开交，让北魏晕头转向。而秀容川的伏乞莫于仍然极为顽强，胡人起义虽已接近尾声，但仍然有可能复燃，这使得北魏无力南行，更害怕南梁乘虚而入，落井下石而北伐。自然，要想尽办法使南梁无力北伐，让北朝有缓上一口气的机会，那就是让南梁也若北魏一般，乱上一通，最好的办法，莫过于让南梁皇族之间发生矛盾，政局难稳。而刘家或者说是北魏及四大家族，都看出了靖康王和太子之间的矛盾，而靖康王当年引魏攻梁，虽然萧衍有意包容，不治其罪，但却已激起了皇族之间的怨愤，只是碍于萧衍，而不能直表而已。萧正德虽不是什么极为精明之人，但这一点自然还是很清楚的，因此他想得到《长生诀》，却没想到这部《长生诀》正是一点火种，引起皇族纠纷的火种！为什么郑王会知道有《长生诀》的存在？因为这本身就是一个极为精妙的计划，或许事情比我想象的更为复杂，也不为奇！”金盅神魔滔滔而谈，却让三人惊得咋舌。

“经田宗主如此一分析，看来这的确是一个阴谋。好深沉、好阴毒的计划，想不到刘家会如此深沉，我们差点被他们耍了！”昌义之惊诧地恼骂道。

“是呀，刘经天这老匹夫想来定是得意死了！”韦睿气恼地骂道。

“哈哈，两位何必为此而生气呢？他们有这样的计划，我们难道就会怕了吗？这岂不是正好让我们有大展身手的机会？本门到目前为止，萧家皇族之人太多，兵权太散，若是让他们大乱一阵子，岂不是正好合我们胃口？也会省去我们许多的麻烦，又何乐而不为呢？”祝仙梅甜甜一笑道。

“祝宗主所说得极是，只有乱中投机，才能成就最后的胜利。不过，我们也可以一举多得！”金盅神魔阴阴一笑道。

“一举多得？”祝仙梅和昌义之三人异口同声地问道。

“不错，我们大可一举多得。既然刘经天这老匹夫是有意火烧南野，而《长生诀》正是火种，也定不会不将这火种不送来。这样，《长生诀》作为嫁妆，定也不假，只是一定藏得极为保密，知情的人也许只有新娘一人。但只要他们将《长生诀》带来，我们便会有机会拿到。只是这可能要花费一番工夫而已。其实要使他们皇族内乱，也不一定是非要这《长生诀》才奏效，我们只要让他们在这迎亲、送亲的途中互战，而又让双方都明白对方是谁之时，再来一个渔翁得利，顺手将新娘和《长生诀》掳走。如此一来，他们便会互相疑神疑鬼，其矛盾也会很轻易被激发，这岂不是一举多得?”金蛊神魔微微有些得意地道。

“田宗主所说虽然有理，可是我们如何能够找到那本《长生诀》呢?”昌义之反问道。

金蛊神魔得意地一笑，道：“其实这事情并不是很难，我们若是当着这么多人的面掳走新娘，只要再加上几个小动作和几句话，便会让这些糊涂蛋不分东南西北，而我们只要安排妥当，将所有的嫁妆全都搬回来，包括新娘在一起，一样不缺，你们以为还会不会找不到《长生诀》?”

“哦，若真是这样的话，那的确有可能，但这之中只怕很困难!”祝仙梅沉吟了一下道。

“祝宗主放心，这根本就没什么困难可言，我派出一个人，只要你们再派人与之配合，这一切定会马到功成!”金蛊神魔自信地道。

“一人?”三人不由得同声惊问道。

金蛊神魔得意地一笑，道：“对！一人!”

“绝情?”祝仙梅骇然惊问道。

“绝情是谁?”昌义之与韦睿见祝仙梅如此惊骇，不由得好奇地问道。

祝仙梅吸了一口气，注视着金蛊神魔，疑惑地问道：“绝情不是已经死了吗?”

“没有，绝情是不可能这么容易便死掉的，我已经感应到了他的存在。的确，中间有四五天我无法感觉到他的存在，我也以为他死了，可是后来，我知道他又活过来了，而且现在已经完全康复了!”金蛊神魔的神色间竟变得有些温柔地道。

“你能感觉到他的存在?”祝仙梅有些不敢相信地问道。

“不错，我不仅能感觉到他的存在，还能够用心去召唤他。无论他走到哪里，只要他没死，我就能够召唤他，而他更会感觉到我的存在，甚至知道我在哪里，绝不会找错。因为他的心神和灵魂之中已经融入了我的思想!”金蛊神魔极为得意地道。

昌义之与韦睿两人不由听得有些糊涂了，更有些不明所以，怀疑地问道：“绝情到底是什么人?”

“绝情乃是我新炼制出的毒人!”金蛊神魔并不隐瞒地道。

“哦，田宗主居然炼出了毒人，真是可喜可贺，实乃我魔门之幸呀!”韦睿欢喜地道。

“两位尚不知道，这绝情在北朝的确是大大地露脸了，独身刺杀莫折大提，进出如入无人之境，迫使羌人和氐人的义军后撤三百里，已是北朝名噪一时之人。”祝仙梅娇声道。

“哦，看来我们两人是坐在屋子之中养尊处优太久了，连北朝发生了这么一件大事都没弄明白，真是惭愧!”昌义之不好意思地笑道。

“那绝情何时能来呢?”韦睿又问道。

“大概一个月之后便可以抵达这里!”金蛊神魔肯定地道。

“田宗主准备让绝情一个人单独行动?”祝仙梅疑问道。

“是呀，一个人的力量是有限的，更何况刘家和郑王、靖康王的属下，也有不少高手，一个人出手，只怕会弄巧成拙，那可就让计划付之东流了!”昌义之有些担心地道。

“人多了反而会碍事，你们想想，刘家肯嫁女以乱南梁，这所嫁的女子定不简单，也绝不是凡俗可比，否则就算有《长生诀》这火种，而刘家的女儿却让人失望的话，也不可能在靖康王面前要什么手段。他们安排这样一个女子在靖康王的身边，很可能是要靠此女来媚惑萧正德，怂恿萧正德。若是一般的女子，恐怕绝对无法达到理想的效果。刘家所嫁之女定不能小觑，对于这样一个女人，想要从她的口中探出什么消息，绝不是一件很容易的事，用硬的方法可能很难得出结果。因此，我想采用的乃是英雄救美之计，动之以情，让她自己主动说出来，反正，我们有的是时间，我们可以一边解决蔡伤的问题，而一边解决《长生诀》的问题，相信这一切都会很顺利的!”金蛊神魔极为自信地道。

祝仙梅见昌义之和韦睿两人的神色犹有些惊疑不定，不由得出言道：“二位请放心，既然田宗主如此有把握，相信定不会有误。更何况，我在北朝之时，自尔朱家族之中探得口风，说田宗主的绝情竟会让尔朱荣忌惮，而且绝情与尔朱荣交过手，其武功之强，连尔朱荣也无法完全占得先机，只怕当世之中真的只有尔朱荣与蔡伤两人堪做他的对手了。办这点小事，只不过是劫走一个女子，相信不会有多大的困难，只要到时候，我们能够小心安排，便若田宗主所说，一切都会很顺利的！”

昌义之和韦睿两人仍是怀疑地望了望金蛊神魔，显然不敢相信绝情能让尔朱荣忌惮，天下只有蔡伤和尔朱荣两大高手堪成其敌！

金蛊神魔显然也明白他们两人的意思，不禁自豪地笑了笑，道：“祝宗主说得并没有错，也并没有夸张，这次我所炼制的毒人，已经突破了祖师爷的那些弊病，这是一种全新的形式，毒人完全可以保留自己的思想和意志，但他以前所有的记忆却是十八层地狱之中的情节，就是他以前最亲最亲的人，他也不会认识。这种毒人再不是那种浑身是毒的低级毒人，他和正常人并没有很大的区别，区别只在于他的生机比普通人要强上百倍，他的肌理修复速度更是超出人的想象，更重要的却是，他至死绝对服从主人的命令！”

昌义之和韦睿不由听得瞠目结舌，但仍有些不解地问道：“虽然如此，但天下间又有几人的武功可以达到蔡伤和尔朱荣那种境界呢？就是‘哑剑’黄海，也不能与蔡伤、尔朱荣相提并论！”

“我这毒人炼成之后，其功力会比他原来的功力增长数倍，若是黄海的功力增长数倍，试想，蔡伤和尔朱荣如何还能成为其敌手？当然，天下能够将黄海制伏的人，恐怕还只有蔡伤一人而已，就是尔朱荣也办不到！我更别妄想能够得到这般高手作为我的毒种。其实，我能制出绝情这个毒人，恐怕也只能归结于天意，若是以平常的想法，我永远也不可能制伏得了这个毒种。因为其智慧和武功，我根本无法与之相比，因此在他被炼制成毒人之后，天下能与之相匹比的，便已经太少了！”金蛊神魔有些卖关子似的道。

“绝情他到底是谁？”祝、昌、韦三人忍不住同时问道。

金蛊神魔神秘而又极为得意地笑了笑，道：“他的前身便是有年轻一辈中第一人之称的蔡风！”

“蔡风！”祝、昌、韦三人同时一怔，忍不住惊呼出声，像是看一只怪物般望着金蛊神魔。

“不错，绝情就是蔡风，只是他自己并不知道而已。天下间恐怕也只有这样的一个好毒种来成就我炼制毒人之梦，无论是智慧，还是武功，年轻一辈之中，绝对无出其右者，就是尔朱荣的侄儿尔朱兆也不能！破六韩拔陵，严格来说并不是败在朝廷和阿那壤的手中，而应是败在这个蔡风的手中，谁也想不到这样一个年轻的小子，其手段竟然如此可怕，对付破六韩拔陵的每一个举措之中，都几乎包含了这个蔡风的计划。这个年轻人的眼光之深远，更让人感到可怕，便像是一个潜伏在一旁的超级猎手，世间所有人都成了他的猎物。只是，这小子太过多情，也便成了他致命的弱点！”金蛊神魔得意地一笑道。

蔡风的名字，他们自然都听说过，蔡风的名字就像破六韩拔陵的崛起一般，虽然南朝并不是每个人都听说过蔡风的名字，但是在朝中之人或武林中人，又有谁会没有听说过蔡风的名字？更何况，李崇曾对蔡风之事大肆宣扬，以激励士气。因此，蔡风的事迹在军中流传极广，世人所知的蔡风虽然表面并没有做多大的事，但像金蛊神魔、祝仙梅等密切注视着武林动态的人，自然对蔡风了解得就要多一些，擒刀疤三、大柳塔让卫可孤惨败丧命，金蛊神魔却更清楚蔡风竟可以动用突厥人相助，无论是异族、朝廷抑或武林都被蔡风玩弄于股掌之间，单凭这点智慧，便足以让人动容。

破六韩拔陵之败，便是因为蔡风的插手，能让一代枭雄惨败，的确是一件让人难以想象的事。

“真想不到，原来田宗主竟能使用如此好的毒种，江湖中的人还以为蔡风在大柳塔之役中已死，原来竟成了田宗主的绝情，真是可喜可贺。我们三宗联手，又何怕他剑宗？看来天下实应归属南方了！”韦睿欢喜地道。

“对了，传闻蔡风乃是蔡伤之子，又与‘哑剑’黄海有着密切的关系，要是他们知道了蔡风受了田宗主的控制，我们岂不会凭增两个强敌？天下又有几人能够抵抗蔡伤与黄海的联手出击呢？”昌义之有些担心地道。

“蔡伤难道现在不是我们的敌人吗？黄海乃是道家谪传之人，佛道两家本是我魔门的世敌，我们之间的决战拉开序幕只是迟早的问题。更何况，知道绝情是毒人的人只不过几大宗主而已，而我们要去杀蔡伤，现在只是极为轻而易举之事。只要叫绝情出手，蔡伤甚至没有一点点的防备，蔡伤怎么也不会想到他的儿子会成为毒人，甚至根本就不认识他。这样一曲戏的确是够精彩！”金蛊神魔说到得意之处，竟忍不住想放声大笑。

“谁?”祝仙梅低声喝道。

“弟子有事要禀告师父！”一个极为冷傲却又极为恭敬的声音自门外传了进来。

韦睿松了一口气，向祝仙梅解释道：“是我的徒儿石泰斗！”

“哦！”众人这才松了一口气，因为众人都知道石泰斗乃是韦睿的心腹，更有可能是新一代花间宗的宗主。

“泰斗进来见过各位师叔！”韦睿轻唤道。

“吱呀——”门被推开了，一个二十岁上下的年轻人跨步行了进来，脸上的线条勾勒出一张清秀而又具有震撼力的面容。那浮于唇边的笑意，配上那似乎会说话的眼神，却有一种让人心颤的魔力。

身为女人的祝仙梅更是大有感触，目光暴出一团奇光，似透过那层轻纱斗篷罩于石泰斗的身上，当然那与男女之情并无关系，那只是代表一种欣赏，因为石泰斗的确有让人欣赏的地方，无论是气质内涵，还是那沉稳高手的风范，都的确值得人去欣赏。

金蛊神魔却有些呆愣地望着石泰斗，心头有一丝极为异样的感觉，那种面善的感觉，很真实。

当石泰斗向他行过礼后才悠然地行至韦睿的身边，那种高手的内涵尽敛，似乎变成了一名文弱书生。蔡风……

对，金蛊神魔心头恍然，因为石泰斗的形象与那种似乎天生的眼睛很像蔡风！

“嘭嘭……”木门被敲响。

“谁呀?”凌跃淡淡地问道。

“老三！”回答的是乔三。

“哦，是老三呀！”凌跃迅速开门，望了身披鹿皮袄的乔三一眼，奇问道，“老三，这么晚还有什么事吗？”

乔三踏入屋中，淡然一笑道：“我只想找通儿谈谈，是以这个时候来。”

凌跃一愣，反手关上木门，凌二婶迅即端上了一杯热茶，道：“我这去叫通通！”

“娘，我不是出来了吗？”凌通并没有睡。

乔三望了望凌通，眼中露出一丝慈祥而温和的神采。

“三叔，你请坐呀！”凌通乖巧地搬来一张木椅，客气地道。

乔三和凌跃相视一笑，慈爱地拍了拍凌通的肩膀，笑道：“通通是越来越乖了。”

凌通有些腼腆地一笑，道：“我只对三叔乖，对别人可就不怎么乖了。”

“哈哈……”乔三和凌跃禁不住大笑起来，凌二婶也为之莞尔。

“通通知道三叔今晚找你为什么事吗？”乔三语气一转，温和地问道。

凌通想都不想，出口道：“三叔定是要问灵儿的事，对吗？”

“通通果然聪明，三叔的确是要问这小姑娘的事。”乔三定定地望着凌通，认真地道。

凌通思索了一会儿，就将今早出村一路上所遇之事，直到村中萧隐城身死，一五一十地说了，听得乔三和凌跃皆目瞪口呆，但又觉得好笑不已。凌通并没有隐瞒萧灵的身份，到后来，几人的面色都有些沉重。

“通通有什么打算？”乔三想了想道。

凌通不由得将目光转向凌跃和凌二婶，欲言又止。

“通儿有什么想法和打算不妨跟你三叔说说，你已经长大了，有些事情需要你自己作出决定，爹相信你能处理好自己的事情。”凌跃深沉而又认真地道，目光中露出信任之色。

凌通忍不住一把抱住凌跃的老脸，亲了一口，喜道：“还是爹好！”

众人不由得哑然失笑，凌二婶望着凌跃伸手去摸被亲的脸，禁不住掩口笑得弯下了腰。

“你，你这招是从哪里学来的？”凌跃好笑地问道，心中却是乐滋滋的，望着这渐渐长大的儿子，心头涌起了一种难以形容的满足感和成就感。

“这一招无师自通，嘿嘿……”说着凌通竟自个儿笑了起来。

乔三大为羡慕地望了望凌跃，由衷地道：“要是海儿有通儿这么乖，三娘她定是高兴得要发疯了。”

“老三可不能太夸这孩子，那他肯定会被宠坏的。”凌跃笑道。

“好了，我们不说这些了，来听听通通自己的决定和打算吧。”乔三吸了口气道。

凌通也深深地吸了口气，扫了几人一眼，认真地道：“我想送灵儿回家!”

“什么？你……”凌跃和凌二婶惊得有些说不出话来，不敢相信地望着凌通。

乔三出奇地没有惊讶，只是平静地问道：“从这里至西子湖，少说也有三千余里，你们俩加起来也只不过算是个大小孩，你有没有考虑到其后果会是怎样呢?”

凌通一愣，显然并不知道西子湖与蔚县相隔有数千里之遥，本还以为只用几日时间就可以到达，但若是数千里，那恐怕就不是十天半月的事情了。而这一路上，两个小孩子，所要遇到的问题实在难料，心下不由得踌躇起来。

凌跃见凌通脸色阴晴不定，不由得出言道：“是呀，这几千里路，就是我们大人日不停蹄地赶，也要近二十天才可以走完，何况现在已入冬了，天气越来越冷，不像夏天，在山洞野外住住还没关系，可这寒冬腊月，若是在山洞野外住，不冻死人才怪。再说你又不熟悉南行的路，如此盲目地南下，我们岂能放心？你们两个小娃娃，更经不起长途跋涉，一天就是走上百多里路，那小姑娘也会受不了。是以，这去南朝少说也要用一个月的时间，这还需平平安安的，途中不能有半丝差错。而眼下，四处战乱纷纷，北有元真王杜洛周，更是盗匪横行，你们两个孩子此行真是危险重重呀!”

凌二婶本还没有想得这么严重，可听凌跃这么一分析，不禁脸色变得有些苍白，若真是这样的话，她可更加不放心让凌通前去。不由得出言相劝道：“通儿，我看还是不要去算了吧，你对那闺女说，我们会好好照顾她，把她当亲女儿一样看待，你看那闺女人长得既漂亮，又可爱，想必她也很喜欢你，不如留她下来给你做媳妇好了，再过两三年，我和你爹就为你张罗……”

“娘，话不能这么说，通儿岂能做趁人之危的事？我知道爹和娘都是为我好，说实在的，灵儿的确很可爱，但男儿大丈夫立身处世，要像大伯、爹和三叔一样，仰不愧天，俯不愧地。灵儿她叔公对我有救命之恩，这且不说，我既然已经答应他好好照顾灵儿，就不能有违他的意愿。灵儿既然要回家，这也是她最好的归宿，我就不能不答应她，也只有这样，才对得起她死去的叔公。”凌通打断凌二婶的话，认真地道，自然而然地涌起一股男儿的豪气。

凌二婶想不到凌通会有这一番道理，凌跃也愣了半晌，正要说话，乔三却首先拍掌赞道：“这才是好通通，这才是好男儿。为人处世，要仰不愧天，俯不愧地，说得好，我们的通通真的已经长大了，真的长大了。”

凌通似乎下定了决心，正容道：“爹，娘，孩儿已经能够照顾自己，想想蔡风大哥不也是如此年轻，在外面叱咤风云吗？男儿应志在四方，孩儿也应该出去闯一闯，还望爹娘同意孩儿此举。”

凌二婶依然想做最后的挽回，出言道：“通儿，闺女的叔公只是叫你好好地照顾她，但却没有叫你一定要将她送回家乡呀，只要你将来能好好地待她，也不算是有负人家所托了。”

“娘，我知道你说得对，但是灵儿从小长在贵族家中，生活更是锦衣玉食。虽然这一年多来，我们村改变了许多，但与她所处的环境还是相差很远，更何况一个小女孩，身在异乡，既想爹又想娘，你说她能够快快乐乐地生活下去吗？我既然答应要好好地照顾她，就得让她过得开开心心，那便只有送她回家。这不仅是为她好，也当是通儿做一件好事，积些阴德吧。”凌通坚持己见地道。

凌跃叹了口气，知道凌通心意已定，刚才他说过凌通已可以自己决定一些事情，因此，并不想凌通决定的第一件事情就提出反对，那样定会打击凌通的信心，对今后独立生活和思考绝对没有好处，这正是医道中意志和精神的重要所在。凌跃并非一名寻常猎户，跟凌伯一起生活了这么多年，也读了许多典籍诗书，当然能通情达理、深明大义。可仍然幽然道："通儿，你可想过这一路上的难处和危险？"

凌通想了想，豪气干云地道："我不怕！"旋即又想到这将会让父母牵肠挂肚，豪气为之一滞，口气有些缓和地接着道，"我知道爹和娘定会担心，其实这些也是没有必要的，雄鹰翅丰总会翱翔天际，搏击长空，也只有广阔的天地才能够酿就出鹰的气势，只有在风雨雷电中去飞行，才可真正地使这只鹰的斗志永不磨灭。那梦醒前辈也曾说过，以我的武功可以到江湖上去历练历练了，何况他还赠我神丹，再过一阵子，我就会成为一个极为厉害的高手了，又有什么好担心的呢？更何况，现在丽姐独行江湖，也不知道怎么样了，我十分想去帮助她，有我们姐弟俩在一起，相信事情定会好办一些。我这次送灵儿回家，也是想顺便找找丽姐与蔡风大哥。"

众人听到凌能丽和蔡风，心头不由得微觉伤感，但若凌通真能找到凌能丽或蔡风，当然是一件美事。可是凌通毕竟只有十四岁，仍是一个孩子，若说让他独行江湖，远涉南朝，的确让人有些不放心，更何况如今战乱纷争不息。

对于凌通的武功来说，也许还可勉强自保。但在乔三和凌跃看来，比凌通武功高明的人不知凡几，至少蔡风、神秘的怪客梦醒，与今日出手相救的蒙面人，没有一个不是武林高手，是以，他们对凌通的信心不免大打折扣。

凌通顿了顿，他知道家中之人仍有疑虑，但是想到可以闯荡天下，心中又禁不住雀跃起来，更恨不得立刻就去闯出一个名堂，立刻去找蔡风与凌能丽，但仍极为平和地道："我知道你们还不放心，可是你们想想，江湖中那些厉害人物怎会是欺负小孩的人呢？欺负小孩的人肯定不会是什么厉害人物，既然不是什么厉害人物，那对付他们自是绰绰有余。我更不会怕别人下药，有大伯教我的那些医术，及这一年所学的药理、所认识的药物，自己照顾自己哪会有什么问题？更何况我们猎村的人，只要哪里有山，有树林子，就不会饿死，又有什么好担心的呢？大不了，打不过人家，逃跑是不会有问题的。再说乱有乱的好处，别人定不会太注意我这个小孩子，我只要把灵儿送了回去，她家中之人定会很感激的，说不定到时候，他们会派人送我回来也说不定呢，那样你们就不用担心了。”

“通通所说的也有道理，看来通儿真的是长大了，年轻人的确应该出去闯闯。”乔三感慨地道。将大手搭在凌通的肩上，语重心长地接着道：“昨晚你对那怪人讲得好，世间只有猎人和猎物之分，做任何事，都要拥有兽的警惕，猎人的沉稳，那就能安全过关。通通，万事必须小心谨慎！”

凌跃神色仍有些难以缓和，但他极为尊重乔三，既然乔三如此说了，他更不好打消凌通的信心。

“可是……”凌二婶始终放心不下。

“二嫂，孩子大了，是应该让他出去闯一闯了，通通比鸿之他们几个都有志气，将来也定会有所作为的，我们不应该阻止他，是鹰，终究会飞的，不是今日就是明朝。”乔三劝道，旋又回过头向凌通道：“通通，三叔支持你！”

凌通心头一阵激动，感激地道：“谢谢三叔，通通定会好好照顾自己，不让你们失望的！”

“所谓在家靠父母，出外靠朋友，我看那些江湖奇人对你很好，将来有机会不妨向他们多多请教，这样对你会有很多好处。”乔三嘱咐道。

“是呀，通儿要知道，天外有天，人外有人，世上比你厉害的人不知多少，不能逞强的，就千万不要逞强。要记住，没有打虎技别向虎山行。爹没有走过江湖，也不知道江湖中的险恶，但爹却是个猎人，知道对付猛兽是不能力敌的，为了生存，没有人会怪你不择手段。这个世道乱，有些人是没有道理可讲的，但最好是与人为善，要做到仰不愧天、俯不愧地也不是一件容易的事。”凌跃语重心长地道。

“爹，你放心好了，通儿很明白这个道理。”凌通保证地道，脸上露出极为自信的笑意。

凌二婶一阵沉默，既然凌跃和乔三都支持儿子的想法，她又有什么好说的呢？只好叹了口气道：“既然通儿执意要去，娘也不再说什么了。只是现在天气越来越冷，不宜远行。我看就明年再出发吧，等天气变得暖和了，也好赶路些。”

凌通一愕，想了想道：“灵儿这次北上，乃是为了大事，虽然已经不能成事，但并不是不能补救，我既然做好人，不妨好人做到底，早一些送灵儿回家，让灵儿把消息告诉她的亲人，早作准备，可能就可以少损失一些。这点很重要，要是等到明年春暖花开，只怕事情变动会极大，那就很容易坏事。因此，这些事当是越快越好，我想过几天便起程。”

凌二婶一愣，茫然道：“这么快？”

凌跃与乔三也相互望了一眼，想到问题的确可能有些棘手，自是早解决为好，不由得微微点头，表示凌通说得对。

“那就如此吧，你们这几日准备准备，我去弄清楚路线，到时通通与灵儿再出发，免得四处乱窜。同时，该带什么全都带齐，免得一路上多吃苦头。”乔三关心地道。

“就依三叔。”凌通欣然点头道。

“世情粉薄扰清梦，夜半弦惊落魄人……问世间情为何物？问世间情为何物……”

“小姐！”一声极为娇脆的呼唤将刘瑞平自幽思之中唤醒。

刘瑞平扭过那张微显憔悴和伤感的俏脸，眼神之中有些凄迷，望着唤她的小婢，却见那小婢一脸关切和无奈，不由得苦涩一笑，安慰道：“海燕，不必为我担心，我知道该怎么做！”

那小婢的脸上也笼上了一层深深的忧郁，有些伤感地道：“小婢明白小姐心里想什么，虽然小婢比秋月姐要笨，可也不希望小姐这样每刻都不能快乐地活着。”

刘瑞平心头一阵感慨，叹了口气道：“我们女流之辈又能干些什么呢？

命运早已被人所安排，又有多少人能够真正地理解我们呢?”

“嘭……”房门被敲响。

海燕迅速去拉开房门，秋月脸色显得有些沉重地行了进来。

“出了什么事?”刘瑞平很平静地问道。

“那个南朝来的人说要在下个月将小姐迎过去成亲，我一看那人的嘴脸就讨厌!”秋月极为气恼地怨道。

刘瑞平伤感地一笑，她很明白这两个丫头的个性，从小到大，这两个丫头都伴着她一起长大，情同姐妹，虽然是主仆关系，却可在无人的时候放胆畅言，秋月和海燕的性格大有不同，秋月极为大胆、开朗，甚至有些叛逆；而海燕却温顺、乖巧，比之秋月的泼辣多了一份忧郁。

秋月很明白刘瑞平那一笑的内涵，也不由得叹了口气，不服气地道：“我们女人为什么就一定要由别人安排命运呢?女人也是人，男人也同样是人，那个萧正德一副熊样，怎么能配得上我们的小姐呢?”

“秋月!”刘瑞平的声音有些严厉，眼神之中有些责备之色。

秋月有些委屈地望了刘瑞平一眼，却也不敢再作声。对于刘瑞平，她仍有些敬畏，更知道萧正德可能会成为她的新姑爷，而在这里骂新姑爷自然是不对的。

“你们也不必说什么，你们的心意我都明白，知道你们都是为了我好，可这一切都是命，谁也改变不了的命运！从古到今，相继有西施、昭君、貂蝉，谁又能够摆脱这种被人支配的命运呢?只因为我们是女儿之身，但愿来生不要再做女人便好!”刘瑞平叹息道。

“男人有男人的苦，女人有女人的愁，何必来世要做男人呢?幸福和快乐需要自己去寻找，若我们始终甘于被别人所支配，岂不是枉活于世上?”秋月有些激动地道。

刘瑞平一愣，像是第一次才认识秋月一般，仔细地打量着秋月，只看得秋月浑身不自在，忽然幽幽地道：“你仍记得黄公子的那些话?”

“不，他不是黄公子，他是蔡公子，他的真名叫蔡风。我记住他的话，并不是因为他是谁，而是因为他的话十分有道理!”秋月更正道。

刘瑞平苦笑道："可是天下又有几人能像那样呢？世上又有几人能看得那么开呢？"

"小姐，我们并不要几人，只要有这种人存在便行了，这就是说，我们即使去追寻自由，也并不是破例，当然不为过！因为至少这个世上仍有人会理解我们！"秋月认真地道。

"可他是男儿，游戏风尘、逍遥人生尚可，而我却是女儿家，天下战乱四起，四处焦土荒原，我们怎能四处乱跑？"刘瑞平反问道。

"小姐低看了自己，我们虽是女儿家，可又有多少男人能够胜过我们呢？不说小姐文武全才，至少这十几年的技艺也不是白学的，自保应该没有什么问题。更何况，我们只要有心，也可乔装而行，又有谁知道我们是女儿之身呢？或许别人还以为我们是一群大侠也说不定呢！"秋月眼珠一转，认真地道。

刘瑞平和海燕脸色"刷"的一下子白了，骇然惊问道："你是说，让我们逃婚？逃出广灵去行走江湖？"

秋月正容道："这又有何不可？既然小姐心中不快，又为何要强迫自己做不喜欢的事呢？西施有什么好？昭君有什么好？貂蝉又有什么好？完全失去了自己真实存在的意义，我们为什么要为别人而活？天下百姓是一家，小姐下南梁，也会让南梁的百姓受苦，北方的百姓已经苦得不能再苦了，又何必要去再害南朝百姓呢？我们这么做又有什么意义呢？结果获利的也只不过是那些整日只知道吃喝玩乐的大人们。北朝已经不思进取，民不聊生，我们的牺牲又有什么价值？那只不过换来他们更放肆地去吃喝玩乐，淫乱朝纲，陷天下百姓于水火之中，我们就是要去南朝，也不能做这些已经没有丝毫怜悯之心的大人们之帮凶……"

"秋月！你怎么能这样说？"刘瑞平骇然低叱地打断了秋月的话。

海燕也骇然，推窗四处张望，见外面并没有人经过，这才松了一口气，道："小姐，没有人听到！"

刘瑞平的脸色这才稍微恢复少许红润，微有些责备地道："你怎么说话没有一点分寸？也许你说得对，可那些大人们允许你分辩吗？若是让他们听到了，不割掉你的舌头才怪!”

“小姐，是小婢不对，但我还是要说，因为我若再不说，恐怕以后便不会有机会这般说话了。”秋月有些固执地道。

海燕和刘瑞平的脸色都显得有些难看。

秋月又微显激动地道：“男人是人，女人也是人，为什么女人就该牺牲？为什么我们女人就要服从命运？小姐此去南朝，一个女流之辈，又怎能与那满朝的蛮子相抗？就算真能为北朝出力，那又怎样？仍只是九死一生而已，即使成功，那只会使南朝的百姓陷于水火之中，小姐不仅难有好的结局，恐怕更要遭到万人唾骂！而今朝政腐败，朝纲不振，甚至倒行逆施，天下百姓毫无宁日，如此朝廷，我们又何必为他们卖……”

“啪!”刘瑞平重重地给了秋月一巴掌，气怒地道：“你给我住嘴!”

秋月一手捂脸，眼中微显出一丝悲哀的神色，但却极为倔犟，又丝毫无畏地望着刘瑞平。海燕却惊呆了，她从来都没有见过小姐发如此大的脾气，平日连句重话都没有，却想不到她今日居然出手打人。

刘瑞平在打了秋月后，自己也愣住了，似乎有些手足无措的感觉，忍不住幽幽地叹了口气，道：“或许你说得对，对不起!”

秋月的眼角滑下两颗晶莹的泪珠，声音有些颤抖地问道：“那小姐依然就这样认命吗?”

刘瑞平的目光霎时变得无比悠远而深邃，整个人似乎全都陷入了另一种神秘莫测的世界之中，良久不曾说话。

海燕也有些担心地望了望刘瑞平，再望了秋月一眼，却不知道该说些什么。

“可是你想过这样做的后果没有?”刘瑞平伤感地道。

“小婢想过，为了小姐的幸福，我们什么也不怕，无论将来会发生什么事，我们对小姐都一样忠心，更何况，只要我们易装而行，也并不是没有机会。而他们更不敢对小姐怎样，因为没有人能替代小姐，顶多只是被抓回来，严加看管而已。”秋月认真地道。

“可是，江湖之上，并不如你我想象的那般易行，危机处处，又岂是我们女流之辈所能承受的?”刘瑞平犹有些不放心地道。

秋月淡然一笑，道：“小姐以前不是很向往江湖吗？而我们又岂是易与之辈？只要我们行事处处小心，江湖又如何?”

“是啊！小姐，便只是我们三人，也没有什么好畏惧的，虽然小婢对王姥姥所教的武功修为尚浅，但对付一些江湖宵小，应该是不会有什么问题的。只要我们带足财物，一路上相信也不会受什么苦，只要我们能找个安静的地方等上一段时日，让南朝的特使失望而归，我们大可再回来，抑或再抛头露面，这又有何妨？以小姐的才貌，还怕找不到一个比萧正德好上一百倍的郎君?”海燕附和道。

刘瑞平的眼角露出一丝淡淡的哀愁，她很清楚这个决定是多么难以取舍。一方是家族和亲情，一方却是自由，是自己一生的幸福，让她如何能够取舍呢？而此刻更没有谁能为她分担一丝矛盾而痛苦的心情。

“男人有男人的苦，女人有女人的愁。”刘瑞平低低地念叨着，神色竟变得无比淡漠，似乎在突然之间作出了一个极为艰难的抉择。

秋月和海燕两人的嘴角泛出了一丝难得的笑意，因为她们知道，面对她们的将是一种新的生活方式……

第七十五章　心存禅意

绝情的神情依然是那么冷漠，像是另一个星空失落的种族，右手不经意地摆弄着翠玉箫。

这是尤一贴送给他的礼物，但他所想的却并不是尤一贴抑或姜小玉，亦非莫折大提那颗将腐的人头。在绝情的心中总有一种难以释去的疑惑，那是一种感觉，似乎是很实在的感觉。

在杀死莫折大提的那一瞬间，绝情很清晰地感觉到莫折大提那颗脑袋之中，似乎有一种极为强烈又极为熟悉的感召力，因此，他才会在生死关头仍死命地抓住那颗脑袋，而在抓住那颗脑袋的一刹那，感觉更为强烈。虽然在逃命之时，却也禁不住想起了莫折大提所说的蔡风想要圣舍利。以他一个高手的直觉，那颗不知形的圣舍利应该在那脑袋之上的发髻之中，因为当时他的手正抓在发髻之上。他也不明白，为什么自己会想到圣舍利，在他的记忆之中，似乎并找不到那圣舍利的存在，但为什么竟那么肯定地确认圣舍利在发髻之中呢？但后来姜小玉挖开泥土取出的脑袋绝没有圣舍利的痕迹，更找不到那种感觉，而发髻也已经散开，圣舍利不翼而飞！

为什么会这样？到底是哪一处出了差错？究竟是在落水之时，将圣舍利坠入了河中，还是姜小玉与姜成大拿去了圣舍利？抑或是另有其人乘机捡了个便宜呢？

姜成大父女俩应该不会知道圣舍利的重要性，也定不会欺瞒绝情，那么圣舍利到底是落入了河中，还是被别人顺手牵羊牵走了呢？绝情也想不出个所以然来。

“绝公子在想什么想得这般入神呢?”元定芳款款行至绝情的身后，轻柔地问道。

绝情悠然扭过头来，极为平和地笑了笑，道：“想我应该想的问题，想世俗难以包容的问题。其实我也不知道自己在想些什么，抑或是我根本就没有想过什么。”

元定芳一呆，不由得极为怪异地望了绝情一眼，有些不明其意地问道:“公子话中似乎藏有极多玄机，定芳倒有些糊涂了。”

绝情微微有些冷漠地笑了笑，道：“其实也并没有什么，人世之间，并没有什么值得我们过多地去想，人生亦若梦一般。我刚才在想，抑或那并不是我的本意，只是梦中的一个情节而已，没有结果的空想更等于虚幻。因此，可以说刚才我根本就未曾想过什么。”

元定芳这才恍然，悠然地坐于绝情一旁的石头之上，淡然地道：“想了便是想了，即使没有结果，仍然是想了，只不过要冠上一个‘空’字而已。人生如梦，众生寂灭，在世俗人的眼中，却是的的确确存在着的。你我皆众生，想亦便是想。当然，公子不愿意说出来又是另一回事。”

绝情不由得哑然，扭过头遥望着青山，散漫地一笑，道：“或许你说得很对，你我皆众生，想便是想，看来是绝情入俗了，倒在元小姐面前贻笑大方。”

元定芳被绝情如此一说，倒觉得不好意思起来，不自然地笑道：“绝公子可真是与众不同。”

“何处与众不同呢?”绝情并不是很在意地反问道。

“能有你这般谦虚的人，放眼整个天下，的确很少见，而在一个弱质女流之前表现出来，更是不易，这岂是常人所能够相比的?”元定芳诚恳地道。

“男人和女人并没有什么区别，单以元小姐的聪明，就不是普通男人所能够相提并论的。在这种乱世之中，能够生存下来的人才是值得人尊重的，有头脑的人才是真正的强者。既然元小姐能指出我的语病，就足以表明在某些方面，我不如你。这一点既然已成事实，我为什么仍要硬撑？那是一种极为愚蠢的表现。”绝情哂然一笑道。

元定芳莞尔一笑，道：“我们不谈这些了，这倒似乎是我咄咄逼人一般。公子能跟我谈一谈你行走江湖的经历吗?”

绝情有些异样地望了元定芳一眼，反问道：“元小姐对这个很有兴趣吗?”

“叫我定芳好吗?别叫我元小姐，我们算起来，也应该是朋友了，难道你不觉得你的称呼有些见外吗?”元定芳纠正道。

绝情大感好笑，爽快地道：“既然你这么要求，我自不能故作矫情，那定芳是否对江湖中的一些事情很感兴趣呢?”

元定芳悠然一笑，满意地道：“定芳的确对江湖很感兴趣!”

“要说对江湖的了解，我恐怕犹不如长孙教头和元管家，难道他们不曾跟定芳谈起?”绝情有些奇怪地问道。

“他们或许比你更了解江湖，但是他们绝对不会有你体验得那么深刻，没有你那般明晰!”元定芳肯定地道。

“哦，何以见得呢?”绝情好奇地问道。

“不凭别的，只凭你的笛音。天下间，大概还没有人能达到你这般境界。或许论吹出的曲调与旋律，比你吹得好之人不是没有，但你的笛音完全不是靠曲调与旋律来表达，而是完全将感情融入其中，让人完完全全地融入你的那种意境之中。虽然，那种情绪并不完全是诉说江湖，但也可以听出你对生活和对命运看得是多么透彻，看得是多么深邃，又有几人能像你那么认真投入地去看这个世界呢?而长孙教头与老管家绝对没有你这般细心地去体验生活，自旁观者的角度去看这个世道，自然就没有你这般深刻地去感受江湖了。因此，即使由他们口中说出的江湖，也只是一个江湖的表面而已。”元定芳固执地道。

绝情耸耸肩笑了笑，道：“你太抬举我了，我对江湖并没有任何体会，那只是一个让人心烦意乱的地方，我宁可独坐山林之中，细品山水，细品孤独，也不想去体验江湖，那是一种伤感的无奈。我的笛音并不是对江湖的感慨，我也说不出什么江湖事情，倒要令定芳失望了。”

元定芳一愣，她没有想到绝情会以这种方式答她，失望之余又有一种受到伤害的感觉自心头升起。

“我不是有意的，我是一个没有过去，也不会有将来的人，江湖对于我来说，那几乎是并不存在的。所以，我不能够给你任何回答，定芳不要怪我。”绝情很敏感地觉察到元定芳的情绪，不由得叹了口气道。

元定芳不解地望了绝情一眼，心头也舒缓了不少。

绝情缓缓地立身而起，悠然地转身，伤感地道：“我的生命及我的一切都不是属于我自己，因此，我不能有感情，也不能接受任何人的感情，这一切都是天意，亦可以说是命。因此，明日，我们该分道扬镳了。”

“你要走？”元定芳脸色霎时变得有些苍白地问道。

“不错！”绝情重复道。

“你要去哪里？”元定芳的声音有些颤抖。

“我说过，我的命运并不属于自己，天地之大，我也不知道会去何方。”绝情微微有些惆怅地应道。

“难道你不能再多待几天？”元定芳有些乞求地问道。

绝情扭过头来，眼中微微有些怜惜之色，望着元定芳吸了口气道：“那只会使你徒增伤感，定芳是个聪慧之人，应该明白，那只是一个错误的决定，对谁都不会有好处。”

元定芳不由得愕然而立，眼圈微红，却再也说不出话来，她自然在元权和长孙敬武口中听说过有关绝情的事情，也明白绝情所说的并不是假话，可是这的确是谁也无法改变的现实。但她仍不明白，为什么绝情会如此轻松地说出这番话来？难道，正是人如其名，谓之绝情？

绝情再不说话，转身缓缓地走开了，就是他也无法读懂自己此刻的心情，但他却似乎明白元定芳的心情，可是也不知道该说些什么才好。

绝情的身影完全消失在元定芳的视线之内，她依然静静地立着，怎么也无法读懂绝情。对于她来说，绝情便像是一个谜，一个难以琢磨的谜！

已是第五日，凌通依然没有见到剑痴的踪影，但凌通并不着急，他知道剑痴绝不会有事。其实对于他来说，也似乎并没有什么，只是想向这脾气古怪却又不失善良的怪人道个别。毕竟相处一场，人总是有感情的，这一年多来，剑痴教给他的东西极多，虽没有师徒名分，但却有师徒之实。

这五日之中，凌通在准备，他总觉得要带的东西多得拿都拿不完，可事实上，却不可能带这么多东西上路。这几日，凌通除了在山上等剑痴的出现外，就是在凌伯留下的房间中整理药材。他知道，有些东西是必备的。这十几年来，凌通虽然不能达到国手之境，但已从凌伯那里学到了很多。更何况对着药典、医经配药。凌通别无长处，但对医经、药典所记极牢，这之中仍要归功于蔡风，蔡风抄写了那么多的药典、医经，凌通每天都不断地翻看，这使他所记之药更非常人所能想象。凌伯虽去，但所留下的药材却是极多，凌通配药熬药，有极毒之药，也有解毒之药。更配制了许多治疗跌打的伤药、膏药之类的。

萧灵极乖，帮凌通拿药、烧火，倒也忙得不亦乐乎，从来都没有干过这类粗活的她，对此亦大感兴趣。

凌通更自制了一些小玩意，什么弹弓、折叠弩之类的，更让乔三在城中去打了十二柄飞刀。山中猎户多会设计一些小巧的器具，吹箭便是其中一种。这是一种极为精巧，也极为厉害的东西，但一般只有最优秀的猎手才会把握住它的准确度。而凌通却将这种用于狩猎的吹箭简易化，以芦苇杆与竹筒制作，也只不过一尺长而已，粗若两指，精巧无比，这是蔡风将阳邑的经验带来之故。装上寸长的小箭，可射出七八丈之远，若是这小箭上淬以药物，也绝对是极为厉害的杀人利器。

萧灵显然自幼习武，但由于生于贵族，自小娇惯，兼且教她武功的人并非什么高手，所以，其武功与凌通相比，自是差得远了，实战经验更远不如凌通。更且她很少出去野猎，就是野猎，也只用弓箭，因力道跟不上，箭术也并不精。与凌通这种生在猎村，以狩猎为生的猎人相比，的确是差了很远。而对于这种由凌通制作的折叠小弩、吹箭、弹弓更是觉得新奇不已。

凌通知道这一路上定会遇到很多艰险，因此，不厌其烦地教萧灵如何运用这些小巧的器具，其中的技巧和奥妙也毫不保留地教给萧灵。萧灵接触着这些对她来说十分新奇的东西，因此劲头十足，也学得极快。

凌通更教她一些简单的配药，以便自己配制一些药物，淬于兵器之上，但却不敢将那些剧毒之药告诉萧灵，怕万一萧灵配制不好，毒伤了自己，那就不好玩了。

凌二婶知道凌通行走江湖主意已定，只得依他，想到路途的严寒，便将那日蔡风留下的虎皮缝成两套皮袄，以鹿皮给两人做了靴子和手套，倒也极为精致。

等到第十日，凌通却意外地拾到了剑痴留下来的信，告之已经远行，不要再等。凌通这才决定起程，两个大孩子，骑着两匹大马，带着几件换洗衣物与一些干粮、碎银，但更多的，却是凌通自制的那些小且方便携带的武器。

第一次出远门，凌通全副武装，倒像是去打仗，但冬日衣服穿得多，这些小玩意装在身上也不怎么显形，外面也不易发觉。萧灵也有些意气风发，凌通为她全副武装，她倒似乎从来都没有这么意兴高昂过。凌通为她装备这些小玩意，的确很合她顽皮的天性，平日里，她哪里尝过如此野性武装？

两人一路上，以弹弓射鸟，倒也其乐无穷。

广灵刘府。侦骑四出，整个刘府都几乎翻转了过来。在最要命的关头，刘家的大小姐竟然失踪了，没有谁见过刘瑞平的去向，就连两名贴身丫头也都跟着一起失踪了。眼见南朝的亲事就要逼近，一向温柔如水的刘瑞平竟然失踪了。

跟着失踪的是几件衣衫和一些金银细软，难道是逃婚，故意离家出走？刘家老太爷大为震怒，但事到如今，却也无法可想，甚至还得守住这个消息不让南朝的使臣知道。幸亏，刘府的家将极多，而在各地都有势力，事发的当天，便已经飞鸽传书于各地，密切留意刘瑞平的行踪。而刘府的夫人们，都在担心，一个女流之辈落入江湖将会是怎样的后果？担心归担心，可是担心也没有什么用处。

宁武，亦有大量的难民涌入，但相对来说，仍然算是比较稳定。因为宁武与尔朱家族的根据地相距不远。尔朱家族强大的实力，使得邻近之地相对比较稳定，当然有难民涌入的地方，便是再如何稳定安宁也是有个限度的。

刘瑞平及秋月竟出现在宁武，越是危险的地方就越安全，谁也想不到她们竟会向西行，更没想到竟会向尔朱家族所辖范围行走。要知道四大家族可以说是同气连枝，一个鼻孔之中出气，很有可能尔朱家族也动用许多人来寻找刘瑞平的下落。

这之中有赌的成分。刘瑞平毕竟不是普通女子所能相比之人，自小的时候，她就被家族专门培养，无论是琴棋书画，抑或是文韬武略。因为从一开始，她的身上便寄托着极不平常的使命，她的生存，并不只是为了自己，而是为家族，为帝王家族而活！这正是一种命运的无奈，也是一种大历史背景下一个难以抗拒的潮流。她的幸运却是，能勇敢地寻找自由。

刘瑞平等三人易容而至宁武之时，已是黄昏时分，这一路数百里，也行了五天，沿途之中，四处都发现有刘府的追兵。因此，她们的行动不得不小心翼翼！

三女虽然体质非普通人所能比，但是连日骑马劳顿，倒也有些疲倦之意，毕竟是第一次出远门，担惊受怕在所难免。所以，竟显得格外疲倦。

“三位客官请里面坐，本店吃的住的全都是一流，包管三位爷满意！”店小二的眼睛特别尖，大老远便行到刘瑞平的马前，似乎看准了刘瑞平一定会住店似的，热情的呼声远远飘出。

刘瑞平扭头四顾了一眼，却见街道两旁店旗飘飘，客栈倒也不少，那些没赶上的店小二极不甘心地望了望三人，似乎都期望刘瑞平调头向他们行去。

刘瑞平不由得一阵好笑，秋月却沙哑着声音问道：“可有上等客房？”

那店小二一听，大喜，忙不迭地点头应道：“有，有，有，本店的客房干净舒适，高雅通风，保证让几位公子有宾至如归之感！”

刘瑞平不由得对店小二多打量了几眼。

店小二倒是一脸精明的样子，热情的笑容让人不好拂逆。

刘瑞平轻松地自马背上翻落，此刻她的装束，却是一个风度翩翩的少年公子，手中的玉扇轻摇，倒也还像模像样，但那些路过的姑娘们那种让人惊羡的目光却使她微微有些吃不消。秋月和海燕装扮成书童的模样，粉脸之上，微涂上一些黑灰，将那种天生的丽质给掩盖了，但三人的行踪仍有些引人注目。

店小二极为乖巧地将马牵入马棚之中。

“给我用上好的豆料喂它！”秋月沙哑着声音吩咐道。

“是！公子爷您请放心，这几匹马儿，我们会当大爷一般伺候的。”那店小二有些夸张地回应道。

“客爷你里面请，住店吃饭，只管吩咐！”又有一名店小二行了出来，热情地招呼道。

“二狗，去为三位公子准备三间上房，几位公子爷可是住店的哦。”那拴马的店小二高声呼道。

“哦，几位公子爷这就请了！”那被唤作二狗的店小二立刻换出一脸恭敬地道。

刘瑞平缓步踏入店中，目光极为自然地扫了店中一眼。

店中三三两两地坐着几个人，生意看来并不怎么好，比较引人注意的却是坐于北角的老者和年轻人。

刘瑞平若有所思地皱了皱眉头，却想不出个所以然来，而秋月却大感惊异地向那年轻人望了几眼。

那年轻人似乎也有所感觉，放下手中的酒杯，极为友善地向秋月笑了笑，那蕴满正气的眸子之中，似乎蕴藏着一种让人心惊动魄的灵气和活力。

秋月的脸上禁不住一阵发烫，幸亏被抹上了一层黑灰，并不能看出什么不适之感。

“公子跟他们熟识?”那老者奇怪地问道。

“那倒不是，三叔别多心，我们还是继续喝酒吧。”那年轻人淡然一笑，平静地道。

老者这才缓过一口气，微微一笑，似乎是看出了什么，却并没有说出来，端起酒杯，饮了一口。

秋月随在刘瑞平身后，跟店小二一起行至木楼之上。

“几位公子请看看，这里的环境可还中意?”店小二似乎微微有些得意地道。

秋月望了望那布置得的确很典雅的房间，心中还算满意，但仍忍不住问道：“这里可还有更为清静一些的房间?”

“更清静一些的?”店小二一愣，疑问道。

“不错，我们公子最喜欢清静，这楼上的房间虽然不错，但是人却杂了一些。”秋月沙哑着声音解释道。

店小二有些为难地道：“清静一些的房间倒是有，只是里面的布置比这就要差了许多，恐怕几位公子看不上眼。”

“算了，我们就住这里吧。你立刻把这三间房内的东西整理一下，床单被子全都换新的。”刘瑞平淡淡地道。

那店小二一呆，奇怪地打量了刘瑞平一眼，似乎没有想到这般风度翩翩的佳公子，说话却带着娘娘腔。

“还愣着干吗?”秋月有些不耐烦地道。

那店小二这才回过神来，忙应道：“是，是，小的这就去，公子可还需要什么?”

“去给我们准备晚膳，把你们店里最好的酒菜端上来。”秋月大大咧咧地吩咐道。

“小的明白，小的这就去办。”说着就行了出去。

海燕伸了个懒腰，乖巧地为刘瑞平搬过一张椅子，道：“真累。”

“你后悔了，是不是?”刘瑞平笑问道。

海燕一脸无辜地辩道：“公子明鉴，小童哪会? 累虽是累，却也其乐无穷。”

秋月和刘瑞平忍不住全都笑了起来，秋月笑骂道：“才出来几天，就变得这么油嘴滑舌的，今后还得了?”

“这全是秋月姐教导的功劳，我还要向你多多学习哩。”海燕扮了个鬼脸笑道。

“错，应该是秋二哥，下次再说错可要挨罚哦。”刘瑞平也很投入地笑道。

“是，是，是秋二哥，海三弟倒是差点忘了。不过，我看秋二哥以后最好别乱瞅那些男人们，我怕秋二哥一个把持不住，便成了秋二奶了。”海燕顽皮地吐了吐舌头，笑道。

“好哇，你竟敢取笑我？看我不割下你的舌头。”秋月脸一热，凶道。

刘瑞平大感好笑，有这两个情如姐妹的小丫头陪在身边，倒也不怎么寂寞，一路上有说有笑，十分有趣。

秋月追得海燕四处乱闪，在房中闹得不亦乐乎。

“别闹了！”刘瑞平似乎想起了什么似的呼道。

秋月和海燕立刻停下了步子，静候刘瑞平的吩咐。

“对了，秋月，刚才见到那位公子之时，可有什么特别的感觉？我总觉得这人似乎很面熟。”刘瑞平思索着道。

秋月眉头微微一皱，想了想道：“原来公子也有这种感觉，我还以为自己看错了哩。”

“那位公子是熟人吗？我怎么没看出来？”海燕奇问道。

“对了，我想起来了，这位公子的神情和面貌倒有几分像那日的黄春风。”秋月恍然道。

“蔡风，怎么会？”刘瑞平奇问道。

“对，就是蔡风，但我敢肯定，这人绝不会是蔡公子，他的眼中少了那种超然而野性的气息，年龄也似乎比蔡公子大了些，倒像个高门贵族的子弟。”秋月肯定地道。

“哦，你对蔡公子的记忆倒是挺清楚的哟？”刘瑞平开玩笑道。

秋月俏脸一热，不依地道：“小……公子尽会取笑，我不来了。”

刘瑞平和海燕不由得大感好笑，打趣道：“说不定那位公子是蔡公子的兄长也不一定呢，要是有机会，你倒可从他的口中一探蔡公子的下落。”

“好哇，你们两人都这么戏耍我，明明是小姐想他，却要赖上我。”秋月不服气地道。

刘瑞平不由得粉脸一红，刚要反驳，却听到后院传来“啪——”的几声爆响。

三人不由得全都齐扭头向窗外望去，却见一衣衫褴褛、头发乱蓬蓬的年轻人，狠命地劈着木头。

那一脸呆痴的神色，却难以掩饰那种凶狠之气。

刘瑞平和秋月三人吃惊地望着那年轻人，只见他劈柴所用的不是斧头，而是一柄厚背柴刀。

那碗口粗的木头，在他的柴刀之下，有若散碎的柴棒一般，轻而易举地便被剖成两半，然后被他很自然地甩在一旁，极为利落地堆在柴堆之上。

“公子，菜来了。”门外店小二呼喝道。

海燕打开门，店小二快步行了进来，将那仍散发着热气的菜肴端了上来，然后又有人行入，将新的被单、被套换上，动作极为熟练。

“小二哥，那劈柴的是什么人?”秋月将一把碎银放入店小二的手中，问道。

那店小二忙将银子纳入怀中，他没想到这位小公子出手如此豪阔，平常人打赏的小费，能有一枚钱已不错了，而这小公子却是银子。俗话说拿人钱财，替人消灾，店小二自然变得恭敬地答道：“那是个傻子，大家都叫他呆子，也不知道他原来叫什么名字，我们小姐把他救回来，救醒之后，便成了傻子，什么也不记得，什么也不知道，就会劈柴。不过，这傻子劈柴可真有能耐，一个上午可劈出比别人十天还多的柴火。因此，我们小姐便把他养在这后院中，也不让他出去走动。”

“哦，原来是这样。没事了，你先下去吧。”秋月恍然道。

“是，公子爷若有什么吩咐，便直接吩咐好了。”店小二恭敬地道。说完行出房门，顺手带上了大门。

刘瑞平和秋月一脸的惊疑不定。

“我看这劈柴之人绝对不简单!”海燕认真地道。

“的确，看他那下刀的刀劲之均匀，绝对不是普通人所能相比的，更奇的却是他以一把柴刀劈柴，刀刀落处相同，也不见他怎么累，若是这人不傻的话，定是个极为可怕的人物!”刘瑞平分析道。

“看他那表情和样子，的确像个傻子，呆呆的，不过，好像他跟木头有仇似的，那目光怪吓人的。”秋月附和道。

“这人肯定是受了很大的刺激而忘记了从前的事。”刘瑞平肯定地道。

“这个店看来还真不简单。”海燕沉声道。

“一切小心谨慎，但愿是我们多心了！”刘瑞平提醒道。

“姓颜的，快把你女儿交出来！否则，老子烧了你这个鸟店……”

“妈的，你姓颜的有几颗脑袋，竟敢养这般恶女儿？今天不抄了你这鸟店，老子誓不甘休！”

刘瑞平和秋月相互望了一眼，暗忖道：“难道还有人来砸店不成？”

“我出去看看！”海燕说着推门行了出去。

“小心一点！”刘瑞平小声吩咐道。

楼下，两名店小二悻悻地捂着脸，显然是刚才吃了耳光，此刻却躲在一旁不敢吱声！

掌柜的正在小声向对方赔不是，大门口却被一批满脸横肉的汉子给塞满，气势汹汹的样子，倒还真有拆店的架势。

“别再给老子打哈哈，快去叫姓颜的出来，也不看看这是谁的地方，竟敢打我家的公子，简直是不想活了！”为首的汉子凶狠无比地吼道，一只大脚重重地踏在一张大桌之上，只把客人吓得尽数逃之夭夭。

“虎爷，我家老爷不在家，几位爷有什么事情等他回来再说可好？若是几位爷肯赏脸的话，便由本店为你们准备一桌酒席，全都算在我头上，如何？”那掌柜委曲求全地道。

“哈哈哈，丁老三，若不是看在你我有那段交情的分上，今日定先给你几下。你可知道，今日之事，可不是普通的事情。你家那小丫头片子打了太守爷的公子，即使太守爷的公子能咽下这口气，太守爷可咽不下这口气。今日若是没有一个交代，恐怕怎么也说不过去。”那为首汉子无奈地道。

“不错，快去把颜礼那老家伙叫出来！”那被称为虎爷的汉子身后众人叫嚣道。

“众位爷，我家老爷的确不在家，叫小老儿如何去叫呢？”丁老三无可奈何地道。

“颜礼不在，把他女儿交出来也行，我们只要带了凶手，便走人！待颜礼那老家伙回来后，再找他算账也是一样……”

“哼，本小姐就在此，你们别嚷个没完！不错，郑末是我打的，谁叫他胆敢调戏本小姐？本小姐最看不惯那种登徒子下流之人！”一声娇脆的叫声自内厅传来。

海燕的目光立刻被一名绿衣少女所吸引。

绿衣少女大步行出，清新淡雅的装束，使那白里透红的俏脸散发出一种异样的朝气和活力，没有一丝少女的矜持，落落大方中颇显出几分野性的豪气，那黑白分明的眸子中，流动着几许无畏的妩媚，确有一股让人难以抗拒的魅力和风韵。

“你就是颜贵琴？”那为首的汉子冷冷地道。

“小姐，你怎么出来了？”丁老三额角都显出了汗珠，手足无措地道。显然他没有想到颜贵琴居然会自己跑出来。

“三叔，你别怕。”颜贵琴毫不畏怯地向掌柜平静地道，遂又扭头向那为首的汉子冷笑道：

“想不到还要劳动宋虎大捕头亲来，真是难得，只不知大捕头是按国法还是按私法来断此案呢？”

那为首的汉子老脸一红，冷笑道：“我宋虎吃的是公门饭，自然是为公门办事，听从太守的吩咐乃是天经地义之事，你既然打了人，我自然要来抓！”

“那你来，只是为郑末讨公道，只是为太守大人办点差事吗？要知道，你吃的是公门饭，公门乃是受朝廷所管，朝廷办事乃是公正严明！而你却不分是非，来我们客栈大呼小叫，扰民惊民，官差没有官差的样子，你要抓人也得先拿出拘捕令来才行呀！”颜贵琴咄咄逼人地道。

宋虎脸色变得有些难看，虽然他早就听说过颜礼的女儿很难对付，却没想到才一走进客栈，便遭到对方这么一阵抢白，刚开始进来的那种气势汹汹的感觉一下子全都没有了。

“黄毛丫头，牙尖嘴利，太守爷的命令是拘捕令，难道本捕头抓你一个小丫头，还得写张奏折递交皇上审批不成？你以为你是什么人？打了人，就应该承担责任，你跟我走一趟吧！”宋虎冷冷地道。

“要是我不去，是不是便是拒捕?”颜贵琴冷然问道。

“不错，你不去的确是拒捕，后果将由你自己负责……”

“海燕!”大门口传来一声惊呼，打断了宋虎的话。

海燕大惊，从门口行过的正是金六福，而此刻海燕消了装，竟被对方认了出来，怎不叫她大惊呢?

客栈里的众人大愕之下，金六福诸人已飞扑而入，撞倒了几名大汉。

宋虎大怒，大骂道：“妈的，撞见鬼了!”抓起板凳，向金六福及他身后的几人砸去。

“找死!”金六福一声冷哼，重重地一掌劈在板凳之上。

宋虎和金六福同时一震，板凳自中间断为两截。

那群满脸横肉的汉子几时受过此等窝囊气?对方毫不在意地撞上他们，这是一群习惯于在乡间横行的人，今日被别人横行一次，自然不肯甘休，何况今日又有太守爷和宋虎撑腰，也懒得管颜贵琴之事，暴吼着向金六福众人扑去。

金六福和刘府的几名家将眼见海燕一闪便消失在楼角，心下大怒，哪想过会被这些人要死不活地缠着?

“你们去把她追回来，这几个无赖让我对付!”金六福焦虑地道。

“妈的，敢骂我们是无赖，兄弟们，给他点颜色瞧瞧，看谁是无赖!”宋虎举起剩下的半截板凳怒吼道。

“众位爷，有话好说，有话好说，又何必动火呢?”丁老三急得手足无措地呼道，眼见如此一来，酒店不被砸得乱七八糟才怪。

客栈之中唯有那坐在北角的老人和年轻人仍未曾离开，他们便像是看戏一般悠闲自得，浑不知危险的存在。

颜贵琴却大感有趣，这后进来的几人，如此乱打一气，弄得她也莫名其妙，不过，能让这些官差和痞子们遇上对手，确也是一件好玩的事。

这帮人之中只有宋虎的武功好一些，其他人却只不过会几手三脚猫功夫，如何能与刘府派出的好手相比较?虽然占着人多的便宜，但仍是三下五除二皆被打翻倒地，一个个惨叫连天，只让宋虎吓得心胆俱寒。

“你们连公差都敢打，真是好大胆子!”宋虎有些示弱地道。

“妈的，瞎了你的狗眼，公差算什么东西，就是郑围亲至，老子也照打不误!”金六福气恼地骂道。

那五人在干倒那些汉子后，气恼地每人补上一脚，只踢得他们口吐白沫，这才向楼上飞扑而去。

“反了，反了，这还有王法吗?”宋虎惊怒无比，却被金六福打得左支右绌。

“宋捕头，要是我帮你把这个反贼打倒，你是否可以不计我打郑末的事呢?”颜贵琴似乎有些手痒地道。

“颜姑娘，要是你能拿下这几个反贼……哎哟……就是大功一件，自然可以……哎哟……”

宋虎说话的当儿，竟被金六福在肩头撕下了两大块皮肉，显出十个爪印。

“这是你说的哦，可不能不算数!”颜贵琴显出小孩般的神情，天真地道。

“小姐，你不能出手，要是老爷知道了，肯定会罚你的。”丁老三急道。

“三叔，你没看见他们把店里的东西都砸成这个样子吗？不找他们的麻烦，爹才真的会怪我呢。”颜贵琴辩解道。

第七十六章　痴呆高手

金六福见对方只不过是个小姑娘而已，根本就未曾放在心上，反而出言威骇道："小姑娘别不知天高地厚，这里的东西破损我自会赔，你若上来，我可不留情面哦！"

"小姐，三思而行呀！"丁老三担心地道。

颜贵琴见金六福说得如此，也愣了一下，不过少年的心性十分冲动，笑道："我看你武功好得很，手也痒痒了，倒真要向你讨教几招。"说完竟真的扑了上去。

金六福大惊，在颜贵琴扑上来的刹那，他才发现这个小姑娘并不简单，若是对方与宋虎联手，可真对付不了。

"颜姑娘，打死这狗贼！"地上的众汉子呻吟着。他们对金六福可谓恨之入骨，从来都没曾受过如此恶气，却没想到今朝却被人打得狼狈不堪，怎叫他们不怒？而颜贵琴，他们早就听说过她的厉害之处，否则，宋虎也不会带来这么多人助阵，他们更有些惧怕颜礼。

在宁武，颜礼可算得上一个人物，无论是生意场上，还是武林之中，都不能小觑颜礼。因此，才会养成颜贵琴刁蛮任性的个性，如今，连太守的公子也打了，可见颜贵琴的确是有些胡闹。

金六福的优势立刻逆转，颜贵琴虽然功力不深，但招式却极为精奇，一上来，便攻得金六福手忙脚乱，宋虎更是怨气得泄，招招都要命狠辣！

金六福大怒，在转身踢翻一张桌子之时，自背后飞快地拔出长剑。

"妈的，动真格的，谁怕谁？"宋虎吼着拔出腰刀。

"啪，砰……"刘府那五名追赶海燕和刘瑞平的汉子踉踉跄跄地倒退了几大步。

丁老三骇然扭头回望，却见那楼梯口立着一个衣衫褴褛、蓬头垢面的呆子！正是那个在后院劈柴的呆子，不知道什么时候竟自后门行了进来，而与那几名刘府的家将撞了个满怀。

刘府的五名家将不由得面面相觑，哪想到一个面目呆痴的年轻人居然将他五人撞得立足不稳？而对方似乎没有什么感觉一般。

“嘿嘿……”呆子露出傻傻的一笑，似乎对几人大感有趣一般。

那几人只觉得一阵恶心，扭头却发现金六福被攻得左支右绌，险象环生，不由得全都向宋虎和颜贵琴扑去。

“海燕呢?”金六福大急地问道。

“逃了，自后门走了，各位别在这里胡缠，快追!”那几名家将似乎大为惊怒地道。

宋虎一见这五人又返回战场，心头一凉，知道败阵总是难免的，说不定还会被其宰掉，但这一刻却是没办法的事。

颜贵琴粉脸显得有些苍白，本来她想速战速决，却没想到金六福如此耐战，此刻见那五人攻来，不由得向后疾跃，口中娇呼道：“本姑娘只是开个玩笑，可别找我麻烦哦!”

“哼!”那五人一声冷哼，也不答话，手中兵刃便向颜贵琴和宋虎攻到。

宋虎暗叹道：“吾命休矣!”

“别伤我家小姐!”丁老三一声怒喝，一张小巧的铁算盘自他宽大的衣袖之下飞撞而出。

“当——”攻向颜贵琴的一柄刀斩在算盘之上。

丁老三的身子微旋，调整微显踉跄的脚步，呼道：“小姐，你快走!”

颜贵琴见丁老三明知不是对手，仍不顾死活地维护自己，哪里还会逃？竟在这个时候笑了起来，道：“要死便一起死，有什么大不了的!”

“好样的，颜……哟……”宋虎的话还没说完，肩头已被划了两道伤口。

“叮——”颜贵琴的手臂震得发麻，对方的力道大得让她吃不消，但她依然咬紧牙关踢出了一脚。

“砰——”刘府的家将没有一个是庸手，对付颜贵琴这般不知天高地厚的女娃当然有过之而无不及，颜贵琴的一脚被对方挡过，只震得颜贵琴倒撞在大桌之上。

颜贵琴痛得一声闷哼，要命的并不是那大桌子的一撞之力，而是对方随后而至的重击。

一只极大的脚，那尖尖的靴尖便像一根毒刺一般，要刺穿颜贵琴的小腹。

没有人敢否认，这一脚若踢实了，颜贵琴的五脏会不离位？

六名刘府的人，分成三组，几乎是两人对付一个，其实，即使单打独斗，他们也有足够的能力解决宋虎、颜贵琴和丁老三，这一刻却是以二敌一，颜贵琴三人岂有还手之力？

“哗——”大桌子碎成一地的木片，在这要命的关头，颜贵琴竟然翻身躲过了这一脚，而这一脚的力道全部由那杉木制成的桌子承受。

这一脚的力道是多么惊人，由此可见一斑。

颜贵琴的背上一阵火辣辣的疼痛，那一脚虽然未踢中她，但是那要命的劲气却也让人不太好受，而在这时，她更感受到一股极为冰寒的劲气自身后涌至，如一道冰蛇般窜入体内的每一根神经。

对方竟不给她任何喘息的机会，似乎下决心置她于死地，丝毫没有怜惜之心。只惊得颜贵琴魂飞魄散，想到自己如此年轻便要死去，心中显有不甘，却也无可奈何。

“小姐……啊……”丁老三一声惊呼，却发出一声闷哼，显然也是被对方所袭。

颜贵琴美目一闭，已经不再奢望能够安然而活。

“呀——”一声惊厉的惨叫声惊醒了颜贵琴，也使得客栈之中的所有人都吃了一惊。

颜贵琴没有死，她感觉到自己生命的存在，在她的感觉之中，那冰凉的剑气已经不再存在，这是为什么？难道是对方手下留情了？

颜贵琴扭头一看，不由得呆住了。立于她身前的正是天天在后院劈柴的呆子，蓬头垢面，衣衫褴褛，但这一刻，却像一个巨人般令人有一种压抑感。

呆子向颜贵琴傻傻地笑了一笑，这时候，颜贵琴才发现，呆子的手中握着一柄剑。详细地说，应该是一柄剑的剑锋、剑刃，可在他的手中却像是握着冰糖葫芦一般，生动而优雅。

惨叫之声不是从呆子口中发出的。发出惨叫之人，也就是一心要取颜贵琴性命的人，他手握一截剑柄，而那柄剑不知什么时候已到了呆子手中。

那人的脸只差点没有变形，惨白的脸上，豆大的汗珠似乎在陈述着一种难以抗拒的痛苦，一种无法解脱的无奈。

剑柄竟撞在他自己的小腹之上。颜贵琴几乎有些不敢相信自己的眼睛！

“小心，呆子！”颜贵琴的眼角闪过了一道白光，一柄极为锋利且霸道的寒刀自斜侧向呆子斜斩而至，令人窒息的杀气摧得颜贵琴不得不高声呼叫。

呆子在这一刻似乎并不呆了，那傻痴的眼神在刹那之间竟变得深邃而敏锐。

颜贵琴心头一颤，她隐隐感觉到将会有很重大的事情在这呆子身上出现，因为她从来都未曾想过一个呆子会有这般让人心颤的眼神。这一年多来，她只将这被称作呆子的劈柴人当个白痴傻子，哪料到这白痴傻子会有如此深邃的目光？

“叮——”剑断了。

呆子的手就像是坚硬无比的铁钳，竟将手中的那截长剑生生震断，没有人看见他是如何出手的。

或许有，那坐在北面仍很优雅饮酒的老头，眼神之中显出一丝骇异和震惊之色，那年轻人似乎也掩饰不住眸子中的惊讶。

“当——”那截断剑的剑尖，正抵在刀锋之上，然后颜贵琴便看到了一只手。

所有的人都看到了，一只与那蓬头垢面、衣衫褴褛极不协调的手。

白皙、细腻、修长，那剔得如玉般晶莹的指甲似乎全都展示着一种超常的活力。

手，破衣而出，自褴褛的衣衫里面，自那断剑的尾部，有若一条浮游于空中的鱼，顺着那宽厚的刀身滑了出去。

动作是那般轻松自如，那般优雅而生动，那种利落而温和，倒像是在拈花。可是却有一种难以抗拒的力量，一种不可拂逆的意境。

那刀手没来得及反抗，抑或是根本无法反抗，因为那只手就像是软体的章鱼，稳稳地吸住了刀身，想甩都甩不掉，唯一摆脱的方法，便是弃刀。

弃刀，绝不能犹豫，的确，绝对不能有丝毫的犹豫，哪怕只是千万之一秒的时间。但那刀手犹豫了，只不过眨了一下眼睛，而就在他再次睁开眼睛的时候，却看到了呆子的傻笑。

像一个白痴般，傻傻的笑容之中，却蕴藏着让人心寒的冷意。然后，刀手便感觉到了自己的手上多了一些东西。

是一只手，傻子的手，白皙的手，却像是一团燃烧的火焰，像一块滚热的烙铁，他忍不住惨呼起来。

在众人听到惨呼的同时，也听到了骨折的声音，像是折断的干柴棒，发出一种清脆的很有乐感的声音。

刀，在呆子的手中，那双白皙的手，似乎天生就是握刀的。当刀一到他的手中，他的整个人便像是一只抖直羽毛的公鸡，散发出一种来自内心深处的斗志和杀机！

“啪——”那刀手在惨叫的同时，踢出了一脚，正中呆子的膝盖。

呆子的整个身形如一棵根入地底的大树一般，晃也不晃一下。

颜贵琴看得呆了，她想都未曾想到，这被唤作呆子的人竟会有如此深不可测的武功。

“砰——”呆子很自然地抬起膝盖，在踏前一步之时，与那被折断了手的刀手错肩而过。

颜贵琴的眼前亮起一幕血红，鲜血如雨雾一般喷洒而出，正是那呆子的杰作。

颜贵琴忙一闪身，当她闪开血雾再看之时，那刀手已经软瘫地倒在地上，好像是一摊烂泥。

刀，划了出去，自呆子手中划出的刀，就像是自地狱之中复活的魔龙，狂野得让人心寒，让人心悸。

“当——”呆子手中的刀在铁算盘上刮起一溜火花，然后，就像是一团卷起的旋风，将铁算盘之上的两柄刀拖了起来。

金六福心底一阵骇然，哪里想到竟会在这个时候钻出这般要命的高手，一出手就已经让两人重伤倒地，这般武功在江湖之中虽然不少，但在这小镇的客栈之中遇到，却大出意料之外。

“哗啦啦……”一阵乱响，在一连串的暴震之下，两柄被呆子手中之刀缠上的钢刀竟断成了数截，那两人骇然飞退，手臂一阵酸麻。

呆子淡淡地一笑，却像是一只精明的猴子，并不追赶，只是在旋步游身之时，再次将手中的刀斜划而出，却是斩向金六福和另一名剑手。

刀势好快，快得有些炫目，其实呆子的脚步也快得难以想象，但注意的人并不多，却也不是没有！那坐在客栈一角的年轻人和老者眸子中泛出了异彩，似乎是发现了宝物一般。

丁老三和颜贵琴只看得神驰目眩，如此精彩的一刀的确出乎他们的意料之外，他们所见过的武功最好之人莫过于颜礼，可是颜礼也不一定能够使出如此精彩绝伦的一刀！

刀，划过一道精美得让人心醉的弧线，就在金六福和那名剑手感到惊愕与骇异之时，准确无比地斩在了他们的兵刃之上。

金六福和那名剑手禁不住身子颤抖了一下，手中的兵刃像是一条毒蛇般噬咬着自己的手掌，骇异之中，两柄长剑已经“哚哚”两声，钉在了房顶横梁之上。

刀，寂灭于褴褛的破衣之中，蓬头垢面的呆子又恢复了那种呆痴的表情，好像刚才不过是做了一场精彩的梦一般。

宋虎呆了，金六福呆了，所有的人都像在看一个怪物般盯着这不修边幅，像从乞丐堆中爬出的高手，想不通究竟是什么力量，使得这样一个人成为那莫测高深的凶徒。

“呆子……”颜贵琴有些不敢肯定地低呼道。

呆子木讷地转过身来，傻傻地一笑，依然是呆痴的样子，与刚才握刀的样子完全像是两个不同世界的人。

“你是劈柴的呆子?”丁老三也有些不敢相信地问道。

呆子“嘿嘿”一笑，意外地让人见不到黄板牙，而是两排白皙的牙齿，给人一种清新的感觉，与那蓬头垢面、褴褛衣衫完全不成对比。呆子点了点头，没有否认丁老三的问话。

丁老三与颜贵琴面面相觑，忍不住内心的惊讶和心中的异样，似乎难以相信眼前的事实。那几名店小二也惊异莫名地望着呆子，像是第一次认识他一般。

金六福的脸色一阵青一阵白，无奈地喝道：“我们走!”说着扶起地上两名重伤之人，向店外行去。

“想这么便宜地就走?”宋虎不服气地道，他憋了满腹怒火，又因身上受了几处伤，见这不知道从哪里冒出的高手厉害无比，又是颜贵琴的熟识，便想乘机将金六福众人一举成擒。

金六福冷冷地转过身来，淡漠地望了宋虎一眼，极冷地道：“那你还想怎样?”

宋虎被那冷冰冰的目光一射，不由得心中一寒，扭头向呆子望去，却见他一副呆痴的样子，哪里还有刚才高手的风范?虽说自己有留下金六福的意图，但单凭自己的力量，如何是他们的对手?禁不住被对方问住了，不如如何回答金六福的话。

金六福不屑地冷哼一声，大步行了出去。

颜贵琴和丁老三并不在意金六福的离去，毕竟，金六福和那几个人只是无冤无仇的闲杂之人，也没有必要赶尽杀绝。生意人与人为善，和气生财，若不是颜贵琴不知轻重，丁老三甚至连出手都不愿。

“你究竟是什么人?”颜贵琴有些疑惑地向呆子问道。

呆子仍只是傻傻地一笑，有些木讷地道：“我是呆子!”

“呆子?不!我是问你原来叫什么名字?”颜贵琴一愣，忙改口道。

“原来叫什么名字?”呆子有些笨拙地反问道。

“不错，我是问你以前叫什么名字。”颜贵琴重复了一遍道。

丁老三和店小二都有些紧张地望着呆子，宋虎也显得有些紧张，谁也弄不清眼前这呆痴的年轻人究竟是哪路神仙。

那坐在一角的老者和年轻人显然也有些紧张，只是此刻并没有人注意到他们而已。所有人的心神几乎都被那呆痴的年轻人所吸引。

呆痴的年轻人突然叹了口气，眼神竟变得有些伤感，极为伤感地道："我是谁？我究竟是谁？我叫什么名字？我不是呆子，为什么我会记不起以前的事？为什么会这样？为什么？为什么……"

众人不由得一呆，谁也没有想到眼前这个所谓的呆子会如此回答。

颜贵琴见呆子表情如此痛苦，不由得有些害怕地安慰道："呆子，你别这样，别这样，慢慢地去想，你会记起来的！"

呆子似乎也觉得应该平静下来，面上的表情渐渐变得冷静了，苦涩一笑道："对，我会记起来的，总有一天我会记起来的！"

"你不呆了？"丁老三奇怪地问道。

呆子一愣，扭头平静地望了望丁老三，反问道："你觉得我很呆吗？"

众人不由得大为愕然。颜贵琴奇问道："你什么时候好的？我爹说你的脑脉受损，心脉已乱，永远都不可能有恢复神志的可能，你……你怎会不呆呢？"

呆子不由得愕然一笑，道："这个我也不知道，其实，我在半年之前便已经清醒，只是你们一直都不曾注意到而已！"说着面上又显出了那种呆痴的表情，倒真像是一个十足的白痴。

"你半年前就清醒了？这……这怎么可能?!"颜贵琴惊疑不定地望着呆子现在的表情，倒像是在鉴别真假一般。

丁老三也算是个见过世面之人，可没想到呆子脸上的表情说变就变，倒也被他给弄得有些迷惑了。

"这的确是事实，自从半年前我就已经清醒，开始知道我在干什么，是谁救了我，你们叫什么，也知道我自己被称为呆子，只是我无法记起以前的事而已。因此，我就认认真真地做我这个呆子，你们也就当我是个呆子。"呆子平静地道，神情没有一丝波动。

"那你为什么还要做呆子呢？你有这么好的武功，只要你说出来，岂不比现在好多了?”颜贵琴有些不解地问道。

呆子很随和地一笑，道：“呆子又有什么不好呢?吃喝不用人说，没有人看管，没有人说闲话，而且呆子也轻松自由呀。”说着，呆子似乎有些炫耀地扬了扬身上褴褛的衣衫，显出一副毫不在乎的样子。

颜贵琴大感好笑，问道：“那你现在为什么又要出来呢?这样一来，你岂不是做不成呆子了?”

“我若不出来，才真的做不成呆子了呢！假如你被他们给害死了，那我这个呆子做得还有什么意思?所以只好出来啰。”呆子认真地道。

颜贵琴一愣，粉面微微一红，本有愠色，却见呆子一本正经的样子，不由得生不起气来。

宋虎和众汉子见突然钻出这么一个不是呆子的呆子，不仅武功高得骇人，而且救了他们的性命，为他们出了口怨气，这样一来，找颜贵琴算账的事，只能是变成空谈了，即使明知无法向太守爷交代，他们也只能硬着头皮交差了。

“还不带呆子去洗澡更衣!”颜贵琴忙向几名店小二吩咐道。

几名店小二刚才见呆子如此神武，竟以一人之力击败那么多可怕的对手，心中佩服得五体投地，见颜贵琴吩咐，立即有二人忙道：“呆子，请跟我来!”

“呆子是你们叫的吗?”颜贵琴不由得叱道。

“是，是，哦，不是，不是……”

“什么是是，不是，不是，还不快去?!”颜贵琴有些不耐烦地道。

呆子便跟在那两名店小二身后，准备行去，突然听到北角传来一阵苍老的声音：

“这位小兄弟请慢走!”

众人不由得全都把目光转移到那一桌仍未离去的两人身上。

颜贵琴眼睛不由得一亮，那年轻人也向她微微笑了笑。

呆子缓缓转过身去，用极为迟钝的目光扫了那老者一眼，当他的目光接触到那老者的眼光之时，突然变得无比锐利。

“敢问老先生可有什么事?”呆子的声音微微有些恭敬地问道。

那老者温和地一笑，问道："不知公子与黄海是什么关系？"

此话一出，除呆子之外，所有的人都惊得差点失口惊呼。

黄海的名头，在江湖之中，可以说仅在蔡伤、尔朱荣之下，威名可说无人不知，无人不晓，在他们的眼中便像是神话之中的人一般，而这老者如此轻松地说出黄海的名字，让他们怎能不惊？

呆子若有所思地低念道："黄海……黄海，这个名字好熟好熟，就像是在哪儿听过。"

"你当然听过了，黄海这么有名，天下间有几人没有听说过？"颜贵琴附和道。

"不，好像不止听过而已。"呆子眉头紧皱，陷入沉思之中。

"我相信这位公子在以前一定很熟知黄海，那么公子对蔡伤又有什么感觉呢？"那老者肯定地道。

呆子的脸色一变，惊骇地望着那老者，问道："你怎么知道？我记得，好像他是我很熟悉的人，可是你怎么知道，你以前认识我吗？我怎么一点印象都没有？黄海……蔡伤……他们是什么人？是什么人？我怎么全都不记得了？我是谁？我又是谁？我叫什么？我叫什么……"呆子越说越激动，越说越混乱。

那老者和颜贵琴全都大惊，没想到呆子反应如此激烈，竟会这样容易激动。

"呆子，你冷静些，你冷静些！"颜贵琴一把抓住呆子的手，但却突然一个踉跄，差点摔倒。

"你怎么样？小姐！"丁老三骇然问道。

颜贵琴骇异地望了望呆子，再望望自己的手。原来，她在抓住呆子手臂的那一瞬间，竟发觉对方手上传来了一股难以抗拒的巨力，反弹之下，差点没把她给甩出去。

那老者脚步一挫，有若鬼魅一般，在颜贵琴与丁老三刚刚反应过来的一刹那，便已伸手点在呆子的身上。

呆子似乎在这一刻真的陷入了混乱之状，根本就没有反抗之力，身子应指而倒。

“你要干什么?”颜贵琴和丁老三大怒，向那老者扑去。

那老者挥袖一拂，丁老三和颜贵琴竟再难前进半寸。

“别急，他死不了，只是他因急火烧心，真气走岔，若我不制住他的穴道，他肯定会走火入魔，其体内真气乱冲，使之七窍喷血而亡!”那老者淡淡地道。

颜贵琴这才知道那老者并没有什么恶意，但仍有些惊疑不定地问道：“你是什么人?”

那老者微微一笑，道：“老夫杨擎天，是友非敌，这位公子的家学渊源倒与我还有些关系，所以我才会如此问，却没想到他脑脉和心脉受损仍未痊愈，急怒之下旧伤复发……”

“那他现在怎么样了？要不要紧呢?”颜贵琴关心地问道。

“他现在倒没什么大的危险，不过照他这样的情况，也不知道什么时候才可以完全康复，若是依眼下的状态，其伤可能很容易复发，使得重新变成呆子白痴，更有甚者会走火入魔，武功尽废!”杨擎天叹了口气道。

“那可怎么办呢？他不是已在半年前就清醒了吗，怎么还会没好呢?”颜贵琴焦虑地问道。

“不错，他所学的内功是常人难以想象的，那种内功有自我修复的功效，他的脑脉和心脉就是自我修复的，只是仍未完全将两脉修复而已。当他两脉完全康复之时，才有可能把从前的事情记忆起来。因此，现在的他，谁也别想问出他以前的事，那只会使他激动得无法休息，旧伤复发。”杨擎天神色极为郑重地道。

“你怎会知道得这么清楚?”丁老三有些惊疑地问道。

“那是他的脉象告诉我的，他一定是在前不久受了极重的创伤，才使得他留此后遗之症，却不知道究竟是何人有如此厉害的武功，竟将他伤成这个样子。”杨擎天有些惊讶地想了想道。

“你怎么知道他与黄海、蔡伤有什么关系呢?”颜贵琴更有些疑惑地问道。

杨擎天淡然一笑，道：“因为他的刀法和手法，天下间能拥有这种手法和刀法的人，绝对是和黄海与蔡伤有关系的，而这一切自然逃不过明眼之人的眼光。姑娘，我想将他带走。”

“你想将他带走？不，不行!”颜贵琴愕然道，神情中极尽果断。

丁老三以充满戒备的神情望着杨擎天，显然是防一言不合，便即出手。不过，刚才杨擎天那如鬼魅般的身法，的确有种先声夺人的气势。

“你们别误会，我们并没有什么恶意，我们只是想带这位兄弟去医治而已，若是老让他待在这里，也许永远都无法好转也说不定!”那一直沉默的年轻人突然也插口道。

颜贵琴望着他们和颜悦色的样子，倒也真的不像坏人，但她却怎么也放心不下，不由得出言道：“我又不认识你们，叫我怎么相信你们呢？你们要是有诚意，就带大夫到这里来给他医治，岂不更好?”

杨擎天一呆，心想这倒也是，旋即改口道：“姑娘可知道刚才你们所惹的是什么人吗?”

“什么人?”颜贵琴见对方神色微变，不由得问道。

“你们刚才所惹的乃是广灵刘家的家将，那六人应该全都是刘家派出来办事的人，而你们不仅坏了他们的事，更打了他们的人，你想这会是什么后果呢?”那年轻人平静地道。

颜贵琴和丁老三神色不由得大变，惊惧地道：“你们是在恐吓我?”

“这是千真万确之事，我们为什么要恐吓你?”那年轻人说着轻若鸿燕一般掠上横梁，轻松地取下那钉在横梁上的两柄长剑，淡然道：“若是姑娘不信，看看这剑就知道了。”

颜贵琴和丁老三惊疑地接过长剑，脸色变得极为难看，那上面刻的正是广灵刘府的印记，他们这些生意人，岂有没听过刘府之理？却没想到，如此糊里糊涂地便与那庞大的家族结下了仇怨，怎叫他们不惊?

“你们到底是什么人?”颜贵琴大声质问道。

“姑娘别误会，我们只不过是路过此地办事，今日刚好发现故人的线索才会出言相讨。”杨擎天诚恳地道。

“哈哈哈……”一阵粗犷的笑声自客栈之外传来。

“真是难得，十多年未曾相见，今日却是不请自来，真不知是吹的什么风……”

“爹，你回来了!”颜贵琴神色一喜，扭头向大门口大步跨进的老者奔去。

“颜礼敬!”杨擎天的目光中暴出一团奇光，重重地呼出三个字。

“杨擎天!”

“哈哈哈……”杨擎天和跨进门的老者同时暴出一阵快意的大笑，却让颜贵琴和丁老三莫名其妙，更不知道颜礼敬是谁!

葛荣脸上稍稍有些倦怠，但却不减那威猛的霸气，眸子之中有若冷电在流闪。

这已是第四日没有休息好了。

游四有些关切地望着他，担心地道：“庄主，我看你也不用这般操心，有些事情就让我们来完成好了，身体为重呀!”

“是呀，庄主，今后的日子仍长，一个人的精力毕竟有限，有什么事就让我们分担一些好了。”薛三附和着道。

葛荣开怀地一笑，淡然道：“此际变幻无定，乃至关紧要之时，我岂能独得清闲？老三和老四还是将外面的情况向我汇报一下，我没事。”

游四和薛三心中一阵暗叹，他们最明白葛荣的个性，雷厉风行绝不会马虎行事，更不会服输！不过，也只有这样的人才能真正成就大事，这样的人才会最为可怕，因此游四和薛三对葛荣是敬畏有加。

薛三清了清嗓子，沉声道：“庄主之妙算，果然朝中把所有的降军都分解到我们东北部，散于定（河北定县）、冀（河北冀县）、瀛（河北献县）三州就食，但却并没有像朝廷所想的那般扑灭他们的斗志。这些人在定、冀、瀛三州的待遇并不好，所以暗地里仍不断闹事，属下已经派人打入他们的圈子，只要一呼之下，他们定会再次揭竿而起，并很快依附于庄主的脚下。另外，我们送去突厥的盐和茶叶，已经换来了第二批最精良的兵刃，足够装备五千人的强旅，且与契丹、契骨、嚈哒等邦国打通了关系，土门巴扑鲁果然很配合，而且筹备了数千匹战马，只待北面通道一开，立刻送至!”

“哦，很好，那战马可有人亲自验收过?”葛荣似乎神情有些欢悦地问道。

“每一匹都经过审阅，皆是合格优良的战马，现在还在塞外牧场集体训养！”薛三恭敬地道。

“很好，你办事很细心，但与突厥人交往，不能显得太过小气。军备，我们是一定要验收，却不能太露痕迹，否则便显得似是对他们不够信任，这对今后的交易会有不良影响。要知道，北方的诸国对我的作用也是举足重轻的，借助他们之处仍多。”葛荣语重心长地道。

“属下谨记庄主的教诲！”薛三很恭顺地应道。

葛荣满意地点了点头，又问道：“可还有什么重要的事要说？”

“对了，庄主，那批在华阴夺得的漕粮，全都由各寨头分运入冀境，很快便可存入库中！”薛三记起了什么似的道。

“现在库中存粮有多少？”葛荣扭头向游四沉声问道。

游四想了想，道：“够十万人吃一年，而各寨的支援并未预算在内！”

葛荣点了点头，道：“现在停止对难民的接济，使冀境之内更乱一些，将这些难民和降兵的斗志激上最高昂之时，这便是我们出手之时！”

游四和薛三两人的目中射出兴奋的光芒，似乎此刻便已看到了千军万马在拼命厮杀！

“庄主，南朝遣来密使要求见庄主，已被我安置在别院之中。”薛三禀告道。

“来者何人？”葛荣冷然问道。

“乃是彭连虎的师弟冉长江，此来还带了一份极厚的礼物，想来是想巴结庄主。”薛三神情有些不屑地道。

“冉长江？好，看来萧衍是真的想浑水摸鱼了，竟派出金牌密使前来见我！”葛荣大感兴奋地道。

第七十七章　南使北行

“冉长江怎会知道庄主之心呢?”游四有些微忧地道。

葛荣和薛三不由得一呆，附和地点了点头。

“嗯，萧衍怎会明白我的心意？若是萧衍明白我的心意，那么北朝自然不会无人猜到我的心意了!”葛荣悠然道。

“那就是说朝廷应该对我们注意了!”薛三脸色微变地道。

“应该来说是如此。不过，这并没有什么好奇怪的，此刻烽烟四起，草木皆兵，朝中怎么也会疑心生暗鬼，何况，本庄的生意网如此之大，声誉如此之高，就是朝廷也绝对不能够小看我们，自然会提防着我们了。”游四补充道。

“老四说得没错，但只要我们事事小心，不给他们把柄，他们也绝不敢把我们如何！因为朝廷没到必要之时，是不想激得我们出手的，那对朝廷绝对没有好处，因此，他们也只能睁一只眼闭一只眼。我们必须将各地的生意由明转暗，做到能随时随刻应付任何变故!”葛荣认真而严肃地道。

“老四有什么情况需要陈述?”葛荣扭头又问道。

“海盐帮的整顿已经顺利完成，正在为我们训练一批能够在水上陆地作战的强旅，而更派出一支船队东行新罗、高句丽开通海上航道……”

“这消息不能让任何外人知道，因为那只会未战先影响军心。虽然这支船队可能是为我们探查后路，却只能我们几人明白就行，可谓有备无患，我们每一步都要行得稳、落得实!”葛荣肃然道。

“属下明白，不过属下猜想，这一后招想来应用不着，眼下已是大势所趋，谁也无法扭转此局，西有胡琛、万俟丑奴、赫连恩、莫折念生；中有伏乞莫于，而胡人和蜀人的气焰仍未灭，叛乱时生，北魏气数已尽，该是换主之际了！”游四自信地道。

葛荣欢快地一笑，道：“嗯，老四所说的甚是有理，我们起事乃是顺应天命而行，谁也阻挡不住，北魏气数已尽，该是一代新人换旧人之际了。只是茫茫北魏，谁主清明，朗朗乾坤，落入谁家而已。”

“哈哈，庄主何用担这个心？无论是天时、地利，抑或是人和，有谁能敌得上庄主你？胡琛居于西部，赫连恩与万俟丑奴虽然勇武多智，可是他们谁又不是野心勃勃？此际虽三人能平安而处，相协奋战，但决裂只是迟早的问题。他们虽能得良马，所处之地也极为宽阔，却怎能与我们东方之富饶相比？又怎能与庄主之财力相比？庄主一声高呼，相助之人有若大海中潮，涌之不尽，我们又有南方、北方降军之助，战马兵器粮草充足，到时候有谁能敌？有谁是敌手？莫折念生是个人才，并且也很厉害，但他如此称帝，虽能大振军心，挽回劣局，可却是不智之举。他如此称帝定会使四方义军不服，只会变成孤军作战，日后战局之艰难是可以想象的，对朝廷倒起到了极大的打击作用，但是对我们却构成不了什么威胁。这一点庄主不用顾虑。而乞伏莫于更不用算作是对手。胡人和蜀人之乱只是小打小闹，难成气候。这东方有杜洛周自北赶回，他手下的精兵乃有数万，又是破六韩拔陵的旧部，破六韩拔陵虽然为尔朱荣所败，但其属下精英仍多，此人倒稍有可虑，并不是说他比胡琛、万俟丑奴及莫折念生更为厉害，而是因为他兵居上谷（河北怀来县），很快就可能与我军接头，且正处在我们通往北方的路道，因此，主要的任务，我们仍要先收服此人。因此说来，庄主并不需要任何顾虑！”游四娓娓而谈道。

葛荣含笑而听，听到最后，微微颔首道：“眼下形势的确是对我们大好，杜洛周的确是个厉害的角色，这人我曾与之有些交情，当初风儿逃命之时，还多亏他放了一马。”说到这里，葛荣禁不住神色一黯，叹了口气。

游四和薛三哪有不明之理？只是他们想不到蔡风失踪了近两年，仍这么牵动葛荣的心，也表现出葛荣的确是一个很重感情之人。

游四和薛三没有说话，因为他们知道什么话都不足以安慰葛荣的心，什么话都无法填补葛荣心头的那份遗憾。葛荣如此，那么蔡伤呢？

蔡风是他唯一的儿子，而身为人父的蔡伤，是不是也那么忧郁、那么牵挂着蔡风呢？

蔡伤是一个很重感情的人，绝对是！但他更善于将感情深藏心底。他是一个绝不愿轻易表现脆弱的人，但他绝对脆弱！一个强者的脆弱甚至比任何人都要强烈！

蔡伤老了，很明显地老了，胡秀玲很清楚地感觉到蔡伤老了，是心老了！甚至连头发都有些斑白。胡秀玲只有心疼，唯一安慰他的只有那片柔情，只有那无尽的爱意。

蔡伤很懂胡秀玲的柔情，也很珍惜这份情感，早在二十多年前，他就已经深深地爱上了胡秀玲，只是时局和世道使得他们成为一对苦难的情人，谁也没有想到，在二十年后，他们居然能够再次结合，这对于蔡伤来说，自然是一种可喜之事。但却始终无法抹去他对蔡风的思念，那种常人难以理解的父子之情，是任何情谊都无法比拟的。不可否认，蔡风的确可算是他的好儿子，父子俩相依为命了十多年，却仍要白发人送黑发人，这是多么可悲的一个事实啊！

"伤哥，这并不是你，秀玲希望你是以前的你！你可知道，现在你这个样子，秀玲很心痛的。"胡秀玲轻轻地拉着蔡伤的手，幽怨地道。

蔡伤苦涩地一笑，怜惜地望了胡秀玲一眼，紧拥其娇躯，怆然道："有时候，我总笑秀玲是个傻子，放着好好的荣华富贵不享，却要跟着我浪迹天涯，又是何苦来哉呢？有时候，我却难以面对秀玲，这辈子，我欠人太多太多，先是雅儿，苦命的雅儿，从来都没怨我没能常常陪在她的身旁，就是当初风儿他哥出世之时，我也不能陪着她，而在战场之上想都不能去想她。可怜的雅儿为我照顾着三个孩子，唉，却想不到落得如此结局，而我，却无法为她雪洗此仇。再对不起的就是黄兄弟，他这一辈子便是耗在我的身边，如今却伤神而去，也不知潜隐何方。更不对不起的人是风儿，从小到大，我都未曾向他讲过关于雅儿之事，可怜他到去的那天，仍不知道自己的母亲是如何离开这个尘世的，到底是什么一个模样，我这做父亲的似乎太不称职……唉，人事境迁，逝者如斯，可这一辈子我却不得安宁，这难道就是报应？也不知道我前世到底是造了什么孽。”

胡秀玲的脸色有些苍白，她紧紧地搂着蔡伤，幽幽地道：“你什么也别想，那一切都过去了，以后的路仍有很长，若是我们总是沉浸在往昔的记忆之中，那么我们永远都不可能真正地快乐起来。你看这小河中的水，我们的日子也便如这流水，悄悄地流走了，永远都不会回头，我们何不学这流水，又何必总是让过去的痛苦来麻木自己的心灵呢？要知道，生活的痛快是在于对未来的执着追求。因此，我们何必悲伤，何必为死者而伤？为逝者而苦呢？至少，你还有我，你还有很多人关心，葛庄主、徐大夫、王家的兄弟及阳邑的父老乡亲。这个世界值得你去开心的事有太多、太多，这个世上值得你去关心的事也太多太多，振作一些吧，你快乐便是我快乐的根本!”

蔡伤脸上的肌肉一阵抽动，心神狂颤，见惯了生死交替的他，却没想到会自胡秀玲的口中说出这样一番道理，这样一番让人感动的话语，使他激动得说不出话来。

“我一定会好好地活下去，不为别人，就为你，我也不能放纵自己!”蔡伤声音中有些伤感而坚决地道。

胡秀玲露出一丝欣慰的笑意，将头埋在蔡伤的胸前，小鸟依人般地问道：“那我们明天去何处呢?”

蔡伤抬头望了望悠悠远去的小河，深深地吸了口气，道：“去葛家庄!”

“去葛家庄?”胡秀玲惊异地问道。

“不错！是去葛家庄!”蔡伤坚决地道。

“你不是说不想见到那些血腥之事吗?”胡秀玲有些不解地问道。

“不，我想，中原始终乃是非之地，无论是南方抑或是北方，总是没有宁日，我们要找一个桃花源，只得远赴海外，带上胡家的家眷和家将。我们到海外找一处美丽的所在，过自给自足的生活，那时候绝不会有这世俗间不必要的烦恼，岂不更好?”蔡伤目光变得无比深邃地道。

胡秀玲显出一片憧憬之色，好像那种生活已经出现在眼前了一般。

“你大哥此刻大概已经将胡家的产业逐渐打理妥当，你很快便可达到归隐的目的了!”蔡伤深沉地道。

“是呀，我们一起到海外，找一处美丽的岛屿，开创自己和平的王国，但愿当年陶靖节的梦想，在我们的手中能实现!”陶靖节是指晋时的陶渊明。

“对，只要我们手脚俱在，哪还会无生存之处，只是那样会苦了秀玲。”蔡伤怜惜地道。

“秀玲只要跟着你，什么苦都不怕，做太后又有什么好？处处都得依规依矩，简直是监牢。”胡秀玲不屑地道。

蔡伤悠然一笑，心中和眸子里满是柔情。

冉长江大步跨入内室，葛荣已笑着立身而起，极为亲切地扬了扬手，含笑道：“冉兄请坐!”

冉长江一愣，似乎没有想到葛荣会如此多礼，如此随和，顿时生起了三分亲近之感，肃然道：“庄主真是太客气了，长江还未曾向庄主行礼呢!”

“冉兄何必如此？你我皆为江湖中人，若是讲如此多的繁文缛节，岂不是太见外了？”葛荣悠然笑道。

“庄主所说甚是，不过，今日冉某前来却不是为了江湖中事，因此，此礼必不可少!”冉长江说着果然恭恭敬敬地行了一礼。

葛荣故作惊讶地问道：“冉兄即使为生意而来，也不必行此大礼呀，你这叫我如何敢当？”

冉长江向一旁坐下，认真地道：“冉某此次来北，也不是与庄主谈生意的。”

“哦，葛荣倒有些不明白了，我除了江湖中的事和生意场上的事之外，难道还会有其他的事不成？冉兄所说就让我有些难解了。”葛荣故作糊涂地道。

冉长江还不明白葛荣的话意？也就不再拐弯抹角，直截了当地道：“庄主对当今天下又有什么看法呢？”

葛荣露出一个神秘的笑容，反问道：“冉兄问我此话其意何指？”

冉长江淡然无畏地道：“葛庄主是明白人，更是聪明人，自然早就明白冉某北来之意，难道庄主就吝啬这么一点意见吗？”

“好，快人快语！看来，江湖中人的眼睛还是十分犀利的，我也不愿被你看扁！的确，眼下天下的局势应分为两方，一南一北，要分别而论，不知冉兄可认同否？”葛荣爽快地道。

“葛庄主何不接着说呢？”冉长江不答反问道。

葛荣淡然一笑，仰天吸了一口气，向一旁侍候的仆人道：“给冉大人添杯茶！”这才端起自己几上的茶杯，不紧不慢地呷了一口，道：“北朝只能用一个字来说，那就是乱！朝政如何不是我这种江湖人兼生意人能随便说的，但自两年前柔然军入袭六镇，后至破六韩拔陵起义，六镇造反，后相继出现高手胡琛、赫连恩、万俟丑奴，跟着又有羌人和氐人推举的莫折大提，再是乞伏莫于、胡人和蜀人，这两三年之间，战火燃遍了大半个北魏境内，这个乱自然不用人说。朝廷引柔然军败破六韩拔陵，虽可以暂时消除这样一支强敌，但无异于用棉被扑火，后果只会变得更难以维持，这些其实也并不用我说，相信冉兄早已洞若秋毫。眼下，杜洛周自北方杀回，驻兵上谷，就是很好的例子。北朝不说，说南朝，南朝自十八年前钟离之役后，一直都在修养生息。这十多年来虽然与北朝有小战，但损失不大，并不影响南朝的发展，萧衍的确是位了不起的皇帝，只是近年来，政局有些混乱，贪赃枉法之辈甚多，而朝廷内部更是极为腐败，敛财的现象纷起，各王之间无视民间疾苦，只知中饱私囊，而萧衍却一味姑息，对民与对亲的赏罚不明，殊不知，王子犯法与民同罪，方能以服众心。当初萧正德引北魏劲旅攻南，而萧衍对其却宽大处理，还让他做靖康王，岂能以服众心？而百姓犯法，却处以重刑，如此下去，只会使得官吏更加猖狂，无法约束，最终仍只会自酿苦果。虽然此刻这种恶果犹未能完全体现出来，却也不远矣！不知冉兄是否认同葛荣所说的呢？”

冉长江额角渗出一丝汗水，干笑道：“葛庄主法眼如山，对时局观察深远细致，的确是冉某难以相比的！”

葛荣神秘地一笑，道：“作为一个商人，想做好生意，就必须审时度势，若连这一点都做不到的话，那么只会做经常亏本的生意，这似乎是任何人都不想看到的事情。因此，我不得不将眼睛放得亮一些，我能在南朝发展生意网，不仅仅是因为我的朋友多，更因为我对南朝的时局了解得比较清楚，因时制宜，是有赚无亏的生财之道，难道冉兄不觉得吗？”

冉长江赔笑道：“是，是，葛庄主的确是非常之人，能将生意做遍大江南北，不仅需要非常之气魄，更需要常人所没有的人力和财力，我朝皇上曾谈到天下人物之时，对葛庄主也是无比的敬佩！”

“哦，是吗？我葛荣何德何能，能让南朝皇上赞赏，倒令我受宠若惊了。”葛荣轻描淡写地笑道。

“葛庄主谦虚了。说到武功，天下或许难有人与蔡伤、尔朱荣两位相比。不过，尔朱荣的武功传说虽然厉害，但是否真有那么厉害则没有人知道，倒是蔡伤的武功，天下无人不服，一柄刀战遍天下，他的名气乃是一点点积累而至。尔朱荣只不过是因为出身在贵族家中，众人吹捧之下，才能够与蔡伤相提并论。依我看，‘哑剑’黄海的武功也不会比他差，说到真正武功第一的，应该是蔡伤，其次就数尔朱荣和黄海，但葛庄主的武功也早已出神入化，只是江湖中很少有人见过庄主出手，又都当庄主是一个生意人，并未将你放入江湖中排名而已。据我师父说，天下说到刀法，除了蔡伤就数葛庄主了，还说葛庄主的武功应该不比黄海与尔朱荣差。葛庄主的厉害还不仅仅限于武功，我敢说，天下会做生意的人莫过于你，你的胆量、你的眼光之独到，你潜隐之深，筹谋之周到，恐怕天下无人能出其右。所以才会在二十年由白手起家到现在的生意满天下，甚至有人说，葛庄主富可敌国，无论是白道还是绿林，葛庄主都是翻手为云、覆手为雨的人物。如此人物，怎会不让人敬服？在我朝皇上佩服的人当中，葛庄主便是被列在第三位，这些都绝不是我私下捏造的！”冉长江毫不作伪地道。

葛荣不由微微有些得意，但仍忍不住问道：“那另外两位是不是便是蔡伤与尔朱荣呢？”

“不，第一位乃是现潜居在我们南朝的仙长，陶弘景大师，当今之世，只怕没有人比他老人家知识更渊博，没有人比他更能看透人世，其医道之精，早已通达天人，其玄门之学更不让于两百多年前抱朴子老神仙。抱朴子乃是葛洪自号。葛洪，字稚川，自号抱朴子。传说陶老神仙已悟通天道，参透生死，他乃是我朝皇上生平最敬服之人！”冉长江眼中射出几缕崇慕之色，向往地道。

葛荣悠然点了点头，应道：“嗯，陶隐居的确值得世人敬慕，天下绝对无人能出其右！”陶弘景，字通明，自号华阳隐居，世称陶隐居。本书中陶隐居，或华阳隐居都是指陶弘景。

“这第二位则是蔡伤，说到武功，天下无人能出其右；说到用兵，天下能够与之相比的，恐怕也没有几个，几乎是每战必胜，可以说是一个了不起的奇人。难得之处，却是其一副侠义心肠，悲天悯人，虽然杀戮极重，却从来不做对不起朋友之事。对他，我朝皇上用了几个字来概括——乱世之真豪侠、真义士！”冉长江认真地道，语气中显出对蔡伤的尊敬。想起十几年前怀远附近的荒林中相遇，虽然当时并未与之真正交手，可他一向信服其师兄彭连虎，而彭连虎对蔡伤的敬佩和感激却是诚恳至极的，因此，使他也不知不觉中对蔡伤感到敬佩无比！

葛荣听到这里，开怀一笑，道：“你朝皇上的确是太看重我了，这两位我自是不敢与之相提并论。其实，当世之中比葛荣值得看重的人还有很多很多，萧衍将我排在第三，可真让我受宠若惊了！”

“葛庄主不仅是一个厉害的武林高手及生意人，更是一个有着雄才伟略之人，将你排在第三已是委屈你了。”冉长江有些拍马屁地道。

葛荣不置可否地问道：“冉兄此来该不会是为了这些小问题吧？”

冉长江神色一肃，道：“不错，若只是这些小问题，皇上又何必要派我来？那岂不是显得很无聊吗？”

葛荣淡淡一笑，道：“我想也是，虽然我们北朝此刻与南朝的关系仍很和睦，但谁也看得出来，那只不过是一种表面现象而已，聪明一点的人都可以看出这之中波翻涛涌。你作为南朝的信使，不与朝廷相联，却来与我这商人共叙，若非我是看在江湖朋友的分上，早已将你轰了出去，以免沾上挣之不脱的嫌疑，给那些无事之辈以莫须有的借口找麻烦。要知道，我乃一介商人，实不想惹上朝廷这个麻烦，有什么事，冉兄不妨直说，有用得着我葛荣的地方，我也不会袖手！”

冉长江心中明白，葛荣并不想在任何外人面前表露出其野心，不由得向一旁的侍女望了一眼。

葛荣淡然一笑，向众侍女吩咐道：“这里没你们的事了，全都给我出去！”

“是，庄主……”几名侍女极为恭顺地应了一声，轻步退了出去，并顺手带上大门！

葛荣又呷了一口茶，目中射出几缕深邃无伦的光芒，罩定冉长江，平静地道：“冉大人有话不妨直说！”

冉长江微微一笑，道：“庄主终于承认我是南朝的特使了！”

“其实，冉兄是萧衍的金牌密使，我早在多年前就知道了。”葛荣淡淡一笑道。

冉长江的脸色一变，叹道：“葛庄主果然厉害，我朝皇上的确没有看错人！”说着立身而起，从怀中掏出一函，又道，“这是我朝皇上给庄主的密函，望庄主过目！”

葛荣悠然道：“请冉大人帮我拆开也是一样，萧衍既然相信你一定会将密函交给我，就是对你信任，便已肯定你不会背叛他，那么你知道密函的内容也没什么关系了。”

冉长江脸上显出一丝为难的神情，吞吞吐吐地道：“可是……这……这是我朝皇上的亲函呀！”

“若是萧衍信不过你，我又如何可以相信你能成就大事？冉大人还是亲拆之后，再交给我吧。”葛荣神情极为平静地道，看不出其内心的一丝喜怒。

冉长江知道，葛荣绝对不可能会亲拆信函，不是因为不想，而是不能不处处提防。他之所以不亲自拆函，是怕信函之中夹有极为厉害的毒药之类的。所以，先叫冉长江以身相试，说穿了，就是不能完全相信冉长江。

冉长江犹豫了一下，咬了咬牙，拆开信函，掏出一张黄绢，黄绢之上似乎还印着一个极大的印迹，显然为南朝皇帝萧衍亲用的玉玺所盖。

“葛庄主请过目！”冉长江有些无奈地道。

葛荣并不伸手去接，只是以目光轻扫了一遍，这才爽朗地笑道：“冉大人，得罪之处，还请见谅，请坐！”

冉长江一呆，惊疑地问道：“这密函还请庄主收下！”

“冉大人放在桌上吧，我自会处理，现在冉大人可以直说了。”葛荣不置可否地道。

冉长江无奈地将密函放于桌上，目光直盯着葛荣，沉声问道："葛庄主可曾想过经营更大的买卖?"

葛荣神色不变，问道："何种买卖为大呢?"

"天下苍生，万里江山!"冉长江毫无顾忌地道。

"这些投本似乎太大了些!"葛荣故意一皱眉道。

"以庄主的财力、物力，再加之人力，不是没有大赚的机会。"冉长江笑道。

"可这却要担上多大的风险呀，也可能会输得一败涂地!"葛荣故作犹豫地道。

"庄主应不是一个害怕输的人。"冉长江淡然道。

"冉大人太抬举我了，没有人会不害怕输得一文不剩，穷日子我的确过怕了。"葛荣笑道。

"那庄主是不想做这一桩生意啰?"冉长江意味深长地道。

"嘿嘿，那要看这桩生意有几分胜算，有几成好处，否则，也只是徒劳为别人赚了大钱，自己却落得囊中羞涩，相信谁也不会傻得去做冤枉生意!"葛荣也意味深长地道。

"生意人果然是生意人，不过，我倒想知道庄主的好处和胜算是如何计算的?"冉长江欣赏地问道。

"这个好说，其实，我也并没有很大的把握，至少老本不能亏，其他的一切都好说。坐庄的，讲究的便是这个主权，所以有天门吃天门的说法，若是到后来，主权被别人捏着了，我只挂个空头庄家，自然是不行的。"葛荣淡淡地道。

"这个自然不会。眼下的形势，不用我说，想来庄主比我更清楚。北魏的局面之乱，已到了无以复加之境，若是错过了这次做买卖的大好机会，只怕庄主会大为可惜，甚至会抱憾终生，不知庄主认为如何?"冉长江淡然道。

"眼下，想做这桩生意的人举不胜举，为什么萧衍却要来找我呢?只怕萧衍的眼光这次不太准吧?"葛荣反问道。

“我朝皇上的眼光定不会有错，以庄主的沉稳，谋定而后动的架势，就已经不是其他的商家所能相比的。而庄主所占之处，又极尽地利人和，不选庄主又能选谁？庄主说了，做生意最基本的一点就是不亏本，选准合伙的对象这一点也是极为不简单的一件事，当今天下，恐怕没有一个商家有庄主这么靠得住。”冉长江诚恳地道。

葛荣大感好笑地道：“萧衍之意不是在于买卖，而是存有渔夫之意，其实在我们之间也根本不用如此。”

冉长江的神色微变，干笑道：“庄主误会了。当然，若说我南朝无所图，那只是一句谎言，皇上又何必大老远让我跑来呢？是游山元水吗？但北朝白骨成堆，哪有江南的自然山水好？做渔夫当然是好，可却很难让人心甘，而庄主也肯定不会傻得去做那鹬蚌，说这种话，只会徒伤感情……”

“哈哈，冉大人有话不妨直说，我们根本就没有必要如此婆婆妈妈的，我是一个生意人，你既然大老远和我谈这宗大买卖，也不妨先开出价来，好让我盘算一下可不可以接受。若是能够接受的话，咱们就此成交；若不能接受，生意不成人情在，我依然去做我的生意，萧衍仍然去做他的皇帝，如此而已，岂不直截了当？”葛荣也有些微微不耐烦地道。

冉长江不由得有些不自在，嘿嘿一笑道：“庄主快言快语，那我也不用拐弯抹角了。”心中却暗骂葛荣老奸巨猾，打开始便一直装糊涂，而这一刻却把责任推给他，不过却是有求于对方，也不敢反驳。

葛荣却暗笑，忖道：“妈的，当初就是你害得风儿投奔军中，才会引出如此多的祸端，若不是你，风儿也许不会死，此刻，老子如此对你，已经是你上辈子积德了！”

“我朝皇上希望庄主能在魏境登高一呼，再对北魏这个烂摊子填把火，把它煮烂，只要庄主肯站起来，我朝皇上愿意鼎力相助。”冉长江果然不再拐弯抹角，直截了当地道。

“萧衍倒是很看得起我，可是，这种造反的大逆不道之事，我一个商人如何敢做？北魏虽然此刻已经穷于应付，但是瘦死的骆驼比马大，若是不能成事，岂不连累了我那遍布天下的生意？此刻的我，已经有用不完的钱，要什么有什么，又何必去冒这个无谓的风险？”葛荣冷冷地回应道。

冉长江并不为所动，只是平静地道：“若是庄主仍然要如此说的话，那就当是冉某和我朝皇上看错了人，我也不用再多说什么，就算我能够劝动庄主，相信这种被人勉强才能作出决定的人，也不会真的有什么斗志，那样岂能成就大事？我看我也不用白费心机，浪费口舌了。打扰之处，就望庄主不要怪罪。”

葛荣一愣，却没想到冉长江居然会如此说，不由得笑了笑，道：“此刻，我才真正相信冉大人的诚意，刚才有所得罪之处，望原谅。冉大人，请说说你们皇上有什么相助之计划呢？也就是说如何助我成事？”

冉长江脸上露出一丝欢颜，见好就收地道：“只要庄主一起事，我朝愿供应铁甲金戈，更会为庄主供应大批的粮草与攻城之设备，同时，我朝也可纷扰北魏边境，以分散魏朝兵力，不知庄主以为如何？”

“哦，那你们可有什么好的方法保证能够供应到位呢？要知从南朝入关北上，所经之地不下千里，沿途关卡，只怕你们的铁甲金戈尚未抵达冀境，就已经被北朝所截，那倒变成了助他们来打我了。”葛荣淡然道。

冉长江毫不犹豫地道：“相信葛庄主有能力控制天津沿海一带的海岸，庄主这些年来，对沿海的经营和运作想来已是蒂固根深，操作起来也定会方便得多，只要庄主任意控制了一个海岸，我们的装备就可以自这海岸运至冀中，相信不会有什么问题。”

“自水路行至，可知道要绕行多远？而且航道颇难以控制，你们有足够的把握，能够送到？”葛荣疑惑地问道。

冉长江淡然一笑，道：“海上航行虽然有些难度，但是南朝亦是地大物博，又多渔米之乡，靠水生活之人比北朝多得多，就是南方海边的渔民，也经常会出海捕鱼，这些人，只要稍经训练，都会成为极其优秀的航手，这一点还请庄主放心。若说骑兵，南朝或许不如北魏，但说到水战，北魏却难以比及了。”

葛荣不由得悠然一笑，道：“我相信南朝的确是有这个能力，萧衍果然还是一个极有雄才大略的人。的确，也只有我才能够以最好的方式配合他。”

冉长江望着葛荣那自信的笑容，心头一阵感慨，他很明白葛荣话中之意，但事实也的确如此。对于别的起义军，萧衍想助也助不了，而葛荣确实占有天时、地利、人和三大要素，这使他对葛荣充满了信心。

“你……你们认识?”颜贵琴惊诧无比地问道。

从门口行进的正是客栈老当家颜礼，只不过，此刻那满面风尘的脸上显出一副欢喜的色彩。

“你居然还没有死？真是叫我大感意外!”颜礼显然是欢喜至极地道。

“阎王不收，只好又逃回阳世。看你的样子，也快进阎王殿了。”杨擎天毫无约束地欢笑道。

“本来以为你在阎王殿等我，我才会急着要去报到，这一刻，你仍在阳世，我怎舍得去面对黑阎王呢?”颜礼大步行到杨擎天的面前，伸出那双粗糙的大手，紧紧地搭在杨擎天的肩头，无论是谁都可以看出他们之间那种感情的真挚和实在。

杨擎天的双手也有些颤抖地搭在颜礼的手臂之上，脸上满是惊喜而激动的神情。

两人的表现只看得颜贵琴和那年轻人摸不着头脑，大感奇怪。

“真想不到，真想不到……”颜礼话语激动得有些颤抖地念道。

“是呀，一晃十几年，十几年呀，真是不短哪!”杨擎天的老目中竟然显出一丝晶莹的泪花。

“可你还是没有多大的变化，不是吗?”颜礼欢颜道。

“可这世道已经变了，这江湖变了，你我都老了!”杨擎天有些感慨地道。

“哈哈哈……”颜礼快意地一阵大笑，声若裂帛，良久才止，道，“管它世道变了，江湖变了，我华阴双虎却是没变，这不又重新聚到一起来了吗？管它世事沧桑，能活着就是好事!”

“是呀，人未死，情难了，世无常，恨不变，我们是应该庆幸了。礼敬，快，见过少主!”杨擎天感慨之际又想起了什么，忙道。

颜礼一愣，奇问道：“少主?”

杨擎天放开颜礼的手臂，向那立于一旁的年轻人一指，有些激动地道："这位就是念伤少主！"

"大公子！"颜礼骇然惊呼，瞬即又变得无限惊喜，在众人茫然不知所措的情况下，"扑通"一声长跪在地，恭敬地呼道，"老臣颜礼敬叩见大公子！"

"快快请起，快快请起！"那年轻人显得也有些手足无措地急忙扶起颜礼道。

"公子，这位就是当初主人身边八大家臣之中与属下并称华阴双虎的颜礼敬！"杨擎天欢天喜地地向年轻人介绍道。

"颜叔叔，这些年可辛苦你了，我常听杨叔提起你，却想不到在这儿遇上了你！"那年轻人这一刻也显得无比激动地道。

"琴儿，快来参见少主！"颜礼向一旁呆立着、有些莫名其妙的颜贵琴慈祥地喝道。

颜贵琴显得有些茫然，什么少主呀，什么自己的爹爹又成了什么华阴双虎，还叫什么颜礼敬？这些年来，她自小就习惯了被别人当作主人看待，此刻又突然冒出一个少主来，那可是多么别扭的事情。这刻对颜礼的呼喝竟无动于衷。

"这是你的女儿吗？想不到都这么大了。"杨擎天高兴地道。

"是呀，我自从杀出重围之后，就娶了妻子，我要将这仇恨继承下，将来即使我死了，也有个人去报仇。只不过这些年来，我一直都在寻找主人的下落，对琴儿疏于管教，本事没学到两成，惹的祸却不少。"颜礼说着，又向颜贵琴喝道："琴儿，还不见过少主?!"

颜贵琴见颜礼如此严肃，也不敢拂逆，极不情愿地向那年轻人行了一礼，却不知道说什么好。

"颜叔不用如此！"那年轻人说着忙向颜贵琴还了一礼。

"少主不必顾忌，主人当年有大恩于我们，我们就是粉身碎骨也无以为报，这一礼受得！"颜礼认真地道。

"爹！"颜贵琴有些微怨地呼道。

颜礼这才记起以前从来都没有向女儿提起过自己的身份，也未论及过去的事情，不由得笑道："琴儿，稍后爹再向你解释。"这才握住杨擎天的手道："这些年来，我一直都用颜礼这个名字在此地做生意，我想，只有客栈和酒楼茶座过往的江湖人士最多，这样就可获得更多主人的消息，谁知道这一待就是十八年。是呀，十八年的确已经够长的了。"颜礼说着，忍不住又向那年轻人多打量了几眼，叹道："真像，真像当年的主人！"

"老三，立刻去准备酒宴，把这里整理一下，我要为少主与老故人接风洗尘！"颜礼豪爽地道。

丁老三这才从惊愕迷茫之中惊醒过来，唯惟诺诺，却存着满腹的疑问。

"爹，呆子怎么办？"颜贵琴记起依然躺在地上的呆子，不由问道。

"呆子？他怎么了？难道又犯病了？"颜礼——颜礼敬奇问道。

"不，是我制住了他的穴道！"杨擎天答道。

颜礼敬有些惊奇地望着他，不解地问道："是你制住了他的穴道？"

"不错，这小兄弟很可能与主人或黄海有关联，刚才我唤起了他的记忆，使他病态复发，我这才制住了他的穴道。"杨擎天解释道。

"他会和主人有关系？"颜礼敬惊讶地道。

"刚才我见他出手，所使的武功与黄兄弟的武功及主人的路子极为相似，才会猜测他与主人有所关联，这之中的详情，我们以后慢慢再谈吧。"杨擎天解释道。

颜礼敬有些惊疑不定地望着颜贵琴，却并没有说什么，反而向那年轻人恭恭敬敬地道："少主你先请！"

"颜叔别客气，家父此刻不知行踪，这十几年来都没有与他老人家见过面，或许他老人家并不知道我仍活在世上，颜叔你就叫我念伤好了，否则只怕小侄承受不起。"那年轻人微微有些伤感地道。

颜礼敬也不由得勾起旧恨，感慨地道："天幸少主仍能够活着，看来苍天还是有眼的，万恶的尔朱家族，总会有败落的一天！"

"普天之下，能够与尔朱荣为敌的，恐怕只有爹爹一人，只是这些年来也不知道他究竟在哪里？去年传说他曾在大柳塔杀死了破六韩修远，而且弟弟也曾在那里出现过，可是等到我们赶到大柳塔之时，他们早就走得不知所踪，犹如空气一般从江湖中消失了，四处都寻不到一点蛛丝马迹。"

四人行至后厅，客栈中的众人早已将桌椅摆好，本来因为别人闹事而躲避起来的杂役和小二全都行动起来。颜礼回来了，无遗给了他们一颗定心丸。客栈的人手也不算少，行动起来极为便利。虽然饭菜犹未做好，但四人却已备上了一杯香茗，众人点起巨烛，使得后厅亮如白昼。

“少主不用心急，相信很快就会有主人的行踪……”

“叫我念伤吧！”那年轻人打断颜礼敬的话道。

颜礼敬一呆，向杨擎天望了一眼，杨擎天忙笑着道：“以后礼敬就叫大公子好了，也不用称呼什么少主了。”

“好，那我今后便唤少主为大公子。”颜礼敬笑道。

那年轻人有些无奈地点了点头，便被杨、颜二人拉到上席落座了。

“这……”

“这应该是由大公子坐，主人不在，大公子在我们的心目中就已经是主人了。”颜礼敬打断年轻人的话道。

颜贵琴如苦闷葫芦一般，憋了一肚子气却无处发泄，只得重重地坐在椅子上，闷不吱声，今天的事，的确让她摸不着头脑。

颜礼敬拍了拍颜贵琴的肩膀，笑道：“你在生爹的气吧？”

“女儿哪敢？”颜贵琴不置可否地道。

颜礼敬长长地叹了口气，道：“爹知道，这十几年来，爹从来都没有告诉你这件事情，是爹的不对，可是那只是因为时机未到。现在，我便把整件事情的真相告诉你吧！”

第七十八章　笔刃针锋

颜贵琴望了望一脸严肃的颜礼敬，及神情肃穆的杨擎天和那少年一眼，却并不吱声。

“我本来应该叫颜礼敬，只是这些年来，并不想让太多的人想起以前的我，所以这十八年来，便将那个‘敬’字去掉了，现在别人的眼中只当我是颜礼，连你也是今天才知道真相。早在二十多年前，我和杨兄并称华阴双虎，武功早已是可列入一流之境，可我却因为一件事得罪了尔朱家族，遭到‘死神’尔朱追命及一大批尔朱家族的高手追杀，而在最要命的时候，一个蒙面人救了我，并以不可思议的武功杀退了尔朱追命，并折杀尔朱家族数名好手。那时候我从来都没有想过，世上竟然会有如此可怕而不可想象的武功。后来，又是这个蒙面人自尔朱家族之人的手中救出了你的爷爷，那时，他身上已受了七处重伤，却依然义无反顾地去救一个不久于世的老人，去面对那群比狼虎更可怕的杀手，这是如何的侠义心肠？这是何等的豪情壮志？而我，只不过与他萍水相逢，并无任何交情，而他，只不过知道我不是一个坏人，是个孝子，就如此不顾一切地为一个陌生人拼命，天下又有几人能够做到？后来，我才知道，他就是蔡伤，那时他刚刚出道，但名气上升之快却让人难以相信，力杀马贼黑风，刀劈太行恶盗。后来在你爷爷去世后，我就去投奔了他，他也便是我的主人。而我前去之时，与我并为华阴双虎的杨兄早已投奔了他。自那之后，我们就随着主人一起出入沙场，平定叛乱，搏杀群寇，却不入朝廷做官，追随在主人身边。那时候，又不断有人上门向主人挑战，其中最有名气的就是曾在江湖上哄起一时、有天下最可怕剑手之称的‘哑剑’黄海。那一战的确足够惊天动地，黄海也的确是一名绝世剑手，但最终仍败在主人的手中，却是在一千招之后。两人不打不相识，最后竟起了惺惺相惜之心，两人互换兵刃交手，结果仍是主人稍胜。后来，黄海心悦诚服地追随主人。于是，以黄海为首，相继有铁异游、石中天、蔡艳龙、陈保春、王银桃、杨擎天及我组成了蔡府八大家臣，我名列第八。八人中以我武功最差，石中天智计最高。十八年前，主人出征，却只带上了石中天，留下我们七人守护着蔡府。可是不久战场上传来全军覆没的消息，主人阵亡，是因为朝廷不派兵支援之故。可是不久，又听说朝中下旨，说主人作战不力，损兵害国，派尔朱家族的高手与正阳关城守吴含对将军之家满门抄斩。这些全都是尔朱家族的密谋，在圣旨还未下达之前，他们就已经派出大批的高手赶至正阳关，围住了将军府。于是，所剩七大家臣力保主母及三位公子杀出重围，但主母因主人阵亡，心灰意冷，决意不走，只派我们七人分带三位小公子冲出重围，而她则指挥众家将掩护。当时事起仓促，并未约定好今后联络的方式，就已被尔朱家族的高手破府而入，那之中竟包括了许多绿林中的高手，甚至宫中的老太监也有，一个个都是在江湖或朝中显赫一时的人物，而此刻却来联手对付将军府，可见他们对除掉主人身边的势力是早已密谋好了的。我们七大家臣及那一百多名家将全都不顾一切地拼杀，可是后来却全都冲散了，我当时已身受重伤，逃出正阳关，便潜到附近养伤，却听说主人一家一百余人无一幸免。当时我虽然自己只身逃了出来，可是已经心灰意冷。待我伤好后，却听说正阳关城守吴含的脑袋被人割了，且踩个稀巴烂，传闻乃是主人下的手。可后来，却再也打听不到主人的下落，听说王府王通知道下落，可却在这时候病逝，整个王府中也只有他一人知道，就是王成也不清楚，我只好独自躲到北部，索性在尔朱家族的势力范围内做起生意来。这些年来无时无刻不在打听主人的下落，也无时无刻不在想着要报主人一门的大仇，苦于一直没有机会，也知道自己的武功与尔朱家族中高手相比，还差了一个级别，一直都未敢轻举妄动。”

说完顿了一顿，望着颜贵琴继续道：“后来，我就娶了妻，生下了你。

我也一直都未曾向你娘说过这些，因为女人最容易坏事，告诉了她只会为她徒添许多烦恼，对你，更没提过。”又转望那年轻人，接道：“谁知道苍天有眼，竟让我在今日见到了大公子，真是蔡门之幸呀！”颜礼敬说到最后，竟老泪纵横，激动万分。

杨擎天双目中射出无尽的仇恨，那年轻人手指握得一阵爆响，神色却平静得让人心寒。

颜贵琴惊异地望了那年轻人一眼，哪想到眼前这年轻人就是天下第一刀客的大公子，而自己敬畏的爹爹竟也是蔡伤的家臣，心头不由得一时百感交集。不过听到那名动天下的“哑剑”黄剑也是与自己爹爹并列为蔡伤的八大家臣之一，不由心中生起一丝得意。虽然她对于华阴双虎这个名号极为陌生，可对“死神”尔朱追命却十分清楚，宁武与秀容川及神池相隔不远，甚至宁武也有尔朱家族所辖的产业和高手。因此，颜贵琴对尔朱的几大高手并不陌生。却没想到自己的爹爹竟会与尔朱家族有这般仇恨。

“只要爹爹仍活在世上，一切都好说，只可恨，我未能习得爹爹一半的功夫。”蔡念伤伤感地道。

“大公子何用灰心？待见得主人之后，一切自会改变。传闻三公子力战破六韩拔陵，擒刀疤三，其勇武早已传遍整个天下，要是有三公子和主人同在，对付尔朱家族也会容易得多，更何况还有黄海！”颜礼敬充满信心地道。

“礼敬可听到了一些什么消息？”杨擎天有些欢喜地问道。

颜礼敬吸了口气道：“这次我出去，的确是探到了一个极好的消息！”

“什么好消息？”杨擎天有些迫不及待地问道。

“这次，我从太行山一个流寇的口中，听到河北葛家庄庄主葛荣，竟是主人的师弟，而且他们还经常保持联系。”颜礼敬有些激动地道。

“葛荣竟是主人的师弟？怎么从没听主人提起过？”杨擎天有些不敢相信地反问道。

“当初主人为朝廷出力的时候，葛荣乃是与太行山群寇混杂一起，且隐隐有盗首之威，主人怎能与他联系在一起呢？主人之所以不说，是怕朝廷误会他勾结匪首，而且那时候根本用不上葛荣，不提起他，也并不是一件什么大不了的事。”颜礼敬猜测道。

“可是主人和太行群寇并不相融呀？而且，当初还杀死了他们许多头目！”杨擎天怀疑地道。

“这或许就是我们心中的死结，世事谁也无法预料。正因为当初，我们全都以为主人不可能与太行群匪往来，才会在近二十年中根本找不到他的踪影。若说葛荣是主人的师弟，那主人与太行群匪有关系便很正常了，而主人隐居太行山也会显得十分正常。而这些年来，太行山全被我们忽视了。直到前些日子，传闻主人与葛荣的关系密切，我才想起从太行群匪处下手找寻主人的下落，果然很快就得到了这些消息。”颜礼敬感叹道。

杨擎天一拍脑袋，骂道：“我们真是笨蛋，真是糊涂，难怪这些年来一直都找不到主人的下落。”

“这次虽然知道主人和葛荣乃是师兄弟，但是据传闻，主人和葛荣在大柳塔之后便分别了，也传说三公子失踪，生死不明。”说到这些，颜礼敬神情微微有些忧色。

杨擎天神色突然微微一变，冷喝道：“是什么人在鬼鬼祟祟，给我滚出来！”

颜礼敬和蔡念伤及颜贵琴全都一惊，纷纷扭头四顾。

颜礼敬最先动身，就像是划空而过的流星，飞掠到院中的那口枯井边，冷喝道：“你们是什么人？”

枯井之中迅速跃出一人，却是已成男装的秋月。

颜礼敬见她跃上来的姿势，不由得眉头一皱，喝问道：“姑娘藏身于这枯井之中，究竟有何用意？”

秋月瞅了颜礼敬一眼，海燕和刘瑞平也相继跃了上来。

杨擎天和蔡念伤大感奇怪，惊异地望着自井中跃起的三人，却不知道该说些什么。而唯有颜贵琴并未见过三人，听到颜礼敬竟说这是个姑娘，不由得瞪大眼睛，好奇地望着三人。

“你这是开客栈的，我住在客栈中，难道还要限制我们不能出房门吗？

难道这之中有什么不可告人的秘密，是杀人卖肉的黑……”

“秋月！”刘瑞平一拉秋月的衣衫，喝止道。

颜礼敬没想到这扮成男装的女娃如此牙尖嘴利。

“既然姑娘是住客栈的，就要宿得大大方方，走得明明白白，客栈毕竟是客栈，我们须尽力使客人宾至如归，可每位客官必须清楚地知道，这并不是自己的家，我们开客栈要对每位客人负责，而非只对其中少数人照顾，我们不仅是要让客官们住得舒适，还得保证他们的安全，你们这般藏身枯井之中，我不想用鬼祟来形容，但你们认为这说得过去吗？”颜礼敬极为平静地道。

“你……”秋月正要发恼，却被刘瑞平一拉，道，“对不起，这位大叔，我们只是为了躲避别人的追杀，才会藏身于枯井之中，并不是有意要如此的。”

“这几位的确是在黄昏的时候住进客栈的。”蔡念伤开口道。

颜礼敬听蔡念伤如此说，语气也变得稍为缓和了一些，道：“既然如此，那请几位回房歇息吧，有什么事情便吩咐小二好了。”

“哼，你这个客栈如此不安全，住也罢，不住也罢，我看我们还是另找他处好了。”秋月不屑地道。

颜礼敬眉头一皱，淡然道：“姑娘有权为自己做主，是去是留，悉听尊便。如果这里的服务不周到的话，还请勿怪。”

“我们走！”秋月不理颜礼敬和杨擎天的目光，拉着刘瑞平便向外行去。海燕也有些拘谨地望了他们一眼，跟在刘瑞平的身后。

颜礼敬并没有出手阻拦，他乃是江湖老手，阅人无数。从三人跃出枯井之时扭腰的动作就知道，三人乃是女流之辈，既然有蔡念伤作证他们是住店的，作为生意人，自然没有理由将人家强行拦住，更何况对方并没有犯什么大忌，自然不能轻易相拦。而杨擎天和蔡念伤见到这几人住入客栈，印象似乎并不坏，也没有阻拦的意思，倒是颜贵琴，先见秋月出言利索，无视颜礼敬，心中微怒，可颜礼敬在一旁，没出手相拦，她自然也不便相阻，只好眼睁睁地望着三人行出后院大门。

“看来杨兄的功力精进不少，倒令小弟我自叹弗如，惭愧惭愧。”颜礼敬感叹道。

杨擎天淡淡一笑，道：“礼敬不要自谦，只刚才如云如雾般的身法，就更胜当年多多了，倒是为兄自叹不如，这些年我们所偏不同，所以才会出现这点差距。”

颜礼敬神情倒显得异常平静，笑道：“我们不谈这些，就让我们来喝酒吧，今日能得以重聚，而大公子无恙，主人下落有了头绪，应该痛痛快快地喝上一杯，以示庆祝。”

“对，的确是应该值得庆祝！”杨擎天附和道。

“爹，我去看看呆子，也不知他醒了没有？”颜贵琴觉得有些不太自在地道。

颜礼敬一愣，望了她一眼，知道她一时仍未适应过来，也便不反对地点了点头，道：“去给他换一件干净而体面的衣服。”

“知道了。”颜贵琴低低应了一声，向蔡念伤望了一眼，转身便向外堂行去。

“这孩子，是得调整一下她的心态了！都被我宠坏了。”颜礼敬无可奈何地道。

“啊——你们干什么？”只闻一声惊呼从门口传来。

颜礼敬、杨擎天及蔡念伤一惊，忙扭头望去，却见刚才行出的刘瑞平和秋月诸人全都匆匆而回，神色间显得极为慌急，一副手足无措的样子，只让众人大为不解。

“你们干什么？不是……”

“对不起，外面那些人又回来了，他们要杀我们，别叫！别叫！”海燕一急，慌忙打断颜贵琴的话头，惶急地道。

颜贵琴本来憋了满肚子怒火，这时见对方说话如此可怜，竟也无从发泄，倒是颜礼敬镇定问道：“他们是什么人？”

“尔朱家族的人和刘家的人都有！”秋月和刘瑞平也有些慌了手脚，同时道。

“尔朱家族的人？想不到他们竟然会找上门来。琴儿，你带三位去避一避，顺便吩咐所有伙计，说明日客栈关闭，各人发些金银回家吧。”

“爹！”颜贵琴骇然呼道。

“礼敬！”“颜叔！”

“不用多问，明天，我们便可以直接奔赴葛家庄，足踏天涯寻找主人，这里的产业要不要无所谓，其他的店铺，我早在两天前就着手变卖了！”颜礼敬丝毫不惊地道。

杨擎天一听，顿时豪气冲天，一拍桌子笑道：“我们华阴双虎这么多年都未曾联手出击，今晚，就让我们痛痛快快地尽兴玩上一玩。来！喝酒！”

“喝！现在是该我们重出江湖的时候了！”颜礼敬豪气干云地笑道。

“爹！”颜贵琴好像第一天才认识颜礼敬一般。

“琴儿，快带她们去避一避，听爹的话！”颜礼敬催道。

“是，你们跟我来！”颜贵琴知道颜礼敬心意已决，就向刘瑞平招呼道。

“谢谢！”刘瑞平此刻已顾不了这么多，道了一声谢谢，就跟在颜贵琴的身后行去。

“大公子，来喝酒，今晚咱们就来痛痛快快地干一番吧！”颜礼敬向蔡念伤扬了扬酒杯道。

“好，我也是好长时间都没有松筋活骨了，倒不想让自己闲着！”蔡念伤也豪爽地笑应道。

这时，一阵嘈杂的脚步之声匆匆传来，夹着店小二的惊呼。

颜礼敬和杨擎天三人并不为所动，只是不紧不慢地细细品着杯中之酒。

“颜老板，原来你回来了，这样正好！”冲入后院的人全都一呆，哪想到后院竟会如此优雅，点起巨烛品酒，更没想到颜礼敬也有如此雅兴。

颜礼敬微微抬头，向来人望了一眼，淡然笑了笑，道：“哦，三公子怎么有如此雅兴光顾本店呢？未能够远迎还请原谅一二！”

“好说，颜老板何须客气？此来叨扰之处，请勿怪罪！”那被唤作三公子的年轻人客气地还礼道，颜礼毕竟还是当地的一个人物，就是他们尔朱家族真的很强霸，也不得不有稍稍的顾忌。

杨擎天扫了闯进来的十数人一眼，却发现金六福和那几名被呆子毁去兵刃的汉子也在其中，自是明白其中的缘故。

“好说好说，若三公子有闲情逸致的话，不妨坐下来喝几杯水酒如何？”颜礼敬很平和地道。

金六福向那年轻人打了个眼色，神情显得微微有些焦虑，显然是刚才发现了刘瑞平等三人的行踪，心情急切之下催促那年轻人快些动手。

蔡念伤眼睛不断地打量着来者诸人，发现所来之人，无一不是好手，不过却也不是极难对付的硬手，除了说话的三公子之外。

“他乃是尔朱天佑的第三个儿子，尔朱推浪。”蔡念伤耳边传来了颜礼敬的传音入密之声。

蔡念伤不由得对这个三公子另眼相看。在尔朱家族的年轻一辈中，首当其冲的乃是尔朱兆，只是尔朱兆的父亲早亡，在尔朱家族中，尔朱荣极为看重尔朱兆，认为他的确是个人才，也对尔朱兆最好。而尔朱兆也并未让尔朱荣失望，无论武功才智，都在年轻一辈中首屈一指。而眼前的尔朱推浪在尔朱家族年轻一辈之中，却能排在第三位，是尔朱天佑三个儿子中悟性最强的一个，仅次于尔朱天光的大儿子尔朱无敌。因此，尔朱家族很放心让他独当一面，主持宁武的生意和产业，蔡念伤也曾在江湖中听说过尔朱推浪的名头，所以，他不由得向对方多打量了几眼。

“颜老板的盛情推浪心领了，只是今日前来，却非是为了喝酒。今日实因有三位极为重要的人物潜入了贵客栈，这几人关系重大，若是颜老板能将她们交出来，他日便由推浪做东，请颜老板光临，可好？”尔朱推浪极为平和地道。

蔡念伤和杨擎天心中暗赞，这小子能在尔朱家族年轻一辈中脱颖而出，绝非幸事，只听他这般沉稳的一席话，就不能让人小看。

颜礼敬故装糊涂地道：“三个很重要的人？什么人还得劳驾三公子亲自出马？倒也让我猜不着了，公子这样叫我交出人来，岂不令我为难？”

“颜老板也不必为难，只需将刚才进入后院的那三人交出来就行。”金六福极为不耐烦，强压着怒火开口道。

“这就奇了，我们开客栈乃是做天下人的生意，这样进出于后院的人极多，我又怎么知道要交出谁呢？何况，既然是他们住进本客栈，只要不是有罪之人，我们对他们的安全便要负责，即使我们不能保护他们，却也不能无缘无故就把客人交给别人，否则，还有什么人敢住进我们客栈呢？当然，我们配合官府抓人，是天经地义之事，凡犯国法、天下难容者，我自然会配合，只不知三公子和几位可有官府的拘捕令？抑或是知府大人的手谕之类的？可否告之所抓之人犯了何罪？也好让我对所有的顾客有个交代呀。”颜礼敬不卑不亢地道。

“实话对颜老板说了，我们并无拘捕令，也没有知府大人的手谕，这之中的内情也不好对颜老板直说，但颜老板所说的也不是没有道理。不过，这人我们是一定要抓的，一切后果及损失，不妨便由我们尔朱家族负责好了。事后，绝对会给颜老板一个交代，不知颜老板意下如何呢？”尔朱推浪神情极为冷峻，但说话的语气却依然十分平静，其中却又多少带了一丝果断而逼迫的意思。

颜礼敬若是在平时听到对方如此一说，肯定会让步，此刻对方的容忍的确已到了最低限度，只是他仍不明白，为何尔朱推浪如此志在必得这三个女扮男装之人？不过，他今日却只想与尔朱家族大干一场，就是没有这三个身份不明的人，他也会在这几天中找个机会，对尔朱家族进行复仇行动，此刻只不过借这三人之便而已，虽然显得稍早了一些，却是送上门的生意，不做白不做。

“嘿嘿，本来公子如此一说，我实在应该让步，但是我的确无法将人交给你们。出于职业的道德，三公子若是硬要抓人的话，也可以，但必须先到知府大人衙门中领取一张拘捕令，到时我自当好好地配合。否则，于情于理，我都无法向普天之下的好客之人交代，还请三公子见谅！”颜礼敬神色间显出为难的样子道。

“颜礼，你别敬酒不吃吃罚酒，这对你没有半点好处！”立在尔朱推浪身后的中年人冷哼道。

“哦，八爷也来了，我倒是还没有注意，真是不好意思。是呀，八爷说得一点都没错，这样对我没有一点好处，不过，却让我的良心能够安稳，能够让我无愧于天，无愧于地！”颜礼敬悠然地道。

“颜老板是管定这桩事了？”尔朱推浪声音变得极为冷漠地问道。

“三公子误会了，我倒也不是管定了这件事，而是这件事临到我的头上了，我不能够不管，也不能不去对自己的良心负责，还望三公子别见怪。”颜礼敬脸上的表情极为古怪地道。

“三公子，我们不要跟这老匹夫多说了，别让小姐再次逃走，我们进去搜！”金六福急道。

“颜老板，得罪了，给我搜！”尔朱推浪仍然没有发怒，可见颜礼敬在当地的身份也的确不低。同时，也更显出尔朱推浪的忍耐力和那种大将的气度。

“你们可还有王法吗？”杨擎天冷冷地出言道，同时端起桌上的酒杯，浅浅地饮了一口。

尔朱推浪眼中暴出一道冷电，扫了杨擎天一眼，却不屑地向那些人再次吩咐道：“给我搜！”

“谁敢？！”颜礼敬神色一冷，暴喝道。

“颜老板是要出手阻拦啰？”尔朱推浪冷冷地问道，同时自他身上散发出一种极为逼人的气焰。

“哼，若是这样，那天下还有国法天理吗？此乃客栈，可不是你们的家，乱搜客栈，就等于扰民安静。人家是要做生意的，若开个客栈专给人你搜我藏，那岂不是让天下人笑话吗？”杨擎天冷漠地插口道。

“你是什么人？”尔朱推浪轻蔑地打量了杨擎天一眼，不屑地问道。

“无论他是谁，只要是世间不平之事，都得有人去管，你就当他是一个喜欢管闲事的人好了。”蔡念伤淡然一笑，插口道。

“多管闲事的人，结果只有一种，那就是不得好死！”尔朱推浪声音中充满杀机地道。

“相信苍天定会有眼，只要抓住了公理，对得起自己的良心，不一定就会是不得好死，或许不得好死之时，也不是在今天！”蔡念伤淡淡地道。

“你们未免也太过于霸道了一点吧？我颜礼这么多年都过去了，却没有遇到今日之事，你们要是想乱来的话，先过我这一关才行！”颜礼敬端起一杯酒，一饮而尽，冷冷地接道。

“我对你已经够客气了，是因为尊重你在这里的身份，既然你如此不买面子，我看我也没有必要对你客气。不过，我却告诉你，你会为今日之事而后悔的！”尔朱推浪冷冷地道。

“哈哈哈……别以为天下只有一个尔朱家族，别以为天下就已是尔朱家族的了，别人或许会怕你们，而我却不把你们放在眼里！若今日是别人的话，我或许还可以通融一下，就是你尔朱家族的面子不可以给！”杨擎天豪态毕露地冷笑道。

尔朱推浪和众人的脸色全都变了。

“好，原来是故意找碴儿的，那我们就先见识见识阁下的身手！”尔朱推浪冷冰冰地道，同时向身边的人喝道：“给我杀了他！”

杨擎天一声冷哼，手中的酒杯如幻影一般掠向尔朱推浪。

尔朱推浪眼角闪出一丝讶异之色，烛焰一暗。

一柄青幽的利刃自虚空之中跳出，有种说不出的诡异。

“啪——”酒杯在与利刃相交之前的一刹那，裂成无数碎片，有若满天的蝗蜂，向尔朱推浪那张还算英俊的脸上罩去。

金六福诸人一声狂吼，疯狂地向三人扑到。

“嗞……”酒水有如断线珍珠一般射出，然后散洒成星星点点的异彩，在飘摇的烛焰下，变得格外凄艳、灿烂。

颜礼敬的大袖一拂，桌面上的碟、杯全都没头没脑地飞了出去，与之配合得极为默契的却是蔡念伤。

众人似乎没有想到一开始的攻势就会如此凶猛，如此狠厉。

尔朱推浪一声长啸，身子突然之间飞速拔起，犹如搏兔之苍鹰，剑芒化作星星点点的鱼鳞向杨擎天罩至。

杀机和劲气，使得几根巨烛摇曳不定，烛火闪烁之间，金六福等人的眼前一暗，竟是一张大桌若鬼魅一般撞了过来。

蔡念伤的身子完全隐于桌后。

“叮——”杨擎天掏出的却是两支细致精巧的铁笔。

尔朱推浪的武功果然极为可怕，能在尔朱家族年轻一辈中排名第三绝非侥幸，但是，尔朱推浪心中却是惊骇莫名，因为他深深地感觉到自杨擎天笔上传来的那种难以抗拒的力量，几乎让他手臂发麻，他想都没想过今日会遇上这样一个可怕的对手。

而杨擎天也同样惊骇不已，早在二十年前，他的武功便几可与尔朱家族的第四大高手尔朱追命相抗衡，可是眼前这比他足足年轻了几十岁的年轻人，却未能一举震断对方的长剑。

“果然有点名堂!”杨擎天淡然一笑道。

“你到底是什么人?”尔朱推浪骇然问道。

杨擎天和颜礼敬相视望了一眼，同时发出一阵会心的笑意，才异口同声地沉声道：“华阴双虎!”

“华阴双虎?!”来犯者年岁稍长的几人不由得同时骇然呼道。

尔朱推浪的脸色也显得极为难看，当初尔朱追命曾追杀过华阴双虎，虽然被蔡伤破坏，但在后辈之人中，仍然有许多人听说过这个名号。尔朱推浪这般在年轻一辈中的重要人物，自然听说过“华阴双虎”这个名头，只是却想不到在失踪了十几年之后又重现江湖。

当初，江湖中人和尔朱家族并不知道，其实华阴双虎就是潜隐在蔡伤的手下，而只知道蔡伤的府中有太多高手，他们只清楚有两大绝世高手的名单，那就是黄海和石中天，其他的人因为并没有太多在大庭广众之下露面，也便显得极为神秘，像华阴双虎诸人虽然随蔡伤出征南北，但只是在亲随之中，军中知道其真正身份的人也极少。而那次围攻蔡伤将军府之时的高手，几乎死了大半，尔朱家族和朝中高手伤亡极为惨重，见过杨擎天和颜礼敬出手的高手，多数已死伤。混乱之中，又很少注意到其武功路数，而尔朱家族的重要高手都调去对付“哑剑”黄海，也就使得无人知道华阴双虎其实就是蔡伤的家将。

尔朱推浪根本想不到，一直在宁武做生意的颜礼竟是华阴双虎之一的颜礼敬，更没想到华阴双虎在失踪了十几年之后，竟同时联袂出现。

“轰——”大桌子旋转推出，使对手的兵刃有力无处使，那强悍无伦的冲撞力道，令金六福诸人一阵惊呼，飞速后退。

“嘶——”蔡念伤感到身后传来一阵劲急的风声。

“呼——”蔡念伤将手中的大桌旋转着推了出去，身子斜斜倾倒。

烛影一暗，一道幽光弹射而出，蔡念伤的兵刃竟从腿畔弹出，动作之怪异，让所有人都大出意料。

杨擎天和颜礼敬的动作也不慢，就在尔朱推浪和那被称作八爷的汉子刚刚晃动了一下身形之时，就已经再次出手了。

颜礼敬的身法的确是快得不可思议，这些年来，他对于轻功倒的确狠下了一番工夫。

在八爷的刀推出一半的时候，他看到了颜礼敬指缝间的一枚长针，不粗，像是削得极有规律的牙签，但却有五寸长。

居然有人的兵刃是针，五寸长的针！这的确让人有些感到惊讶，但八爷却绝对没有半丝惊讶。因为他早就听说过华阴双虎之中，有一人的近身搏斗之术，可以说是天下无双，就是塞外的宇文世家也难以匹敌。宇文世家引以自豪的近身搏斗绝学“梦醒九幽”，就曾被华阴双虎视为不堪一击，这是多么不可思议的事，今天却让他来面对这天下无双的近身短打绝学，他岂能有半丝马虎？

“叮——”长针以准确得让任何人心寒的角度，刺在刀锋之上。

这几乎是个奇迹，以尖细得不能再细的针尖刺中锋利得可吹毫立断的刀锋，这是多么不可思议啊！

“吟——”刀身发出一声龙吟，长针就如绣花一般划过刀面，刀背就在颜礼敬的指缝间划过。

八爷这时发现那枚长针只是一枚戒指上多余的部分，而颜礼敬究竟是何时将这戒指戴在手上的呢？没有人看见，可这一切并不重要，重要的是那枚长针只要八爷一不留神之下，就可能刺入他的死穴。

杨擎天的眼前只是一片苍茫，尔朱推浪的剑，可怕地填塞了他身前的每一寸空间，尔朱家族的绝学的确可怕，否则江湖中人也不会将尔朱家族的剑法列在“黄门左手剑”之上。

“黄门左手剑”的可怕之处自然以其威猛、霸烈之气势，及那无与伦比的杀伤力而著名，而尔朱家族的剑法，则无迹可循，以其飘忽、诡秘，又无所不在、无处不可入的动感见长，那是一种另类的可怕。“黄门左手剑”的可怕可以用感观去体会，但是尔朱家族的剑法却是无法体验的，它的可怕来自使剑人的心底！

不过，尔朱家族的剑法比起“黄门左手剑”来说，就难练得多。要想练成尔朱家族的剑法，必须是天资极为聪颖、悟性极为透彻之人，否则绝难达到绝顶之境。

尔朱推浪的确十分聪明，但是却还年轻了一些，火候和功力无法配合其剑法的精妙之处，此刻顶多只能算是小成，而杨擎天却是成名了数十年的高手，这之中的悬殊却是难以逾越的。不过，面对如此狂野的剑法，杨擎天也绝对不敢小觑。

蔡念伤的身子扭曲得像一团麻花，所使的却是一柄短而圆的护手钺，成星月之形张开，从腿畔推出。怪异得只让人大皱眉头，可是那种角度和光弧却玄奇得让人叫绝。

攻击他的是一柄剑，极窄极窄却黝黑的剑，像是地狱中饿鬼的指头。

那是一个老者，看上去有些慈眉善目的感觉，可是自他身上散发出来的杀机浓烈得就像是难以下咽的烈酒。

他的眼角闪过一丝惊讶和骇异，似乎根本没曾想到世上会有这般古怪的身法和打法。这全然不像中原的武技，但他的剑也迅速在空中划了一个弧。

蔡念伤只觉得一股极为强大的吸力自那怪异的黑剑上传来，手中的钺竟有一种脱离的感觉。这的确让他大骇，他曾听师父说过，有一种以海底强磁所铸的磁铁剑，若配上一种阴柔的内劲，则可以产生强烈无比的吸力，难道眼前这柄怪剑就是以海底强磁所铸？不过，他已经没有任何考虑的机会，身子犹如面条一般旋转而上，两只脚掌在地上划起一道优美的弧，手中的护手钺立刻掀开一片浪花般的凄艳，脱开磁铁剑的范围之外。

那老者掩饰不住自己的惊骇，脸上闪过一丝极为难看的色调，就像是看到了自己的克星一般。

“轰——”大桌已经碎裂成无数木屑，喷射而出。金六福诸人合力，才勉强抗住这强劲的冲击力。

颜礼敬的手就像是缠上了棍子的蛇，悠然滑进，并不因八爷的刀势而受阻。

动的，不仅仅是颜礼敬的手，而他的脚也踢了出去，像是在扫秋叶一般轻松而潇洒。

斩向他的两柄长剑，就因为这一脚而交缠于一起，变得有些混乱。

八爷一声狂号，他已经无法甩脱手中的刀，抑或是根本就来不及，颜礼敬的动作太快了，快得让人心寒。他只感到中指的“中冲穴”上一阵刺痛，然后他就发现颜礼敬已经撞入了他的怀中，一切动作简单利落得似乎丝毫不沾烟尘。

颜礼敬的武功的确太出他的想象了，他们之间可谓认识了十数年，可是从来都没想到颜礼敬会是如此可怕的一个人物。此刻八爷才深深体验到颜礼敬的心机有多么深沉，可惜已经太迟了，一切都太迟了。

一股强劲无伦的劲气自颜礼敬的指上弹出，然后八爷就已经没有任何抗拒之能地飞跌而出，像是断线纸鸢一般，鲜血比那巨大的红烛更为凄艳。

颜礼敬的身子微微一旋，衣袍轻拂之下，如迷幻的云雾一般向另外几名尔朱家族的好手扑去。

那几人见八爷竟如此不堪一击，心底下大骇。此刻见颜礼敬撞来，只得舞动着手中的兵刃，紧护着自己的身体，但是这对于颜礼敬来说，却是太过单薄了。

杨擎天的铁笔在虚空中交错地划出几道十字，圈圈点点之中，吞吐着一种难以解释的玄机，在烛火的辉映之下，似乎显得异常诡异。

“叮叮叮……”就是这种诡异的招式，竟将那满天星星点点的剑雨尽数挡下。

尔朱推浪的身形暴露于虚空之中，就在这一刹那之间，杨擎天的步子紧趋，向尔朱推浪靠去。

尔朱推浪骇然飞退，他绝不能让杨擎天趋近。华阴双虎两人全都是以近身搏击著称于江湖，在江湖之中，两人对穴道的认识和近身搏击之术，乃是武林一绝，若是尔朱推浪让杨擎天近身出击，只怕这一场就不用打了，他的长剑根本就不会再发出什么威力，而功力又远不及杨擎天深厚，岂不是只有死路一条？

杨擎天嘿嘿冷笑，他绝不会再给尔朱推浪任何机会。

“哗——”尔朱推浪竟撞到院内一棵小树之上，小树虽然被撞断，可其速度也大减。

杨擎天正要攻上之时，迎面却飞射来一张大木椅，竟是刚才他坐过的。

杨擎天暗叫可惜，身形飞折，竟不去理会尔朱推浪，反而向一旁攻来的几人扑去。身形旋转成陀螺之状，搅起一股强大的引力。

“呼——”烛焰一跳，尽数熄灭，整个院落顿时变得无比黑暗。

众人眼下一暗，大惊之下，却传来一阵凄厉的惨叫。

暗影翻动之中，场面变得更为混乱。人多，在此时似乎也不是一件好事，就是尔朱推浪也被弄得有些糊涂。杨擎天和颜礼敬的身形快得不可思议，纵跃飞掠之间，只让敌手群情错乱，手中的兵刃都不知道攻向何处。

惨叫之声不绝于耳！

“撤！”尔朱推浪立刻感觉到了那潜在的危机，知道若再不走，他们今晚只会全军覆没于这客栈之中。华阴双虎的可怕早已让他心寒了。

“哈哈，想走？恐怕没那么容易！在这里闹了事便跑，岂有如此便宜之事？”颜礼敬冷冷一笑，黑暗之中，身影飞速向尔朱推浪撞去。

尔朱推浪感到一股浓烈无比的杀气传至，迅速将手中的剑划出，虽然惊惧之中，却无慌乱现象，但颜礼敬却像是一块软糖般，又像一条活的泥鳅，滑溜得几乎不沾手。

“哧……”长剑只挑破了颜礼敬的一片衣角，但颜礼敬却已滑过长剑的攻势，撞向尔朱推浪的怀中。

尔朱推浪大骇，手掌外翻，推出一道强劲无比的劲气，但是却立刻发出一声长长的惨叫，一枚长针刺入了他的掌心劳宫穴。

黑暗之中，他根本就无法感觉到颜礼敬那要命的长针之存在，竟在不知不觉中着了对方的道儿。

劳宫穴被破，劲气狂泄之下，尔朱推浪感觉到了一阵热力透胸而入，像是一只烧红的烙铁印在他的胸口上一般，那是颜礼敬的手！

尔朱推浪飞跃而出，他最后一点感觉，就是胸骨尽断，五脏俱焦！

黑暗中人影四窜，显然是来犯之人想趁机逃命，杨擎天和颜礼敬积压了十几年对尔朱家族的仇恨，在这一刻却尽数爆发，岂会手下留情？一阵无情的屠杀之后，黑沉沉的庭院只剩下三条直立的身影。

一点火光破空而出，数支巨烛再次燃起，院中一片凄惨，横七竖八的尸体在血泊之中有种莫名的怪异之感。

立着的三人正是杨擎天、颜礼敬和蔡念伤，地上一共是十四具尸体，但那刘府的金六福却不在其中，显然是已经溜走了。

杨擎天和颜礼敬似乎很多年都没有如此痛快过，竟相视了一眼，大笑起来。而蔡念伤却皱了皱眉头，显然他很少杀人，对这么血腥的场面有些不适应！

“大公子的武学似乎不是出自中土？”颜礼敬笑罢，有些惊奇地问道。

“不错，大公子自小就跟西域苦寡鲁法王学习天龙密法，其武功路子与中原各派的武功大异，但也是佛门正宗！”杨擎天得意地道。

“苦瓜箩法王？我怎么没听说过？”颜礼敬一脸茫然地道。

杨擎天不由得好笑道：“是苦寡鲁法王，乃是西域密宗第一高手，曾游历天竺诸国，学遍天竺国奇门异术，你对西域并不了解，自不知苦寡鲁法王了！”

“难怪大公子的身法如此古怪，真是让我大开眼界了。”颜礼敬恍然道。

“颜叔说笑了，这乃是天竺国瑜伽之术的一种，可以使身体的任何一个部位做出常人难以想象的动作。”蔡念伤淡然道。

“那真是太好了，有此奇术，若再练得主人的‘怒沧海’，岂不是很自然地就可以从任何一个部位出刀吗？那种刀法岂是人所能抗衡的？就是尔朱荣也只有干瞪眼！”颜礼敬欢喜地道。

“我当初也是这么想的，才会让公子拜在法王门下。当然，也是因为法王的武功的确比我高出甚多！”杨擎天微微有些欢喜地道。

“颜叔还是准备一下东西，刚才逃走了一人，肯定会很快有追兵赶至，我们必须趁早作准备！”蔡念伤提醒道。

“大公子放心，在宁武，尔朱家族就是由尔朱推浪这小子打点，现在他死了，尔朱家族在宁武也就没有什么高手了，相信他们也不敢如此快就找上门来！”颜礼敬自信地道。

“你们将他们全部杀了？”刘瑞平脸色极为难看地行了出来，声音有些颤抖地问道。

“不错，难道姑娘不高兴吗？”颜礼敬奇问道。

刘瑞平的脸上闪过一丝红润，显然是被对方看破了女儿身有些不自在。

蔡念伤奇怪地打量了刘瑞平等三人一眼，心中却在纳闷，不由得奇问道：“他们与三位究竟是什么关系？为什么一定要追杀三位呢？”

刘瑞平刚要答话，秋月却抢着道：“既然你们看出来了，我们也不再隐瞒，这是我家小姐，因为我们家老爷得罪了广灵刘府之人，才会引得他们来追杀。他们不仅害死了我家老爷，还不放过我们小姐，因此，我们小姐只好带着我们乔装流落江湖。今日幸亏几位大侠出手相助，大恩不言谢，只得他日有缘再报了。”

杨擎天微微一皱眉，淡然一笑，道：“今日之事就是没有你们，我们也会出手的，不用多谢。不过，若是姑娘有什么难言之处不便明说的话，我们也不勉强，只不知几位姑娘准备行往何方呢？”

秋月的脸上不由一热，知道刚才刘瑞平的神情漏了底，以对方那种老江湖的眼光岂会看不出她们的神色有异呢？不由得尴尬一笑。

刘瑞平却神情微微凄然地道：“天大地大，何处为我家？茫茫人海竟无我容身之所。”

秋月和海燕神色也为之一黯，也的确是如此，这几天的逃亡，虽然并没有出太大的纰漏，可是那种躲躲藏藏的感觉和这一路的风尘仆仆，哪是她们这些养尊处优的小姐丫鬟所能想象的？更且，此刻不知道明日又将流落何方？那种茫然的漂泊，并没有初始所想象的那般轻松和愉悦。

杨擎天和颜礼敬没想到换来的却是这样一番感慨之语，特别是由一个女流之辈的口中说出，更让人感到有些酸楚和凄切。

“我们小姐本来是想出来找蔡风公子，可是……”

“海燕，别胡说！”刘瑞平打断了海燕的话，神色间有些愠怒之意。

海燕神色间显得微微有些委屈，但却将所说之话全都咽了回去。

“你们认识蔡风？”蔡念伤惊喜地问道。

颜礼敬和杨擎天察言观色，却发现对方并不是在做作，不由得心头一阵讶异，也就对这三人另眼相看了。

刘瑞平叹了一口气，道：“不错，我们认识他，但只不过是一面之缘而已。”

“一面之缘？不知这位小姐是在什么时候、什么地方见过我们三公子呢？”颜礼敬充满了希望地问道。

刘瑞平望了望夜空，心神似乎飞得极远，良久才幽幽地道：“那是在两年前自道之战后，当时他并不是以蔡风这个名字出现，而是黄春风。那时他身受重伤，受到破六韩拔陵和鲜于修礼的追杀，碰巧在桑干河中被我们救上了船。但第二天他就走了，从此我们再也没有见过他，只是军中传出消息说黄春风就是蔡风，还把他当英雄传了好一阵子。”

杨擎天不由得向颜礼敬望了一眼，颜礼敬悠然地点点头道：“的确，军中当初是将三公子传得沸沸扬扬，我在当时还曾去查探过，三公子的确曾化名为黄春风参军。”

“那这位姑娘所言并没错了？”杨擎天询问道。

“难道当时你没听说过吗？”颜礼敬奇问道。

杨擎天摇摇头，道：“当时我在西域看望大公子，直到今年才从西域返回，听说主人在大柳塔出现过，就匆忙与大公子赶至大柳塔，却只是徒劳无获。”

“原来如此。”颜礼敬恍然道。

“那如此说来，姑娘对我三弟是有救命之恩了。”蔡念伤顿时备感亲切地道，掩饰不住神情的激动。

“也谈不上救命之恩，只是适逢其会，我们并没有把他之伤治愈，他走的时候还是重伤累累。”刘瑞平似乎有些崇慕地道。想到蔡风那日的倔犟，那种不卑不亢的神情，的确让人终生难以忘怀。

“那你们可知道三公子现在何处？”颜礼敬充满了希望地问道。

刘瑞平不由得摇了摇头，神情显得有些茫然。

杨擎天和颜礼敬不由得面面相觑，蔡念伤仍不死心地问道：“那你们可知道他住在什么地方？”

“真奇怪，他是你的三弟，又是你们两个的三公子，你们居然不知道他住在哪儿，还来问我们？”秋月有些不客气地道。

蔡念伤脸上一红，杨擎天却冷冷地回声道：“刚才三位不是在枯井中听到了我们所说的话吗，难道还用得着我们解释？”

“你们与他有那么亲密的关系，不卖力地查探，我们一介女流又如何能知道……”

“秋月，你少说两句行不行？”刘瑞平有些微恼地道。

杨擎天并不想和这小女孩一般见识，反而诚恳地问道：“那姑娘想往什么方向去寻找我家三公子呢？”

刘瑞平涩然一笑，道：“我们也不知道，我并没有抱什么希望。这两年来，人事沧桑，变幻不定，我们只是碰碰运气而已，天地如此之大，也不知他栖身何地。”

众人不由得一呆，想不到听来的却是这般答复。

蔡念伤不由得试探性地问道：“姑娘是我三弟的心上人？”

刘瑞平脸上一红，避开蔡念伤的眼光，吁了一口气，幽幽地道：“小女子庸俗之姿，怎会入蔡公子之眼？或许蔡公子早有心上人，只不过小女子相信蔡公子乃是大仁大义之辈，只要找到他，相信他定会帮我处理眼下之事！”

众人没想到眼前这娇弱的女子竟会如此信任蔡风，不由得心下一阵感慨，同时也极为欣慰，他们深深地感觉到眼前这女子语气的真诚，绝对不会是虚假做作之语。

海燕的神色微微也有些黯然。

“若是姑娘不弃，就和我们一起东行吧？我相信很快就会找到三弟的下落，至少也可以找人为姑娘处理眼前之事。”蔡念伤诚恳地道。

“好哇！”海燕和秋月同时应道。

刘瑞平心中暗想，这些人都是蔡风的亲人，应该不会对自己不利，若一路上有这几个高手相伴，肯定会安全多了。但又有些不好意思地道：“可是这岂不是给几位添了许多麻烦？”

“姑娘说哪里话？姑娘既然是我家三公子的朋友，也自然就是我们的朋友，又怎谈得上‘麻烦’二字？”颜礼敬道。

“是呀，小姐，他们是蔡公子的亲人，有他们一起寻找蔡公子，肯定会容易得多。”海燕补充道。

刘瑞平脸上有些发烫地叱道：“别多嘴！”

“是！”海燕吐了吐舌头，扮了个鬼脸应道。

“爹，呆子醒了！”颜贵琴从院后蹦跳着奔出呼道。

众人的目光不由向颜贵琴的发声之处望去，只见颜贵琴的身后紧跟着一名眉目清秀的年轻人，虽然穿着一套店小二的服装，整齐之中，却显出几分朴素的英气。

蔡念伤和杨擎天几乎不敢确定眼前这年轻人，就是先前在客栈之中蓬头垢面、衣衫褴褛的呆子，不仅仅是因为那充满灵气的眼睛，还有那极具个性且显得深沉的面容。

颜礼敬也一时给惊住了，这一年多来，他都没仔细打量过呆子，而且早已将他定格为那种面目呆痴、衣衫褴褛的形象，而这一刻突然从头到脚彻底地修整一番，倒让他分辨不出。

“呆子见过老爷!”呆子极为乖巧，甚至极有礼貌地鞠了一躬道。

“你……你就是呆子?”颜礼敬有些怀疑地问道。

“货真价实，如假包换的呆子。”颜贵琴俏皮地道。

众人不由得莞尔一笑。

“呆子，他们都不相信你是呆子，你现在就呆给他们看，让他们看呆，岂不有趣?”颜贵琴笑着向呆子道。

呆子果然极为自然地将面部表情一改，眼神一敛，活脱脱一个呆子的形象，面部表情僵硬，目光呆痴，空洞得像天空，只让众人看得目瞪口呆，大感有趣。

“果然是呆子，你一直都是在装呆?”颜礼敬有些怀疑地问道。

“不，我只是从半年之前才开始苏醒。这之前，我的确是什么都不知道，一年多来还得多谢老爷不弃，也要感激老爷和小姐的救命之恩!”呆子诚恳地道，面容又恢复了正常人的表情。

“那你究竟是什么人?”颜礼敬问道。

“我依然记不起自己的真实身份，过去的一切，我都已经无法记起，我能记起的就是这半年里所发生的事情。”呆子平静地道。

“他的确是已无法记起往事，他的脑脉和心脉受损依然未曾痊愈，呈滞塞之相，若不靠外物治疗的话，只怕永远也无法恢复记忆!”杨擎天吸了口气道。

“哦?”颜礼敬这才想起杨擎天刚才说过的事情，心头不由得一动，身形有如惊鸿一般，向呆子掠去，指爪之间化作一片幻影，劲风呼啸之中逼出骇人的杀机!

“爹!”颜贵琴忍不住惊呼出来，她不明白为什么爹爹会突然对呆子下此杀手。

“老爷!”呆子也一声惊呼，刚刚说完，颜礼敬的指爪已只离他一尺来远，他根本来不及细想，在颜礼敬的气机牵引之下，必须出手。

呆子出手也快得难以想象，两脚微挫，晃动身形，使他刚才所立的位置只呈现出一道虚影。

众人的眼睛都睁得极大，呆子的手指若千万朵兰花在虚空之中齐绽，优雅之中，却不失刚劲。

“哧哧……”的劲气在虚空之中交织出一道极为紧密的网。

“啪啪……”颜礼敬的指爪全都被呆子的手指挡落。

“老爷，你这是……”呆子来不及说完这句话，颜礼敬的攻势又若潮水般涌来。

呆子只得咬紧牙关，并不还击，只是防守，但颜礼敬的攻势何等猛烈，只攻得他手忙脚乱。

“老爷，再这样……我要还……手了。”呆子急切地呼道，身上却被颜礼敬点了两指，令他痛彻心肺。

“哼，你不还手是自找的，谁让你不还手了?”颜礼敬声音极冷地道，手下却没有一丝容情之处。

“爹，你这是干什么？他是呆子呀!”颜贵琴焦虑地呼道。

颜礼敬并不答话，只是一味猛攻。

呆子节节后退，实在是逼得没法，这才踢出了一脚，刚才那一轮猛挡，全靠他手指之间的变化，而脚下只是旋步而行，这次才真的踢出了一脚。

悠然若流水行云的一脚，在烛焰的映衬之下，显得格外飘忽，配合着那如百花齐绽在空中浮动的指头，幻化出一片迷茫。

“好，好指法，好腿法!”杨擎天和蔡念伤忍不住同时呼叫出来。

颜礼敬的眼中也闪过一丝讶异之色，但却没有丝毫的回避之意，反而脚下的招式更猛、更狂。

“砰，啪……”两人的劲气在虚空之中交缠，只急得颜贵琴团团转，却又插手不得，也根本无法插手。

呆子的手脚齐出，转守为攻，果然扳回了一些劣势，但是因为放不开手脚，而仍是无法完全发挥出其威力，在颜礼敬的强攻之下，形象显得有些狼狈，可是每一个动作依然是那么优雅，狂放中又不失温和，只看得刘瑞平、海燕和秋月诸人心惊不已。

蔡念伤更是看得不住点头叫好，唯有杨擎天静立依旧，似乎在看戏，除刚才说过一句对呆子的称赞之言外，便不再作声。

颜贵琴见唤不住，不由得向杨擎天焦虑地道：“杨伯伯，你去劝劝他们，叫他们别打了，这样会闹出人命的。”

杨擎天却淡然一笑，道：“没关系，你爹不会伤害他的，他也伤不了你爹！”

“你没看见吗？他们这是真动手呀！”颜贵琴有些微恼地道。

颜礼敬的攻势愈来愈烈，呆子再也无法顾忌那么多，这才渐渐打出了真火似的，每一动、每一招都发挥得淋漓尽致。

烛焰闪烁不定，两道身影在夜空中相缠不下，劲风逼体，显然两人似乎拼出了真火。

呆子的动作绝不比颜礼敬慢，真难以让人想象，这年轻人居然有如此快捷、如此利落的身手，每一招都必攻对方要害，每一招都势如风雷，两人的掌指在空中不断地翻拆，只看得众人眼花缭乱。

“啪，轰……”呆子的身体倒折而回，在虚空中打了几个旋，双脚在屋檐上一点，身子竟成了一道旋转的陀螺，双手合十，跟着身子旋转，整个身子像是一只旋转的飞羽，充满了爆炸般的气机，向颜礼敬攻到。

颜礼敬的神色微变，显得无比沉重，双臂由外向内缓合，成抱月之状。

“呼——”呆子的身形在半途竟折了一个方向，撞向一旁大树，拖起一道强劲的风声。

“轰——”大树轰然而倒！

第七十九章　故学今现

杨擎天和蔡念伤的神色微缓了很多，而颜礼敬合抱的双掌并没有推出去，神色间也跟着缓和下来。

呆子静立于大树之旁，恭敬地道："多谢老爷手下留情！"

"你最后一招为什么不攻？"颜礼敬淡淡地问道。

"我和老爷无冤无仇，老爷甚至对我有救命之恩，就是我再不知好歹，也不能向老爷出此招式，而老爷最后那抱月式是我根本无法攻入的。老爷手底下并未全力出招，呆子岂有看不出之理？"呆子诚恳地道。

颜贵琴、刘瑞平和秋月诸人望着那几有水桶粗大的树，望着被大树打塌的房子一角，心中骇异莫名，要是这可怕的一招攻向自己，只怕就是有十条命也得见阎王了。

蔡念伤心中也惊骇不已，本以为这次自西域回中原，凭自己所学足以问鼎中原，却没想到这被称作呆子的年轻人就如此可怕，其功力之高，武功之强悍并不下于他，这倒让他有些气馁。

"怎么样？"杨擎天突然冒出一句让人摸不着头脑的话来。

"兰花流星手，御风脚。最后一招似乎是由铁异游所改创，果然大有关系！"颜礼敬突然欢笑道。

蔡念伤这才明白，颜礼敬刚才只是试探呆子的武功路数。颜贵琴也明白了过来。

呆子却有些不解之色，他根本就不知道自己所使的武功叫什么名字。在他的记忆之中，只有如何使出这些武功，对于这些功夫究竟是怎么来的，究竟叫什么名字，他却无法知道。

“老爷知道我的武功来自何处吗?”呆子似抱着一丝希望地问道。

“天下间还有几人能够会这些高深莫测的功夫呢？还有谁能够调教出这般好身手的人呢？你的武功来源我自然知道。”颜礼敬欢喜地道。

“还望老爷明示!”呆子渴求道。

“教你武功的人定是‘哑剑’黄海，但你体内的真气显然受过主人的点拨，道家真气中又融入了佛家的真气，你肯定和主人大有关联。”颜礼敬欢喜地道。

“难道他就是三弟?”蔡念伤无比激动地道。

“什么三弟?”呆子忍不住问道。

“不，他不是蔡风公子，蔡风公子我们见过，风公子和你虽有五分相似，但眼睛却不同，神情也不一样!”秋月认真地道。

“不管他是谁，我们先去葛家庄再说!”杨擎天道。

“对，先去葛家庄。琴儿，吩咐老三打点行李，明日一早起程!”颜礼敬果断地道。

“是，爹!”颜贵琴有些不甘地应了声。

葛荣的步伐有些匆忙，面上神色比打了一场胜仗的欢喜更甚。

蔡伤居然主动来找他。这些年来，蔡伤是他世上最亲的一个人，他原以为今世将无法再与对方相会，没有想到蔡伤今日却找上门来了。

游四和裴二紧随其后，身后更有几名亲卫。

蔡伤的到来，每个人的脸上都绽满了欣喜之色，这似乎是对每个人无限的鼓舞。

当葛荣跨出内院大门之时，蔡伤那高大的身影已映入他的眼帘，蔡新元就像一个影子般紧紧地跟在其身后，随同的却有一顶软轿。

葛荣不由得愣了一愣，但是他并不在意这些，他的眼中唯有蔡伤。

蔡伤嘴角的笑意如涟漪般绽了开来，葛荣也是他最亲的人，蔡风去了，黄海去了，而葛荣与他就像是亲兄弟一般，一起长大，这份感情绝对是假不了的!

“师兄，你终于还是来了!”葛荣语意中充满了欣喜，眼中露出激动的神色。

蔡伤缓和地一笑，恬静地道："浪子也有回头日，何况我还并非浪子！"

葛荣笑了，笑得很开心，很真诚。这些日子以来，他脸上的肌肉几乎都绷得很僵硬了，难得能够如此开怀地笑上一场。

"阿四，立刻去准备酒宴，为老爷子洗尘！"葛荣向一旁的游四喝道。

"游四先见过老爷子！"游四向蔡伤行了一礼，这才向后退去。

"裴二见过老爷子！"裴二恭敬地道。

"见过老爷子……"葛荣身后的所有人都恭敬地行礼呼道。

蔡伤轻轻地挥了挥手，算是还礼。

葛荣迅速与蔡伤并排行入内院，路上之人无不恭敬行礼，行到最后便只有蔡新元和裴二相随，再就是那顶软轿。

"抬入内厅。"蔡伤淡淡地道。

葛荣微感诧异，却也不多说什么。因为他若连蔡伤都无法相信，想来这个世上不会再有什么人可以相信的了。

"你们也可以留在外面！"葛荣极为配合地道。

蔡新元和裴二很听话地留在外面，蔡伤和葛荣双双踏入大厅，那几个轿夫很自然地退了出去。

蔡伤轻轻地拂了一下衣袖，大门应手而关，这才大步行至轿边，温柔地掀开轿帘。

"师弟，我让你看一个人。"蔡伤淡然道。

葛荣有些讶异地瞅着轿中罩着斗篷的人，他敏感地觉察到好像和对方在哪里见过面，但一时又想不起来。

蔡伤悠然一笑，道："秀玲，出来吧。"

"太后！"葛荣骇然低呼道。

轿中人优雅地揭下那黑色的斗篷，露出娇美而绝艳的容颜，正是当今的太后胡秀玲！

胡秀玲温柔地拉着蔡伤的手，对葛荣淡然道："我此刻已不是什么太后了，而是伤哥的好妻子。"

葛荣满头雾水，有些怀疑自己的耳朵，但眼前的事实却不容他怀疑。

“不错，她已经不再是当今的太后，此刻她只是一位极为普通的家庭主妇。”蔡伤补充道。

“那……那朝中岂不是大乱了？”葛荣有些疑惑地道。

蔡伤淡然一笑，道：“她是真太后不错，但朝中仍然有一个假太后，所以朝中并不会大乱。”

“移花接木、偷梁换柱！”葛荣感到有些不可思议地道。

“不错，移花接木、偷梁换柱，你感到不可思议吗？”胡秀玲恬静地笑问道。

葛荣只觉得荒唐得有些可笑，不否认地点了点头，道：“的确有些不可思议，但一切到了师兄的手上却又非完全没有可能。”

“扑哧！”胡秀玲忍不住笑了出来，不由得为蔡伤而感到骄傲，很轻松地偎在蔡伤的怀中，淡然道：“其实也并没有什么好奇怪的，太后也没什么好，那只是庸俗之人才羡慕的位置。对于我来说，荣华富贵有若粪土，人如不能尽兴而活，就是每日坐上龙椅怀抱金山，也只是虚度一世！”

“好，好！我葛荣算是白活了，也只有这般奇女子才配得上我师兄。”葛荣忍不住叫好道，旋又抱拳欢喜地道：“恭喜师兄，师兄怎不通知小弟一声呢？”

“我这不是来了吗？”蔡伤笑道，声音中却有少许的伤感。

“师兄是不是有什么心事？”葛荣敏感地问道。

蔡伤吸了口气，道：“中原腥风血雨的生活的确是太让人厌倦了，塞外苦寒之地也不会好受，我想远遁海外，再也不想理会尘世之间的事情。”

“师兄要远遁海外？”葛荣骇然问道。

“不错，在海外找上一处仙岛孤屿，过一种自给自足的生活，与世无争，岂不更好？”蔡伤声音极为平静地道。

葛荣的声音有些干涩，道：“师兄真的就不再理会中原之事了吗？仇也不报了吗？”

蔡伤脸上的肌肉抽动了一下，淡淡地道：“师弟怪我逃避责任吗？”

“师弟不敢，红尘琐事也的确太过让人心烦，太过让人伤神了，或许师兄的选择是正确的。红尘往事如烟、如梦，人若是不能够好好地享受生命，那他也就枉至世上走一遭了，任何人享受生命都是无可厚非的，若师兄心意已决，小弟会为师兄安排行程。我们的船队，早已出海前往高句丽和新罗，甚至远达扶桑，只要他们探好航海路径，在海面深处寻到一处美丽的小岛，的确可以过上自由自在的生活，甚至可以在那里建上属于自己的王国。”葛荣微微有些伤感地道。

“那就有劳庄主了。”胡秀玲充满向往地道。

“嫂子何用如此说？师兄的事就是我的事，在这个世上，我也只有这样一个亲人了，嫂子如此说岂不是见外了？”葛荣认真地道。

胡秀玲俏脸一红，她还是第一次听到有人称她“嫂子”，这种新鲜的称呼似乎极为刺激，与那种被人高呼太后的感觉截然不同，却也中听。

“我今日来此，就有此意。”蔡伤悠然道。

“这一点小事，只要师兄说一声便行。”葛荣笑了笑道。

“我还要让胡秀玲在这里住上一段时间，你需得为她的身份保密。”蔡伤严肃地道。

“这一点师兄请放心。”

“伤哥，你不陪我在这里吗？”胡秀玲幽怨地道。

蔡伤轻轻地拍了拍胡秀玲的香肩，温柔地道：“我还有一点小事待办，办完事情后，我就立刻回来。”

“你要去哪里办事？还不能对我说吗？”胡秀玲轻怨道。

蔡伤不由得幽幽一叹，道：“我有一种感觉，风儿一直都没有死，他一定还活着！我想在这段时间去碰碰运气，或许能够探到风儿的消息。风儿活不见人，死未见尸，这一直是我心头的一根毒刺。若是我不能在离开中原之前探察清楚，只怕我这后半生也无法安心地度日了。”

胡秀玲和葛荣的神色均为之一黯，谁都明白这对相依为命的父子之间的感情。蔡风对于蔡伤来说，几乎比一切都重要，包括他的生命。蔡风的失踪，是他今生最大的一个遗憾。

“既然如此，我也不阻拦你，你顺便通知我大哥，让他把家眷和后事准备好。”胡秀玲温柔地道。

“我相信他绝对是个聪明人，他定会知道该怎么做，根本不用我们操心。”蔡伤肯定地道。

“你是不是还要进皇宫?”胡秀玲又问道。

“不错，我还得去为假太后送上解药，否则在下个月就是她毒发之期，那时定会朝纲大乱，使得尔朱家族大占便宜。”蔡伤点头道。

“是呀，现在尔朱荣手握兵权，的确是实力惊人。”葛荣附和道。

“师弟该干什么就干什么，别为我的事而担忧，我只能在庄上住几日而已。”蔡伤道。

“庄主，酒宴已经备好。”游四在门外轻呼。

“好，现在什么也别说，这几日，就让小弟与师兄欢聚一阵子，其他的日后再说，今朝有酒今朝醉!”葛荣爽朗地道。

“好，就让我们兄弟俩，趁这难得的几日好好聚上一聚吧。”蔡伤长长地吁了口气道。

林静风轻，偶有几片凋零的枯叶自光秃秃的树身飘落。

此际已是深秋，萧条自是难免，北方的天气尤其更早地进入冬天，寒冷似乎总是早早地就到来了。

这是颜礼敬离开宁武后的第三日行程。他们并不想太过靠近广灵，毕竟刘家也是个世家大族，其声望比之叔孙家更有过之而无不及，绝对不是好惹的。

此地，已过山西境内，众人已经踏入太行山的范围之内。

太行山山脉延绵数千里，纵横冀境南北，山区多为荒野之地。

颜礼敬一行十数人，却全都是轻装而行，走在后面的是几名仆人，这一路上的衣食起居，就由这几个人承担。几匹健马，两辆马车，一路上也显得有些扎眼，不过，所有的人全都改装而行，毕竟对于尔朱家族和刘家的势力仍有一丝顾忌。

官道极狭，通向葛家庄，只有这么一条道路。

路的确极不好走，不好走倒不是因为道路极狭，而是因为路前方斜斜地插着两根骷髅棒。

骷髅棒并不能挡住整条官道，但却有一种异样的震慑之力，浓浓的肃杀之气自骷髅棒上散发出来，别具一番邪异气息。

颜礼敬和杨擎天的脸色变得有些沉重，傻瓜白痴也知道这并不是一种好现象。马车迅速刹止，在骷髅棒之前，不再前行，杨擎天与颜礼敬锐若利鹰的目光不断扫视着四周的环境，却并没有什么可疑之象。

“爹，发生了什么事?”颜贵琴自马车中探出头来，奇怪地问道，却惊异地发现那插于路中间的骷髅棒。

“是尔朱追命的独有标志!”颜礼敬淡淡地回应道。

“‘死神’尔朱追命?!”颜贵琴骇然道。

“是他们追来了吗?”车中的刘瑞平也急切地问道。

“应该是他们追来了。”蔡念伤平静地回应道，神情显得稍稍有些紧张。

“那该怎么办?”海燕和秋月竟有些慌乱地问道，显然是积威之下，对追兵畏惧甚深。

“哼，兵来将挡，水来土掩，这又有什么可怕的!”颜礼敬行至车前，衣袖轻拂，那两根骷髅棒有若风中的落叶一般飘开数丈，撞在一棵树上，竟暴出一团幽森的蓝光，烧了起来。

众人心头骇然，而颜礼敬却丝毫不为所动。刚才那一拂，他根本就未曾与骷髅棒相接触。

“走，大家小心戒备!”颜礼敬淡淡地道。

“这样下去也不是办法，我们虽然闯过了这一关，但他们一定会再次拦截我们，那我们岂能一一杀过去?”杨擎天吸了口气道。

“但眼下已经没有回避的余地了，后面的事情以后再说，我们必须闯过去!”颜礼敬深沉地道。

“驾——”呆子无所畏惧地暴喝一声，驱着马车便向前行去，颜礼敬紧随其右。

行不多久，前途又发现两根骷髅棒，悠悠地横在道路之中。

颜礼敬脚一扫，两颗石子掠出，刚好撞在骷髅棒之上。一溜火光顺着石子的方向朝一旁掠去，官道之上并没有任何阻隔。

蔡念伤被颜礼敬的豪气所感，立刻斗志大盛。

“好，就让我们手底下见真章，他们尔朱家族有什么了不起，哼!我们迟早总是要见面的！”杨擎天豪气干云地道。

“你们看，那是什么？”呆子惊奇地呼道。

众人顺着他手指的方向望去，却见一顶极大的敞轿平稳地放在一处山坡之上。敞轿之前轻垂着一道白色的纱帘，在山风中，敞轿孤零零地端放于山坡之上，显得分外刺目和妖异。

“你们终于来了！”一个冰冷的声音似乎从地狱中传来，是那般飘忽而阴森。

刘瑞平和颜贵琴禁不住相互望了一眼，显然都看出了对方心中的骇异。

“二十多年不见，却想不到你那装神弄鬼的本性仍没改变，真让我有些失望！”颜礼敬冷漠地将声音送出去。

“二十多年不见，你的嘴上功夫倒是进步了不少，没让我小看！”那冰冷的声音再次传来，却抹不去那浓浓的杀机。

“客气了，还有什么朋友不妨一起出来，何必藏头露尾呢？这对于我们来说，全都是没有必要的！”颜礼敬毫不客气地道。

“哈哈哈，华阴双虎果然名不虚传，没想到二十多年没出江湖，仍然这般老辣成精，倒是我小看了你们！”一阵极为粗豪的声音自山脊上传来。

刘瑞平的脸色霎时变得苍白无比，身子禁不住有些发抖。

“你怎么了？刘姑娘。”颜贵琴奇问道。

“没……没什么。”刘瑞平的声音有些颤抖地回应道，却更引起了颜贵琴的疑心。

“你认识外面那帮人？”颜贵琴目光紧紧地盯着刘瑞平，追问道。

刘瑞平知道，事到如今，再也瞒不过去了，不由得点了点头，叹气道：“说话之人正是我爹！”

“是你爹？”颜贵琴好像是看见有人生吃蜈蚣一般惊讶得合不拢嘴。

“不错，他正是我爹。其实，我并不是和刘家有仇，我是刘家的大小姐。”刘瑞平叹了口气，有些伤感地道。

颜贵琴更是惊讶得说不出话来，几乎不敢相信自己的耳朵。

“我知道你一定感到很惊讶，请听我说给你听，你就会明白的。”刘瑞平看着颜贵琴瞪大眼睛的样儿，也不想再隐瞒事实，就将逃婚的事一五一十地向颜贵琴细细述来。

颜礼敬和杨擎天的脸色变得有些难看，因为他们知道说话者是谁，也因此感觉到了今日局面的凶险，可是到了此刻，他们已经没有任何回头的余地。

“真想不到居然能够劳动刘家二当家的，真让我们大感有面子呀！”颜礼敬声音有些冷然地笑道。

“是呀，真想不到两大家族现在联手做起买卖了，的确不简单！”杨擎天微微有些讥嘲地道。

“哈哈哈，两位重现江湖，若是我们不能够好好地相迎，岂不是太过怠慢吗？”从山脊上转出来之人竟丝毫不以为意地笑道，那紫糖色的脸容，配合着细长而锐若鹰隼的眼睛，在轻缓的踱步之中自有一种沉稳苍豪的神气。

蔡念伤的眼中闪出惊骇之色，他似乎并没有想到这人竟会是刘家的二当家刘文才！更没想到刘文才会与“死神”尔朱追命同时出现于这条隘道之上。

刘文才比众人想象中的似乎要年轻很多，能够成为刘府的二当家，在别人的印象中，应该全都是须发如银的老者。可刘文才似乎很年轻，像豹子一般充满活力，那笑意之中竟隐显天真烂漫。这就是一种可怕，一种极度逆境的可怕！

其实，自刘府的老太爷移居潜心阁之后，刘府的大小事务就已经皆由刘加米和刘文才兄弟二人掌管，刘文才很自然地也便成了二当家。在江湖之中，刘家之人很少出手，不像尔朱家族一般，即使成了世家大族，仍然极为喜欢活跃于江湖中，只是已经没有多少人敢去惹他们而已。但谁都清楚，刘家的势力大得让人难以想象，刘府的主人没有人敢小觑！

刘文才更是很少出手，在神秘的刘家中，刘文才又成了其中的一个神秘人物，但颜礼敬和杨擎天却听说过，因为当年石中天曾与他交过手，所以在谈到刘府中人时，石中天总会提到刘文才的武功。

知道石中天与刘文才交过手的人很少，只有蔡伤及八大家臣才知道，因为石中天并不喜欢提起当年这件事，对他自己来说，这似乎只是一种无奈的伤害。

二十多年前，刘文才的武功就与石中天不相上下，无论才智和武功都不输于有蔡府智囊之称的石中天，只是石中天没有强大的家族在身后支撑，这才会使心爱的女人嫁入刘府，这似乎是一个极为疼痛的疮疤，可石中天仍然不得不表示对刘文才的佩服。可见，刘文才的确是一个极为可怕的人。

颜礼敬在这十几年中，由于生意的关系，所交往的人极多，因此，他一眼就能认出刘文才。但此刻确是已成骑虎难下之势，不由得淡淡地笑道："这可让我们受宠若惊了。不过，看来，我们今日是劫数难逃了！"

那敞轿之中的冰冷声音怨毒地道："哼，杀人偿命，欠债还钱，这又有什么好说的？二十多年来，你们龟缩山林，本想看在你们苟且偷生这么多年的份上，放你们一马。可惜，你们却不知好歹，连我侄儿也敢杀，今日只有一个结局，要么你死，要么我亡！"

"平儿，你还不出来见爹吗？"刘文才突然声音变得极为温柔地唤道。

众人不由得大奇，有些不明所以，唯有车厢中的几人才明白。刘瑞平一声暗叹，低低地道："他们不敢拿我怎么样，都是我连累了你们，你们就用我作为人质，可能还有逃生的机会！"

颜贵琴神色数变，有些钦佩地道："我真佩服你的勇气，或许不用你作人质，也可以把他们杀退呢。"

"那是不可能的。你知道他们究竟带了多少人来吗？更何况，就是尔朱追命和我爹两人就能够缠上你爹和杨大伯，而蔡大公子和呆子及我们几个人又怎么能抵得住其他高手的攻击？即使能够抵抗，伤亡总是难免的，我们何不试着用这不费力气的方法解决问题呢？"刘瑞平平静地分析道。

"你太善良了。好吧，那得罪之处还望勿怪！"颜贵琴咬了咬牙道。

"你动手吧，祸由我起，即使用我的性命换回你们的生命我也愿意！"刘瑞平坚决地道。

"平儿，你还不肯出来吗？"刘文才那慈祥而宽宏苍迈的声音再次传来。

"快动手吧。"刘瑞平催道。

“好，得罪了!”颜贵琴迅速拔出一柄刀子，抵住刘瑞平那柔滑白皙的脖子，推开车厢的门跃了出来。

“贵琴，你干什么?”颜礼敬一惊，奇问道。

颜贵琴不答，反向山头扬声道：“刘家的人听着，你们的大小姐现在在我的手中，只要我手中的刀子稍稍动一下，就可杀死她一千次。若你们不相信的话，我可以给你们作现场表演，让你们免费看看活美人变成死美人的过程。”

所有人都大出意料，颜礼敬和杨擎天这才恍悟，这位自称被追杀的美人正是刘家的大小姐。

山头之上的众人这一惊却非同小可，若是以杨擎天、颜礼敬二人的性情与为人，绝不会拿别人的女儿来做人质，他们华阴双虎成名极早，而且行事都十分光明磊落，岂会以这种手段行事?因此，颜贵琴的举措竟让他们乱了手脚。

“想不到华阴双虎也会有要这种卑鄙手段的时候，真让人大失所望。”刘文才摇了摇头，冷冷地道。

“他就是我爹。”刘瑞平小声道。

“哼，你便是刘家二当家的吗?看来也不怎么能干吗，思想迂腐、守旧，而且不念亲情，真不知你是怎么做父亲的。大概你对你女儿不怎么疼爱，觉得她很烦，对吗?我若是杀了你女儿，你的烦心事不就一了百了了吗?这可是一件大好事，你又何必吹胡子瞪眼睛呢?哦，对了，你眼睛不大管用，要不怎么看不见拿刀子的是本小姐，而非我爹呢?真是老啰。”颜贵琴毫不在意地抢白一番，却似乎成了一个长辈在教训晚辈一般，轻描淡写之中，直让刘文才气得脸都绿了。

杨擎天和蔡念伤不禁对颜贵琴的所作所为另眼相看，没想到这个小丫头嘴巴如此刁钻，丝毫不饶人，而调子油滑得连他们也自叹弗如。颜礼敬早就知道他这个宝贝女儿极为胡闹，与人拌口那真是小菜一碟，和别人打架也是经常出现的事，否则也不会胆敢出手打伤太守的儿子，这一刻竟也将那胡闹的本领用在这上面来了。

“你想怎么样?”刘文才声音中充满杀机地问道。

颜贵琴不由得打了个寒战，想到刘瑞平对刘家的重要，对方绝不敢拿刘瑞平来做赌注，不由得强打精神，淡然笑道："哟，你生气了？没这么严重吧？也许我只是开个玩笑而已，不会当真就杀了你女儿的。你看她多美，我看了都心动，这眉、这眼，特别是这鼻子，让人看了就神魂为之倾倒，我怎么舍得杀她呢？大不了，只是割下她的鼻子，在她的脸上……"说到这里顿了一顿，手中刀子上移，在刘瑞平脸上比画了一下，才接着道，"只这么一两下子而已。"

刘瑞平也吓了一跳，女孩子最爱美，若是颜贵琴真的这么划几刀，那简直比杀了她还难受。

"你到底想怎么样？"尔朱追命充满杀气的声音飘了过来。

"你就是那个叫作'死神'的尔朱追命呀，看来你只会杀人，其实笨得无以复加。要不，我想怎么样你居然猜不到？简直笨得要死！"颜贵琴毫不畏怯地淡然道。

"你想威胁我们？"刘文才冷冷地道。

"威胁你们？我有吗？我只是见不得别人比我更美，姑娘家嘛，嫉妒心总是有的，我总以为自己是天下最美之人，今日却见你的宝贝女儿比我更美，我不能让自己比她更美，就只好让她变丑一些啰。如果你理解一个美女心理的话，就不应该怪我，只能怪你拥有这么一个漂亮的女儿。啊哈，要是她脸上有朵花之后，不知道是否还有哪位姑娘比我更漂亮？如果真有，那我再去给她们每人脸上也加上一朵花。"颜贵琴煞有其事地道，手中的刀子却在刘瑞平的面前不断地晃动，似乎在自言自语："哎呀，到处都是一样白嫩，应该从哪个地方下手才好呢？这下可有点麻烦了。"

刘文才的脸色变得极为难看，他从来没想到过居然会被一个小丫头给耍上一回。身为一代宗主，怎叫他不怒？可是他却看不出这小娃到底玩什么虚实，只是那种轻描淡写的语气，更让人心惊，因为那种表情和语气更让人莫测高深，猜不出她下一步将会做出怎样的动作。

"咦，美人儿，你爹的脸色怎么如此难看？是不是生病了？你叫他小心一点，现在的天气挺冷的，老站在山头上，很容易着凉，在这荒山野岭之中，我也感到极不舒服，他年纪如此大了，怎能挺得住呢？"颜贵琴以刀面拍了拍刘瑞平的俏脸，淡淡地道。

“贵琴，不要逼人太甚！”颜礼敬提醒道。他也弄不明白这之中到底是怎么回事，心中暗想：以刘文才这等身份，岂能受一个小丫头如此摆布？若是逼急了，他或许会连女儿的性命也不顾，那便很难说了。

颜贵琴眼见刘文才的眼中似乎都快喷出火来，也真不敢过于紧逼，怕弄巧成拙就不划算了，于是淡然笑道：“刘老爷子，你是聪明人，当知道什么重要，什么不重要，我只不过是一个黄毛丫头，刚才所说的，你也应该知道该怎么去做了。我们也没什么要求，只是想平平安安、快快乐乐地走我们自己的路。说到我们之间的仇恨，还不是由你的宝贝女儿引起的？所以，我们各走各的，至于以后什么时候相见，待以后再说。这样双方都好说话，何乐而不为呢？不知刘老爷子意下如何？”

刘文才的脸色顿时变得极冷，但却似乎没什么话可说，他很明白颜贵琴的话意，而颜贵琴这不紧不慢的攻势却极为有效。

颜礼敬和杨擎天极为自然地立于颜贵琴的身旁，这样更有足够的能力防止突发之事。虽然此刻对方的两大主头已经显身，可对方的埋伏却仍是踪迹全无，所以，不能不防上一手。

刘文才一阵沉默之后，神色间显得极为愤怒，冷冷地望着刘瑞平，声音也极冷地道：“你好！居然串通别人来对付你爹，果然是我的好女儿，有个性！”

颜贵琴听刘文才这饱含愤怒的声音，心头有些发毛，但却忍不住气恼地骂道：“有你这样的爹吗？硬要将女儿向火坑中推，女儿是你养的，连你都不疼她，还要别人去帮她对付坏人。有你这样做爹的吗？你女儿可是有情有义的人，谁对她好，她心里有数。这一切难道都不是你给逼出来的？你能怪她吗？这个世间若连你也对她没安好心，那让她怎么活下去呢？我真不明白你的心是什么长的，这么好的女儿不知道疼，真为你感到脸红！”

刘文才脸色一阵青一阵白，变换了良久，竟忍不住叹了口气，犹如苍老了十年一般，冷漠地道：“好，我答应今日放过你们，但你们必须要保证将她安全地交还给我。”

颜贵琴望了望刘瑞平一脸凄然的神色，不由得心头一软，冷冷地回应道："哼，我们可不愿意做帮凶，我保证不伤害姑娘，也绝对会放过她。至于她会不会回到你广灵刘府，这是她自己的事，与我们毫无关联。"

"哼，要是她一直都愿意跟随你们走，那我是否要一直都受到你们的威胁？一直都无法让她回去呢？若是这样，她和死了又有什么分别？我们为什么要接受你们的要挟？这简直是欺人之谈！"刘文才怒道。

"刘兄，我看还是不要对他们客气了，先为我侄儿报了仇再说。"尔朱追命不耐烦也有些不甘心地道。

刘瑞平和颜贵琴这下倒也真有些急了，若真是这样的话，那可就有些麻烦了。可是让刘瑞平回到刘府，又似乎太残忍了一些，就是出于颜贵琴内心来说，也不愿将刘瑞平送还刘府的。可此刻若是不送她回刘府，只怕事情难以收局。

"好，只要你们今日放过这些人，以后也不再找他们报仇，我就愿意回去。否则，即使死，我也不会回去！"刘瑞平无奈地应声道。

"哼，今日放过他们已经算是对他们客气了，日后找不找他们算账，那是日后的事，也是我尔朱家族与他们的事。今日若不是看在你爹的面子上，我才不会管你这么多！"尔朱追命冷哼道。

刘瑞平一愣，颜礼敬和杨擎天想回应几句，那一直坐着未曾吱声的呆子却抢先开口冷冷地道："谁要你看别人的面子？哼，你以为我们怕了你们吗？"旋又扭头对刘瑞平认真地道："你也不用回去，我们根本没有必要向他们承诺什么，走自己的路就行了。"

尔朱追命在敞轿中一阵"桀桀"怪笑，良久才喝道："不知死活的东西，你是什么角色？"

呆子的表情之中显出一丝不屑之色，冷笑道："尔朱追命，你敢跟我单打独斗吗？"

所有的人都大惊，就是杨擎天和颜礼敬这般老江湖的脸色也变得有些难看，简直不敢相信自己的耳朵，莫非是呆子的呆病又犯了？

"呆子，你没事吧？"颜贵琴还真以为呆子又犯病了，急切地问道。

事实上也是如此，谁都不会相信，如呆子这样的年轻人，居然有胆挑战江湖之中最有威名的杀人狂魔！尔朱追命成名之早，和华阴双虎乃是同一个年代，而颜礼敬更是与尔朱追命交过手，二十年前便要稍逊一筹。这些年来尔朱追命的武功精进了多少却是没有人知道，但总不会比颜礼敬差，而呆子的武功，颜礼敬已动手试探过，虽然在他二十年前的武功之上，在年轻一代中应可算是了不起的高手，换作二十多年前的颜礼敬，定不是呆子的对手，可人家尔朱追命却是在二十多年后出手，呆子岂有胜算，只是一种找死的行动而已！

“我没事，我很清醒！”呆子极为平静地回应道，那种冷静如止水的表情的确是极为清醒的表现。

“他们已经答应今日不找麻烦，我们就算了吧，再说你也不是他的对手呀！”颜贵琴小心地提醒道，神色间显出极为关切之意。

“小姐放心，他不敢跟我比！”呆子极为肯定地道。

众人不由得大讶，却不明白呆子为何有这么强的信心，但事实却是如此。

果然，尔朱追命不屑地道：“哼，你还不配跟我动手！”

“是吗？你不是很喜欢杀人吗？在你手中死去的不会武功之人也不少。你杀人难道也分级别吗？只怕是江湖传言有假，你们尔朱家族的武功只是浪得虚名而已！”呆子毫不留情地讥讽道。

“呆子，不要多生事端！”颜礼敬低叱道，眼见刘瑞平已与刘文才谈好，呆子此刻却又来扰上这么一环，若真激怒了对方，实在是没有什么好处，是以他竟有些恼怒。

“黄口孺子，乳臭未干，也敢言武？今日本座是看在刘家的分上才答应放你们一马，若是下次再见你小子，定让你见识一下什么才叫功夫！”尔朱追命冷哼道。

颜礼敬和杨擎天乃是老江湖，听到此处，发觉尔朱追命的确是有点不对头，这根本不像是他的个性。

“既然这样，那么……”

“哼，你不是看在别人的面子上，你是怕了，你是根本无法动手，你瞒得过别人，却瞒不了我！”呆子强行打断颜贵琴的话，不屑地呼道。

所有的人都为之愕然，包括刘文才在内，都禁不住对呆子的言行感到不可思议，也不明白呆子为什么会如此肯定，他葫芦中到底卖的什么药，谁也弄不清楚。

“好，既然你不死心，那我就让你见识一下本座的功夫。颜礼敬，那今日只怪你们运气不好，本座原本要放你们一马，而这小子却如此不知死活，这可怨不得我了！”尔朱追命充满杀意地道。

“四爷，让我收拾这不知死活的小子吧？如此小丑岂用得着你老人家出手？”一个冰冷的声音自敞轿之后传来，眨眼便行出一青衫中年人，却并非尔朱追命。

“好，就由你让他见识一下什么叫作武功！”尔朱追命淡淡地道。

“哈哈哈……”呆子忍不住仰天一阵大笑，只笑得所有人都感到莫名其妙，不知所以。

第八十章　识破玄机

颜礼敬和杨擎天诸人对呆子其实也并没有太多的了解，但却知道呆子乃是与蔡伤、黄海有关的重要人物，只凭此点，他们就不能不为呆子担心，所以听得他此刻竟变得如此猖狂，禁不住皆为他捏了一把冷汗。

“尔朱追命，你不敢亲自出手了吗？我看你这替身，虽然功夫不会太差，但却不是我的对手，想必你自己也知道这点，所以就让别人来送死，不如你就告诉大家你已经变成了废人还强一些。”呆子是语不惊人死不休，此言一出，只让所有人都感到呼吸有点窒息，现场顿时变得像暴风雨来临前一样死寂。

“呆子，你怎么知道？”颜贵琴最先打破沉寂，惊讶地问道。

颜礼敬却低叱道：“呆子，不要胡说，尔朱追命的中气十足，没有丝毫受伤的痕迹，你怎么说他是个废人呢？”

“哈哈哈……”尔朱追命发出一阵怪笑，才冷冷地道，“这是我听到的最好笑的一件事情！”

“小子，你别吹大气，以此激将之法，就可以借我们四爷来抬高自己的身份吗？你先从我的剑下走过再说吧！”那中年汉子冷笑道。

“欲盖弥彰之举，我就是杀了你，看他还能够说些什么！”呆子一下子变得极为狂傲地道。

“呆子，我们还是不要节外生枝的好！”蔡念伤也感到情形有些不妙，担心地道。

“不要紧，我们必胜，他们今日并没有带来几位高手，而尔朱追命的足少阳胆经、足太阴脾经及足厥阴肝经受损，并伤及三阴焦脉，根本就无法离开轿子，下身几乎已经瘫痪，根本不足为惧!”呆子认真地低声道。

众人见他说得那么肯定，却又不由得将信将疑，可是他们明明见到呆子只是驾车而行，坐于车辕之上未曾动作，又是如何知道对方根本就未曾带来多少高手?而且这么清楚地知道尔朱追命伤了哪几条经脉?这几乎是不可能的事情，就是颜礼敬和杨擎天也不明其中道理，不由皆担心地问道:“你是怎么知道的?”

呆子平静地道:“从他说话的声音中听出来的。他的中气虽足，但其中却有停滞和间歇，根本就不能算是顺畅。若是普通人听了，自然难觉，但若是一个精通医理和脉理的人，却很清楚地可以听出来，今日之局他们定会输!”

刘文才的脸色也有些难看，不知是因为呆子的挑战抑或是什么原因。

“不好，他们这是缓兵之计，他们虽然只带来了几个高手，却是为了等待高手的支援，我们不必理会他们，这就迅速离开!”呆子似乎想到了什么似的道。旋又向山顶之上的尔朱追命及刘文才高声呼道:“对不起，我们没工夫与你们消磨时间，你们想拖延时间，实在是没门。等尔朱追命的瘫病治好了再来跟我们说话，别老是躲在轿中，羞答答的倒像个小娘们，我们可要动身了。”

那青衣汉子和刘文才的脸色全都变了，有些难以相信地望着呆子，像是吃了蚂蝗和蜈蚣一般。轿中的尔朱追命竟在霎时完全掩饰不住自己的惊讶，呼出声来，骇然问道:“你究竟是什么人?你怎会知道?”

颜礼敬和杨擎天乃是老江湖，只听尔朱追命的语气，就已知道呆子所说不假，虽然感到惊讶无比，也非常吃惊，甚至有些不可思议。但是，这却绝对是一件好事，若呆子所说的是实情，对方单凭刘文才和那几个人，自己等人根本就没有必要怕他们，此刻不由得放声大笑起来。

“刘文才，我们下次再见。不过，我们不会为难你的女儿，行过这段路之后，就各奔东西，她爱回家就回家，若不回家，我们也管不着。”颜礼敬高喝道，一挥马鞭率先自官道上飞奔而去。

颜贵琴与刘瑞平迅速跃回马车之中。

“平儿，你真的不肯跟爹一起回家？难道你就想这样一辈子流落江湖？你可知道你娘亲为了你，整个人都已瘦了一圈，病倒在床？你真的忍心让她为你伤心病死吗？江湖险恶，你一介女流之辈，流落其中，知道家人有多么担心吗？”刘文才极度无奈而悲愤地高呼道。

刘瑞平的身子禁不住颤抖起来，谁都可以从刘文才的语气之中听出一种身为父亲的关爱和忧心，众人的心不由得恻然。

“平儿，虽然很多事情都怪爹，可你娘是无罪的呀。你就是走到哪里都是一样的结果，这个世道是不能改变的事实，我也是迫不得已，才会出此下策。平儿，只要你回来，一切事情都好商量，爹保证不会怪罪你和那两个大胆的丫头。”刘文才动情地呼道，每一句话每一个字都充满了愧疚、黯然的情调。就是颜礼敬这般老江湖也心神为之所动，他也是个做父亲的，那种博大的父爱，是任何人都无法伪装出来的。特别是以刘文才这一代宗主的身份，当着外人的面如此向女儿道歉，如此呼唤女儿归来，怎能不叫人深深地感动？

刘瑞平再也坐不住了，泪水禁不住滑成两行清澈的珍珠印痕，在腮畔，流成一种凄切的绝美。

“停车！请你停车！”刘瑞平无力地哀求道。

“刘姐姐，你要回去？”颜贵琴有些明知故问地道，心头隐隐泛起一阵失落的感觉，她竟能深深体会到刘瑞平此刻那种痛苦的心境。

“好妹妹，谢谢你对我的关心，真的……可是，我……我还能有别的选择吗？有时候，我真的……真的好羡慕你们这些生长在江湖中的女孩，这都是命……都是命！”刘瑞平泣不成声地道，拉着颜贵琴的玉手禁不住颤抖，泪水流个不停。

“刘姐姐，我知道你的心思，你是个好人，你太善良了。”颜贵琴也不知道如何才能够安慰对方，心头酸酸的竟不知道该说什么好。

马车停下了，这似乎并没有出乎颜礼敬的意料之外，是以整个队伍全都停了下来。

刘瑞平再也没有说话，只是以衣袖轻拭腮边的泪水，脸上绽出一丝凄然而苦涩的笑容，黯然道："你多保重！"

"你也一样……"颜贵琴此刻才发现自己竟那般脆弱，居然会想哭。声音有些哽咽，她自觉对刘瑞平的感情不是很深，可是却偏偏又有种说不出的感动，或许是因知道了对方的身世之后，感受到对方那种身不由己的痛苦，竟激起了她内心深处的同情心。

感情的确是一件很难捉摸的东西，人往往会在瞬息间因为一件事情而感动，对一个人产生一种难以述说的感情。而颜贵琴就是在这片刻之间深深明白了刘瑞平的心境。

刘瑞平无力地推开车门，跃下马车，向颜礼敬和杨擎天诸人行了一礼，诚恳地道："多谢几位这些天来对我的照顾，我给你们添麻烦了，真是对不起！"

"姑娘何须说这种话，你能回家团聚乃是一件美事，我们也算是功德一件。其实一家人又有什么隔夜之仇呢？"颜礼敬并不明内情，还以为刘瑞平只是怄气才会逃出来的，是以这一刻竟出言相劝。

"是呀，天涯路茫茫，浪子是因为无家可归才沦为浪子，浪迹天涯并不是一种潇洒，反而是一种无奈，刘姑娘应该感到幸运！"蔡念伤似有所感地道。

刘瑞平苦涩一笑，这些人根本就不明其中的细节，这也难怪，她也并不想过多地言语，只是向往地幽然道："若是几位能够见到蔡风蔡公子，就请代我转告一声，告诉他，他乃是我今生最仰慕之人。茫茫天下，唯有他才是最知我心之人！"说到这里禁不住幽幽一叹，自语道："可惜今生再也无法倾听他的教诲……"说完幽幽地向山上行去。

"小姐，等等我们！"秋月和海燕也自马车中跳出，追上刘瑞平。

众人的目光全都显得有些惆怅，皆因为每个人都感受到了刘瑞平语言中的凄然与无奈。

"刘姑娘请放心，只要我们找到三公子，一定会转达你所说之言！"颜礼敬诚恳地道。

"刘姐姐，多保重!"颜贵琴倒真有些依依不舍地跃下马车呼道。

"你们也多保重!"刘瑞平再次转身行了一礼，头也不回地向刘文才行去。

"颜礼敬，既然如此，那我们之间的恩怨就留待他日再算吧，今日放你们一马!"尔朱追命狠厉地道。

颜礼敬和杨擎天仰天一阵长笑，并不搭腔，策马行去。

凌通舞动着手中的剑，可是却怎么也找不到如万俟丑奴那般的感觉。

万俟丑奴与尔朱追命交手的那一幕犹若闪电雷鸣般再次在脑子之中上演，凌通从来都没有想过世间竟还有这样可怕的高手，其场面说不出的惊心动魄。

万俟丑奴杀死尔朱追命身边高手的那几剑，就像是完全不可能的奇迹，让凌通看得稀里糊涂，只是在万俟丑奴与尔朱追命交手之时，两人都是当今之世的绝顶人物，虽然尔朱追命下身行动不便，但每一剑、每一式无不蕴藏着让世人根本想象不到的玄机。

尔朱追命似乎知道自己的下身不便，是以一开始就不与万俟丑奴比试身法，而是以静制动，全凭剑意与万俟丑奴相拼，以内力相耗。这使得双方的剑招都极为缓慢，每一个细微末节，凌通和萧灵都看得十分清楚。

凌通更是如痴如醉地沉浸在两人那可怕的剑法之中，竟似乎有所领悟。也很自觉地将自己以往所学的剑法与之相对照，暗自揣摩，许多疑难全都迎刃而解。但对于万俟丑奴与尔朱追命的剑法却是似懂非懂，怎么也找不到其中的感觉。但那每一招每一式都已深深地烙入凌通的脑中。

尔朱追命死了，被万俟丑奴取去了脑袋，却是因为尔朱追命行动不便，凌通虽然并不明白这些人之间的关系，却自双方口中得知这些高手的名字，更是受益匪浅。

凌通练了一会儿，仍不得要领，这已是自家中出行第九天了。两小一路上玩耍，却是极为惬意，虽然天气很冷，但两人所穿的衣服很多，虎皮袄抗寒极佳，萧灵戴上一顶熊皮帽，一身虎皮袄，全然感觉不到寒冷，是以两人并不急着赶路。

凌通更绝，一路上采草药、打猎，甚至偶尔将猎物拿到路过的市集上卖钱。烧烤猎物更是凌通的拿手好戏，虽然萧灵极为挑食，平日不知吃过多少好东西，可凌通那花样百出的烧烤，调出的味道，让她仍是叫绝不已。这一年多中，剑痴每次都要凌通给他带东西吃，是以凌通向他娘亲把蔡风所教的菜肴全都学来了，所以一路上萧灵百吃不厌。小孩子更爱闹爱玩，萧灵在学习打猎之余，对这烧烤也很有兴趣，一路上，不仅拾柴添火，更极羡慕地向凌通学习烧烤野物。

今日，两小却因在野外休息，才得暗睹尔朱追命死于万俟丑奴手中。

原来，在刘瑞平随刘文才回去之后，尔朱追命与刘文才就分道扬镳，可是却在第二天遇上他命中注定的宿敌万俟丑奴，他本因为上次被黄海与万俟丑奴联手击成重伤，至今仍未能打通腿上的几道经脉，致使他的武功大打折扣，终还是命丧万俟丑奴之手。也不知是报应抑或是天命，却被凌通远远地看到了这一场惊心动魄的比斗。

凌通似乎怎么也想不通万俟丑奴怎样变幻的身法，使得手中之剑，似乎怎么用都有失那份轻灵洒脱，更没有那种超脱一切的气势和优雅。

“通哥哥，我看你先歇一会儿吧，反正又不急。”萧灵一手撑着下巴，仰慕地望着凌通，关心地道。

凌通有些丧气地将剑向地上一插，叹了口气，恼骂道：“奶奶个儿子，我怎么就是找不到那种感觉呢?”脱口之间，竟将蔡风的骂语学了出来。

萧灵一愣，却也不知道该怎么帮腔，实在是因为万俟丑奴与尔朱追命那一战太过惊心动魄，她也深感凌通与那二人是根本不能相比的。

凌通苦恼地来到萧灵身边坐下，望着那仍在地上颤抖的剑发呆。

“通哥哥，别这样嘛，你还如此年轻，等长到了他们那么大，肯定比他们更厉害。你又何必急在一时呢?”萧灵终于想到了安慰的话语劝道。

凌通扭头向她苦笑了笑，突然心头一动，道：“我们回去，再到他们先前打斗的地方看看，那地面上不是留下了脚印吗？我想肯定是和他们的武功有关，到时我们踩着他们的脚印练习，说不定能找回感觉呢。”

"啊，我们又回去呀?"萧灵有些不情愿地反问道。

"嗯，不错，你不愿意吗?"凌通奇问道。

萧灵望着凌通那意兴盎然的样子，不想打消他的意兴，只好微微点了点头，道："通哥哥去哪里，我跟到哪里。"

"太好了，那我们走吧。"凌通喜道，拔起地上的长剑，跃上马背，向来路驰去。

"蔡伤这次死定了!"金蛊神魔极为自信地道。

"但愿如田宗主所说，不过蔡伤的确不是常人所能够想象的，他能称雄于江湖这么多年，就是隐于江湖近二十年，名气仍然不衰，可见此人绝不能以常理去度之。我们依然要小心布置，否则很容易弄巧成拙，使我们好不容易建起的实力毁于朝夕之间!"祝仙梅不放心地道。

"哼，就是单打独斗，绝情也不一定会输给蔡伤，更何况，绝情是他的儿子，蔡伤怎么也不会想到自己的儿子会杀死自己，等到他发现时，却已经迟了。天下间若说只有一个人可以杀死蔡伤，那么这个人就是蔡风而不是尔朱荣。因此，蔡伤只有认命了!"金蛊神魔极为自负地笑道。

"那瑶琴的解药又是否真的可以炼制出来?"祝仙梅仍有些担心地问道。

"这一点请祝宗主放心，只要有解药的样品在手，再难的毒都不可能难住我。若是祝宗主不放心，自然可以另布杀局，但却不可以让蔡伤有任何警觉，否则，只怕他不会上当!"金蛊神魔认真地道。

"这个我自然清楚，对于你所说的那个绝情我倒真想见识见识，是否真如你所说的那样神奇!"祝仙梅有些向往地道。

金蛊神魔神色微变，淡然笑道："祝宗主想见他，其实也很容易，待这两件事完成之后，若是祝宗主有兴趣的话，我不妨将他借给你使唤一段时间!"

祝仙梅"咯咯"一笑，那藏于轻纱之中的容颜根本看不出有任何变化，不过，似乎并没有怒意，只是轻轻地转过话题道："昌侯爷办事去了吗?"

"不错，他也正在为这件事情忙碌，相信蔡伤很快就会赶去京城，因为瑶琴的毒性就快到期了，必须送去解药。因此，昌兄早在几天前就开始布局了，只要蔡伤一死，那个真太后也便成了假太后，毫无威胁力，根本起不了什么大的作用。而且要杀掉那个手无缚鸡之力的女人，更是举手之劳!"金蛊神魔淡然道。

"那绝情是否已经赶去洛阳了呢?"祝仙梅望着金蛊神魔问道。

"不错，同行的还有韦兄的得意弟子石泰斗!"金蛊神魔并不否认地道。

"哦，既然三位都在如此倾力，看来我是应该放心了，但愿一切都能顺利行事!"祝仙梅深沉地道。

"什么人?"门外的守卫大声喝道。

金蛊神魔和祝仙梅大惊，因为他们也听到了自窗外掠动的风声，这人居然是潜在他们的窗子下面，而他们竟毫无觉察，可见来者的功力已经非同小可。

"哗——"窗子已裂成无数片，金蛊神魔和祝仙梅的身体犹如凌空飞射的大鹏。

"呀——"一声惨叫响起，那呼喝贼人的守卫竟有如不堪一击的稻草人，暴飞而出，鲜血若星雨一般洒落。

那道黑影毫不停滞地向院子外面落去，身法之快，下手之狠，让金蛊神魔和祝仙梅心惊不已。要知道能负责守护内院的人，都已经不是庸手了，可是对方却像是根本不费吹灰之力便将之击毙，单论这份潇洒利落的手法也是常人所难以相比的。

"追!"金蛊神魔和祝仙梅都看出了事情的严重性，异口同声地喝道。

"叮叮……""呀……"一阵兵刃的交击之声和惨叫之声传来，怒喝连连。

金蛊神魔和祝仙梅同时越过高墙，那名不速之客并没有被外院的人所困住，地上皆是残肢断剑，鲜血斑斑可怖，竟有五六具尸体已经倒下。

只在这么一刹那之间，就被来者斩杀了五六人，这是怎样可怕的武功?

金蛊神魔自祝仙梅的神情中读懂了对方的惊骇。

“追！”那些守卫犹不死心，四处的守卫纷纷赶来拦截。

那不速之客的动作的确是利落至极，有如纵跃于丫杈间的小雀，在院中已枯败的树枝上纵跃腾掠。

羽箭满天飞舞，可是却始终落空了，因为，竟没有人可以捕捉得准那不速之客的正确位置。

金蛊神魔和祝仙梅的速度绝不缓慢，而祝仙梅那长长的绫袖，有若流云一般横过天空，缠在几丈开外的树干之上，而其身子更是借力纵跃，使速度增快，一下子超过了金蛊神魔。

那不速之客在行完最后一棵树时，有如苍鹰一般俯冲而下，向那拦在曲桥之上的阻兵扑去。

那守在曲桥之上的众守卫全神戒备，兵刃齐扬，大有将来者碎尸万段之气概！

不速之客在空中再一扭身形，竟划出一道匹练般的亮彩，若星星点点的光雨洒落于地上，幻出刺目的光彩。

那些守卫只觉得眼前一花，犹如烈日向他们落来，那毁灭般的劲气只压得他们喘不过气来，对于他们来说，这完全是一种无法抵挡的死亡。

“轰——”劲气在曲桥之上爆开。那些守卫不是受到重伤，就是已被逼落河水之中，只被来者这一击，便变得溃不成军！

不速之客一声长啸，在强光一敛之际，脚步丝毫不停地向对岸落去。

对岸的守卫涌上曲桥，竟有数十人之多，而不速之客的神色丝毫未变，那极为红润的脸上充满了浓浓的杀机，几撇小胡须翘动之下，显得格外有个性。

金蛊神魔与祝仙梅只觉得这不速之客似乎极为眼熟，却记不起对方究竟是谁，但这一切都不重要，重要的是将来者截住！

不速之客毫不犹豫地冲入人群，就在冲入人群的一刹那，他的身子竟化作一道青芒，旋转成一道陀螺，那旋动的青芒就是那柄无所不在的剑！

守卫们几乎没有丝毫的抗拒之力，就被扫落河水之中。

那不速之客却像旋动的铁锥，闯过守卫的阻拦，使人便像是在做梦一般。

祝仙梅就在那神秘的不速之客刚刚踏上陆地之时赶到，那流云般的绫袖，在空中搅起一片浑浊的凄艳之彩，疯狂地向那不速之客攻去。

那人一声冷哼，头也不回，空着的手犹如波浪一般折了回来，一分不差地抓住那绫袖。

“哧……”绫袖裂成两截。

金蛊神魔和祝仙梅同时大惊，这不速之客的武功之高的确大出他们的意料之外，对这祝仙梅自认得意的招式破解得如同儿戏。

“啪……”在顷刻之间，祝仙梅的玉掌已经与那只撕裂她绫袖的手相交。

那不速之客的身子借劲飞射而出，在空中折了几下，远远地落在府墙之外，消失于众人的眼下。

祝仙梅却倒翻而回，那遮住她绝世姿容的斗篷也裂成两半。

“铁异游!”祝仙梅好不容易才停住身子，终于呼出这三个字。

金蛊神魔的脸色极为难看，怔怔地望着那裂成两半的斗篷和已断成数截的绫袖，却说不出话来。

“世间也只有他才能够如此轻易地破除我的天魔功，怎么会是他呢?”祝仙梅那原本极为娇艳的神色，此刻竟失去了血色，眼神也变得十分空洞。

“怎么会是他呢？他十八年前不是死了吗？怎么会还活着?”金蛊神魔自言自语道。

“是他，一定是他！天下间又有谁能够使出这般出神入化的铁异游呢?这是他成名的绝招，绝对没有人能够冒充!”祝仙梅肯定地道，神情间却微微有些哀怨。

闻到“铁异游”之名，顿令金蛊神魔忆起往事，不由心中充满了妒意，向祝仙梅嘲弄道：“想不到祝宗主的美貌竟会让人如此留迹，这么多年后他还是会回来看你!”

祝仙梅白了他一眼，却并没有反驳，只是道："若是蔡伤有了他相助，岂不如虎添翼？我们得立刻重新布置！"

"还来得及吗？"金蛊神魔想到铁异游的可怕之处，也不由得有些心寒地问道。

"我们用飞鸽传书，自然会快得多！"祝仙梅肯定地道。

"看来也只得如此了，只是消失了这么多年的他，怎会突然出现呢？难道你所说的宫中高手就是他？"金蛊神魔有些不解地问道。

"不会，宫中的高手，我与他交过手，绝对不会是铁异游，天下几乎没有人的武功路数与他相同，铁异游的武功也可以说是天下最易辨认的武功！"祝仙梅肯定地道。

"不是就好，我立刻去飞鸽传书。至于调查铁异游的事情，就交给祝宗主了！"金蛊神魔稍稍放心地道。

"好，我们这就去……"

距方才打斗之处并不是很远，只不过一盏茶的工夫就已经到达。

地上的尸体依旧，一片凄惨，刺目的血迹，伴着败叶枯草，冷清死寂如墓冢。

尔朱追命的敞轿仍然静静地停在山坡之上，轻风卷起轿帘，更有一种别样的阴森之感。

凌通迅速下马，只见地上的脚印依然清晰如旧，显然刚才万俟丑奴在杀死尔朱追命之时，也耗费了不少功力，在全身满注劲气之下，极为自然地肯定在地上烙下了脚印。要知道他们的功力之高早已达到了登峰造极之境。这地面，如何能够受得住他们的劲力冲击？这也是尔朱追命的可怕之处，若非尔朱追命本身也是万俟丑奴那一级数的高手，只怕也无法逼得万俟丑奴在地上留下脚印了。

凌通仔细地审视着地面上极为凌乱的足印，神情显得十分专注，他的直觉告诉他，地上的足印看似凌乱，但其中定有规律可循。

脑中的一切杂念全都排开，自己的脚踏入足印之中，试着更换位置，万俟丑奴和尔朱追命那让人惊心动魄的剑式又在他脑中重演。

萧灵见凌通如此痴迷的样子，也不想打扰。望了望天色，却已是夕阳西斜之时，再过一个时辰，太阳就要下山了，那时若找不到市镇，就只得露宿荒野了。但她却不能催促凌通，经过这段时间的相处，她已经渐明凌通的性格，更改变了自己许多一贯任性刁蛮之风，竟在许多事情上迁就着凌通。更加上两人这些日子以来，大多时间行于山野，对这野外的生活似乎已经习惯，因此萧灵也并不怎么在意。所以，她不想败了凌通的兴致。这时倒想到先前他们两人观看万俟丑奴打斗的那个山洞，那离此地只不过二十几丈，地势微高，是以将下面的情况看得极为清楚，甚至地面上的呼喝也听得真真切切。照这样看来，不如将那个山洞整理一下，住一晚应该不会有什么问题了。何况马背之上，本就准备了兽皮被，乃是为了以防万一路上找不到住处而备的。

想到这里，萧灵立刻向山洞处跑去，洞口正向凌通，自斜侧仍有一道小缝隙，可容一人爬进去。山洞不大，只不过丈许深，最宽处却是在洞中心，有一丈七八尺，洞口也有五六尺，高却不过六尺，低矮处却只有三尺左右，极不规则，但却可以住人，是毫无疑问的。

萧灵将马拴在洞外的一株树干之上，却不知道该怎么布置这个洞穴，显然她没有一点野外露宿的经验，但却知道该捡些柴火来取暖与烧烤猎物。凌通这段日子以来，也讲过不少在野外生存的要点，最重要的是如何对付野狼。

冬天的狼群甚至比猛虎更可怕，在夜晚总是成群结队地出没。但凡野兽对火光却是有所畏怯的。在荒野之中过夜，最不能缺的就是火。

凌通如痴如醉地踏着那一串串足印纵跃、挥剑，但仍是没有找到万俟丑奴的那种感觉，不免有些泄气，只好静坐于一旁，默默地沉思起来。

“通哥哥，我看我们不如今晚住在这儿，你好好地研究一下剑式，可好?”萧灵温柔乖巧的声音惊醒了凌通。

凌通望着抱着一堆柴火的萧灵，不由感激地笑了笑，道：“灵儿不怕这荒野之中的狼吗?”

萧灵自信地笑道："反正你得替我挡着，我又怕什么?"

"啊!"凌通一愕，禁不住大笑起来，萧灵也忍不住笑了起来。

"好吧，今晚就在此地休息，由我来布置，总得要弄些陷阱、兽夹之类的。对了，这顶轿子的用处倒还不小，可以挡挡风，拆开来还可以当床用呢。"凌通立身而起道。

待凌通布置山洞完毕后，却花了半个多时辰，这里的地形似乎极好，处于一个斜坡之上，可以放眼望出好远，更可在洞中设下滚石。洞顶向下，也是一个斜坡，洞口所向正好背着北风，也不是很寒冷。像这种地方，似乎处处有路可以通出去，但却非处处有路通上来。因此上来难，下去却容易。

凌通将轿子劈成数块，既有了挡风屏障，又可以做床。轿中更有软垫，这使得所铺之床也极为舒服。在那些树叶、草根上铺上木板，再铺软垫和轿帘。轿帘乃是兽皮所制，极为暖和。

凌通做好洞中之事，就静静地坐在那些似乎极为凌乱的脚印之旁，苦苦地思索着。萧灵却将几日来所学的烧烤技术派上用场，以水壶打些山泉来，如此就成了晚餐。

夕阳渐渐西沉，凌通一边吃一边想，却想到了蔡风留下那些医经上的字迹。心头一动，跃入那些脚印之中，脑中不再想尔朱追命和万俟丑奴的剑招和剑式，一心以自笔迹中领悟出来的剑招出手，竟然奇迹般能够应合那一串串凌乱的脚印。且是越使越灵活，越使体内的劲气越能挥洒自如，使得本来仍很生硬的剑招，竟在豁然之间连贯起来，有若行云流水，畅快至极。

这里的每一个足印都似乎深符自然之本，自任何一个位置向另一个位置，都似乎没有什么不可，都似乎可以与剑意相吻合。

萧灵看得欢呼不已，凌通终于还是明白了其中的奥妙所在。

其实，凌通若是想找万俟丑奴和尔朱追命的那种感觉，想要达到他们剑式的利落程度，只怕这一辈子都钻到死牛角尖里去了。要知道，武功已经达到了万俟丑奴和尔朱追命这种境界的人物，他们再也不是拘限于剑法与招式之间，而是一种剑意，一种凡人所不能理解的境界。信手拈来，就是顺乎自然，顺乎武学要旨的绝活，这岂是凌通这刚出道的毛孩子所能够领悟出来的？是以，若是凌通牢记着万俟丑奴与尔朱追命的招式和剑法，那他永远都不可能真正地理解武学的原理，永远都无法突破，甚至还会走火入魔。

万俟丑奴所留下的脚印却比那种天马行空的剑法实在多了，也更具体。因为他已经刻在地面之上，而剑式划过即逝，绝不会在空中留下任何轨迹，那种天马行空的轨迹，自不是人一看之下所能捕捉到的。是以，凌通想领悟万俟丑奴的剑式和招意，那纯粹是不可能的，但对照着地上留下的脚印，却可以感受到那种神秘莫测武学至理的存在，更使自己在步法与剑法的配合之上有了一个很大的层次突破。这更因为凌通所学的剑法乃是根据蔡风的笔迹领悟而来，而蔡风的剑法却与万俟丑奴同出一源。凌通就算是能够从笔迹中领悟出这几路剑法，却只有剑招，而步法配合之上，却是极为散漫。是以，每次对敌，他只能凭着身子的灵活，东窜西逃，东划一剑，西挡一招，却根本不能连贯使用，这是凌通最大的毛病。不过，他的身形也的确十分灵活，剑痴出身铁剑门，铁剑门本就以身法著称，剑法还是其次，但凌通此刻得万俟丑奴留下的足印，正是黄海这一门的步法，与凌通所学的剑法竟有相辅相成之妙，使得凌通不能连贯的剑式豁然贯通，这自然让凌通大喜过望。

在夕阳刚落入远山之时，凌通突然听到一声惊异的低呼。他知道这绝对不是萧灵的声音，不由得骇然停步，回目望去，却见远处五个汉子骇然退走，凌通一眼就看出其中有一位正是今日尔朱追命身边那逃脱性命的青衣大汉尔朱听聪，另外四人显然正是尔朱听聪带来的，却不知道是什么人。

萧灵也抬眼望了望那惊疑不定的五人，又向凌通望了望，微惊道：“尔朱听聪！”

尔朱听聪身上缠了许多绷带，显然自万俟丑奴剑下逃得性命，却也受伤不轻。

凌通立刻想到地上的尸体，明白对方是来收拾尸体的，定是不想这些尸体被野狼啃掉，才会带上人来收尸。但却有些不明白对方为什么惊疑不定，且有骇然退去之举。似乎是怕了自己，这是为什么？他很明白，对方之中单论尔朱听聪的武功，就不是他所能比拟的。在没有受伤之时的尔朱听聪，乃是尔朱追命身边的护卫中武功最高的一人，竟可以挡住万俟丑奴的四剑，而仍能逃生。当然，若非尔朱追命出手，尔朱听聪也只能是死路一条，但这点足以表现出尔朱听聪的可怕。但此刻，尔朱听聪定是身受重伤，凌通自然是不怕他的，但另外四人，一看就知道不是易与之辈，就算凌通不怕他们，他们也不应该会怕眼前两个小娃娃呀。

尔朱听聪目光四处一扫，却发现山头之处那块木板，正是尔朱追命的轿中之物，禁不住一震，五人迅速退去。

凌通见五人退去，也不答理，还当他们是有事，并没有太过在意，只是继续趁天光未淡，仔细打量着地上脚印的方位，比画着，将这些步法重练一遍，然后强自记下。

萧灵望了好久，都未曾见尔朱听聪几人返回，不由得出言道："通哥哥，他们走了，我们吃些东西吧。"

凌通一想，倒也真饿了，刚才在练剑之时虽不觉得，这一刻经萧灵提起，立刻就饿得像是空了肠一般。

两人来到洞前，一起将已被萧灵在小泉中洗清内脏的一只兔子和一只大山鸡串了起来。凌通以极其熟练的手法，调好料，以硝石打着火。这对于凌通贯于山野生活的小猎人来说，当然不是难事。

"奇怪，他们难道不为尔朱追命等人收尸了，就让他们被狼吃掉吗?"萧灵有些奇怪地突然问道。

凌通也大惑不解，其实若他们是老江湖，早就应该想到什么原因了。只可惜他们初出茅庐，虽然凌通机智无比，可对这种江湖人物的心理还是难以捉摸，对有些不关自己的事情想得太过简单。

想了想，也仍然理不出个所以然来，只好作罢。

不过片刻，那烤熟的兔肉香味四溢，皮肉松黄，而每到这一刻，萧灵就忍不住吞口水。此时凌通也是一样，可能是因为的确是很饿的原故吧，他拔出腰间的飞刀，迅速切下一只兔腿，萧灵也用小刀插住，迫不及待地咬了一口，却将嘴也烫了，两人不由得大笑起来。

凌通却不怕烫，三口两口就啃光了一只兔膀，但此时，他却觉得微微有些不对劲，两匹马似乎有些躁动不安起来。

萧灵也感觉到情况似乎有些不对，但却没有发现不对在什么地方。

“快吃吧！”凌通再次割下一大片兔肉道，同时大嚼着立身而起。在此同时，眼角闪过一道黑影，赫然正是那退去的尔朱听聪及其四人去而复返。

“奇怪，他们怎么又回来了呢？”凌通自语道。

萧灵正吃得津津有味，支吾着问道：“谁呀？”

“尔朱听聪！”凌通道，说完吞下最后一块兔肉，端起冰凉的泉水喝了一口。

“他们定是回来收拾尸体的。”萧灵解释道。旋即又想起了什么似的，担心地道：“他们会不会为难我们呢？”

凌通好笑道：“我们又没惹他们，他们为难我们干什么？”

“嗯，说得也是！”萧灵稍稍放心，继续吃着这又香又酥的兔肉。

“我想万俟丑奴定然已经走了，否则，这两个小孩也不会只顾自己吃，不给他们师父送上一份！”

顺风之下，凌通隐隐捕捉到这句话，心头不由一凛，暗叫道：“糟糕，莫不是这几个人当我是万俟丑奴的徒弟了？那他们定会找我们为尔朱追命报仇，到时可就大大的不好玩了。”同时也明白了，刚才为什么这几人骇然退走，那定是以为自己是万俟丑奴的徒弟，怕万俟丑奴就在这附近，才会骇然退去的。但他们怎会将我当成万俟丑奴的弟子呢？凌通心念电转：“是了，刚才他们看见了我踏着万俟丑奴的步法练剑，是以他们就当我是万俟丑奴的弟子了，这下可是真的不好玩了。”凌通虽然江湖经验不足，但生性聪明机灵，加之练习“小无相神功”，心智渐开，虽然刚才并没想到这一点，但经人家一句话点醒，立刻明白之中的曲折情节和相联的关系。

“灵儿，快吃，吃了去收拾好咱们的东西，这些人恐怕真的会找我们的麻烦呢。”凌通微微提醒道。

“你不是说我们没惹他们吗?”萧灵奇问道。

“我们把尔朱追命的轿子给拆了，又把他们的刀剑全都拾了过来，更从他们身上拿来了银子，他们可能会找我们的麻烦!”凌通敷衍道。

萧灵一想也是，惊得立刻跑到洞中去，甩掉手中的骨头，随便将沾满油腻的手在手绢上擦了擦，便将放于一旁的行囊收拾妥当。萧灵再非一月前那个只会知道衣来伸手、饭来张口、刁蛮任性的小郡主。这些日子以来，给行囊打包，狩猎烤野味，倒也改变了不少。

凌通抓起那仍穿于木棍之上的兔身，挥出刀子斩成两片，张口便嚼，这似乎已经成了他的一种习惯。不管什么危险将临，首先仍是要填饱肚子，只有填饱了肚子才有力气面对将临的危险。

尔朱听聪的声音也在风中传了过来。

“我想，万俟丑奴也定是受了伤，以四当家的武功，即使被万俟丑奴所害，但他也定会被四当家的反攻击伤。万俟丑奴此刻或许正在养伤，我们只要抓住了这两个……”

凌通心中越听越惊，知道这些人真的是要对付他们了，不禁有些担心。这些人既然是尔朱家族的人，一定个个武功高强，说不定人人都有尔朱听聪那么厉害，到时怎么对付得了?万一打不过，只好逃命了。凌通望着渐黑的天空，又望了望自己所设的那些对付野兽的机关，思忖着是否能够对付即将面临的这些高手呢?

“灵儿，将马儿准备好，我们待会自这山坡后离去，他们没有马匹，定是追不上我们的。”凌通低声吩咐道。

凌通知道今日与尔朱听聪已经不会有调和的余地，因为他拆了尔朱追命的轿子，就已是对死者的不敬，凌通对江湖并不了解，但却知道狩猎的原则，他总会将强者或是敌人看成狼，狼是不会放过任何猎物的。也许凌通跟尔朱听聪说明了，讲清楚了，对方也不会为难他们。可凌通并不是如此想的，萧灵一口江南口音，虽然这近两个月来，一路上学了不少北方话，但明眼人一听就知道萧灵是南方人，而尔朱家族乃是北魏贵族，知道萧灵是南朝人，说不定当萧灵是南朝的奸细，那可就惨了，这当然只是凌通片面的想法。但，有这些想法，就足以让他当对方是条恶狼。既然是条恶狼，他自然不会往好的方面去思考。

正想着，尔朱听聪几人的身形已经出现在坡下，向山洞处走来。

萧灵立刻将行囊向马背上一搭，解开马缰，将两匹马向后山坡上牵去。

“他们想逃，快追！”尔朱听聪低喝道。他们真当凌通与万俟丑奴是一伙的，以为万俟丑奴见他们来了，果然是重伤欲逃，他们岂肯放过？五人展开身法向坡上扑到。

凌通一惊，急中生智，呼道：“师父，他们来了！”

尔朱听聪果然一惊，万俟丑奴是将他给吓怕了，凌通虚张声势地一喝，竟起到了出乎意料的作用。

由洞边上坡顶，人倒还好走，马却是难行，萧灵牵着马匹，行动也极为艰难、缓慢。

尔朱听聪几人行动一缓，但很快就继续奔来。凌通知道不先下手为强，只怕等萧灵牵马上坡之时，他们已经赶到了。想着将身边的绳子一拉，系于绳头用来抬轿的长木杠立刻如杠杆一般，将分别阻于两旁的大石推了下去。

第八十一章　初感剑意

这坡虽非极陡，但却无大树相阻，这些大石头滚下去，气势极为骇人。

尔朱听聪几人的神色禁不住全都微变，他们虽然武功极高，可面对这数百斤重的大石头自高处飞滚而下，也禁不住为之色变。闪跃之时，凌通手持的弩机一松，细小的箭矢标射而出。

天色本来就极为昏沉，在大石滚动的巨响掩盖之下，箭矢竟然没有让对方发觉。

“呀——”一人惨叫着跌倒，这箭矢并未淬毒，但却极为厉害。

“啊——”中箭之人时运不佳，刚刚倒地，一块巨石就已砸在他的身上，立时毙命。

几人谁也没想到这小鬼如此狡猾，也如此狠毒，禁不住杀机大盛。几人很轻巧地避开大石，凌通也心下骇然，应付这些人，以猎村那种对付野兽的机关自然是无效的，回头一望，萧灵已经牵马快走上了坡顶，心头微感放心。但尔朱听聪也准备放箭，不由心下大急，抓起那轿板，猛甩而下，这大板子重量不轻，面积也大，竟使他们视线被扰，无法找到准头。

凌通一不做二不休，木棍一挑，地面之上的火堆飞扬而下，满天的火星，迎头向尔朱听聪几人罩到。尔朱听聪四人立刻乱了阵脚，更别说放箭了。

凌通气恼这些人坏了他今晚休息之所，趁乱射出两矢，尔朱听聪本就已受重伤，此刻竟被射中要害而死。

萧灵此刻已经到了坡顶，凌通再不犹豫，向坡顶跃去。动作利落如猿猴，尔朱家族只剩下三人，几乎是想将凌通的皮给扒了。但是却追赶不及，他们本就怕万俟丑奴未走远，不敢骑马至这里，担心马蹄声惊动了万俟丑奴。万俟丑奴乃是尔朱家族的宿敌，武功之高，自然不用别人说，是以他们将马匹放在不远处，五人就悄悄赶来。却没想到遇到凌通这不知轻重的小猎人。更是初生牛犊不畏虎，倔犟得很，自己认定了，根本就不想作任何解释，说打就打，一打就是玩命，使得尔朱家族的两人竟然在事发突然之中，不明不白地死去，剩下三人的一惊一怒就可想而知。

凌通却是有自己的打算，并不在乎这些人是如何想的，当然他知道这个仇是结定了，但到底会引起怎样的后果，却是他所没有考虑的。他也来不及思虑，这或许是由于他的确没有什么江湖经验的原因吧。若是稍有些江湖经验，也不会立此强敌了。

凌通不再多想，旋身跃上坡顶，萧灵见五人已去其二，只剩三人，心头禁不住大喜，忍不住对凌通加上两句赞赏之言，却哪里知道这是惹下了大祸。

两个不知轻重的小孩子加在一起，哪里感觉到事情的严重性？要是让乔三和凌跃知道，只怕会气得吐血三升。假如是蔡风行事，绝对不会出现这番情况。

凌通虽然聪明机智，也读过不少书，却并不像蔡风一样与太守之子田福、田禄两人鬼混于各处，与那些达官贵族的家属亲朋一起玩，见过大场面，对任何事情更会冷静地对待和分析。再加上蔡伤与黄海两大高手的调教，自小便深明大义，极为大气。那种胸襟和气度深受蔡伤与黄海的熏陶，两人的性格兼而有之，才会使得蔡风有异于蔡伤的超霸，也有别于黄海的偏激、倔犟，使得蔡风一开始就极为大气而有一种让人向往的魅力。

凌通却不同，他虽然受过凌伯的调教，但始终受杨鸿之与吉龙等人的影响颇大，缺少蔡风那种大气，更不会像蔡风一般自小胸怀天下。若将二人的思想分个级别，那么蔡风可以用宗师来称，而凌通却只能算是剑客，这就是二人的不同之处。

凌通跃上马背，低喝道：“走吧！”

待尔朱家族三大高手跃上坡顶，凌通与萧灵的背影早已消失在远处的树林之中。

当杨擎天诸人赶到葛家庄已是第十日，一路上他们行藏极为隐秘，马车全都换成了健马。途中有许多流窜的小贼流匪，但这对于颜礼敬诸人来说，却丝毫不在话下，可是这却让他们看到了许多让人心酸且心寒的事。

葛荣起兵了，谁也想象不出，他兵力扩展的速度，几乎是刚一起兵，四面八方投奔之人，便犹如潮水一般涌进。其声势之壮，几乎盖过了当初的破六韩拔陵。

葛荣对这次起事，几乎花了几十年的准备，自然和破六韩拔陵不一样，无论是财力、物力，抑或人力、天时、地利、人和，葛荣几乎尽备。其起义军的势头比之居上谷的杜洛周，几乎是不可同日而语。

葛荣一开始就以迅雷不及掩耳之势杀进冀州府台，率众攻入府内，等守城军发现之时，葛荣已经控制了全局，而守城的领军早被葛荣买通，冀州几乎是极为轻松地就被控制于葛荣掌中。

葛荣早已密令太行群盗、各寨各洞的高手潜至冀州附近，以备一举成功。

此刻葛荣一直潜于暗处的实力尽数出动，近几年来，他一直招兵买马，直到这一刻才真正发挥了作用。只用数日之间，就连攻下辛集、新河、武邑、赵县四郡，各地的六镇降军、难民蜂拥地投入葛荣军中，而曾受过其恩惠的人，也纷纷入军。数日之内，葛荣的起义军，竟超过十万之众。

太行各寨的高手到处刺杀郡中的重要人物，使得各郡大乱，那些受苦受难的老百姓也全都骚乱起来，各郡根本就无法控制这个局面，因此使得河北境内难民纷起，流寇骚乱，十室九空之象随处可见。

葛家庄依然是起义军的中心，在战乱纷起之地，冀州竟显得极为安宁，或许，正如风暴的中心，反而会出现一片比外域任何地方都平静的天地。

冀州的老百姓依然相安无事，那是因为起义军夺取冀州之时，根本就未曾费什么力气，葛家庄本来就已是冀州城中的主宰。

颜礼敬策马未到葛府就已经被人截住，葛府此刻的守卫比皇宫更严，想靠近葛府，都需经过细细的盘问。

“劳烦通告葛庄主一声，就说是华阴双虎远道来求见庄主。”颜礼敬极为客气地道。

“华阴双虎？你们是从哪里来的？可有拜帖？”那几名守卫盘查得极为细心。

“我们自宁武赶来，因事出仓促，并没有拜帖。”杨擎天温言道。他知道这些人并没有听说过华阴双虎的名字，也的确，二十多年未曾踏足江湖，当然很容易让人淡忘。

“对不起，我们庄主不在，战务繁忙，你们还是到前线去求见他吧，记住写好拜帖。”那几个守卫其中一人神情倨傲地道。

“那葛家庄中是什么人坐镇？什么人负责？就让他来说话！”呆子有些微恼，出言毫不客气。

“你是什么人？竟敢如此说话！”那守卫脸色一变，不屑地道。

“你还不够资格问，快去通报！”呆子冷言道，神情竟比那守卫更傲，语气更凶。

这一下子倒还真把那几名守卫给镇住了，的确，在葛家庄中，他们的身份极为卑微，要是得罪了贵客，他们可是吃不了兜着走，而眼下几人的气势不凡，确实有些让人摸不着底。

几名守卫相视望了一眼，口气也软了许多，道：“那你们先在外面等一会儿，我先去通报一声，见不见还得由我们四爷决定。”

“快去快回，若是我们等得不耐烦了，调转马头就走，到时候你们庄主追究起来，别说我们没给他留面子。”呆子这招更神，煞有其事的样子，倒使人觉得他真和葛荣有很亲密的关系，而且身份地位极高一般。

那些守卫哪知虚实？神态立刻变得恭敬，忙道：“小的有眼不识泰山，几位请先到小轩去喝杯茶，一会儿定会有人来见！”

颜贵琴和杨擎天诸人不由得暗自偷笑，想不到呆子还有这样一手，不过却不敢笑出声来。更绝的是，即使葛荣在庄中，单凭呆子这模棱两可的话也不能说他讲错了，自不能怪呆子失礼之处了。

呆子老实不客气地将马缰递给那几名守卫，径直向庄外的一处小轩走去。这里是葛家庄专为入庄的贵宾们准备的休歇之所，所以特备有各类点心和茶水。

那些守卫此刻的确是变得恭敬了许多，乖乖地牵过众人的马缰，拴于雅轩之外。

众人毫不客气地坐入雅轩，迅速有人端来茶水和点心，这连日来旅途的劳累，此刻才能够得到舒缓。

片刻，庄内立即行出几名汉子，疾步走向雅轩，向呆子及颜礼敬诸人行了一礼，恭敬地道："几位请随我来！"

颜贵琴向呆子望了一眼，起身跟在颜礼敬的身后，随着那几位大汉向庄内行去。

葛家庄的确好大，自大门走入内院竟用了一盏茶的工夫，然后众人被带到了一间极大的客厅。

那几名汉子这才恭敬地道："我们四爷正在客房会见贵宾，诸位先在这里等一会儿，我们管家立刻就来！"

颜礼敬和杨擎天眉头一皱，心想："这四爷又是什么人？竟比葛家庄管家的身份还要高，这么大的架子而这贵宾又是什么人呢？"不过闷想也是白想。

"嗒嗒……"厅外响起了一串沉稳而刚健的脚步声，显示出来者不同寻常的功力。

众人的目光不由得齐聚于大门口。

很快，一名须发皆白的老者踏入大厅，那泛着红光的脸上绽出一丝温文尔雅的笑意，细长的眼中，如刀锋般的目光极为自然地在众人脸上扫过。

"这就是我们的大管家！"一名汉子恭敬地介绍道。

"华阴双虎见过大管家！"杨擎天和颜礼敬出于一种客人的礼节，双双起身，向老者行了一礼。

谁料那老管家竟似乎毫不理睬，只是目光有些发呆。

杨擎天和颜礼敬心中暗怒，你一个小小的管家却摆出如此大的架子，想我华阴双虎也是响当当的人物。但恼归恼，却不好发作，只得顺着管家的目光望去。

那管家的目光竟直愣愣地盯着呆子，使得呆子极为不自然。

“三子，你是三子，这些日子你都到哪里去了?”老管家神情竟变得激动起来，大步跨向呆子。

“你……你……”呆子却不知道对方说些什么，声音不由得有些结巴。

“小子，你这阵子死到哪里去了，公子呢？老爷子到处找你，也寻不到半个人影!”老管家伸手向呆子拍去，欢喜地笑骂道。

“你要干什么?”颜礼敬和杨擎天都被弄得有些糊涂了，以为老管家要对呆子施毒手，急忙喝问道。

呆子轻轻一闪，避开这一拍，方知老管家这一拍根本没有用力，只是一种欢喜时的自然动作，不由得奇问道：“你叫我什么？难道你认识我吗?”

老管家一呆，笑容一僵，又缓和地向身后几名汉子道：“去叫四爷来，就说三子回来了!”

“是，我马上去!”其中一名汉子忙应道。

老管家这才认真地道：“你这小子，都快两年了，再不回来老爷子可就要走了。你知道当初有多少人在找你吗？满天下找你，还道你死了呢!今日回来还跟我装蒜，公子呢？你们不是抬公子去疗伤了吗？还有其他的兄弟呢?”

呆子和颜礼敬诸人皆有些摸不着头脑，颜礼敬道：“管家，你能否把事情说清楚一些，他究竟是谁?”

老管家奇怪地打量了两人一眼，这才想起面前两位乃是曾经显赫一时的厉害人物，不由得歉然一笑，道：“真不好意思，我一时太激动了，怠慢之处，还请二位不要介意。其实二位大名，我早在二十年前就已有耳闻，却不想今日能在本庄出现，真是敝庄之幸，我代表庄主和全庄上下众人欢迎你们，请随我来!”说着极有礼貌地抱了抱拳。

颜礼敬和杨擎天心头一松，这老管家看来的确是极有修养之人，无论是说话还是举止，都显得那么平缓，正可以反衬出刚才那种激动有多么强烈。

“好说，好说，管家可是认识这位小兄弟?”颜礼敬惊奇地问道。

“咦，你们不是一起来的吗？难道你们还会不认识？不知道他叫什么？”老管家奇问道。

“不，我不是这个意思，我刚才听管家呼他为三子，我感到有些奇怪。”颜礼敬毫不作伪地道。

“难道他不叫三子？这不可能！你们叫他什么？”老管家望了望呆子，惊异地问道。

“我们并不知道他的真实名字叫什么，管家确定他就是三子？”颜贵琴插口问道。

“应该不会错，虽然事过近两年，但他的样子并没有多大的改变，难道世间真有如此神似的人？”老管家也被颜礼敬诸人给弄糊涂了，竟不敢确认呆子是否就是三子！不由得有些怀疑地道。

“你以前见过我吗？”呆子也有些激动地问道。

说话间众人已行至大厅。

“若你是三子的话，就应该到庄中来过好几次，其中有两次是陪公子一起来的，有一次是陪老爷子来的，还有一次是与长生和马叔一起来的。而每一次我们都见过面，若你不是三子，自然是我认错了人，但相信阿四绝不会认错人的，待他来了，就会有个分晓！”老管家语气逐趋平静。

“管家或许并没有看错人，我们都叫他呆子，他已经忘记了过去所有发生过的事情，我也是在去年五月才发现他的，只是那时的他已身受重伤，当其伤势好了之后，他就失去了记忆，我们才叫他呆子。”颜礼敬诚恳地道。

“哦？竟会有这么一回事……”

“在哪里？葛叔，是不是三子回来了？公子呢？”游四的声音远远地传来，充满了惊喜和欢悦之情，打断了老管家的话。

众人扭头望去，只见游四急速地跨入大厅，神色间暴出无比欢悦，大步向呆子行去。

呆子愣愣地望着游四，竟不知道该如何说话。

“你小子，都死到哪里去了，怎么现在才回来？公子他还好吗？”游四的双掌在呆子肩头重重地拍了一下，欢笑道。语意充满了一种战友的欢喜。

呆子没有躲闪，但却一句话也说不出来。

“你怎么了？是不是公子出了什么事情？公子到底怎么了？”游四见呆子如此表情，骇然急切地问道。

“阿四，他已经失去了记忆，不记得以前发生过的事情了！”老管家神色黯然地道。

游四一呆，神色剧变，盯着呆子，急切地问道：“你认不认识我？还记不记得我们在大柳塔发生的事情？”

呆子有些茫然地摇了摇头，显出痛苦的表情。

“你再想想，当时我让你带着兄弟护送公子疗伤，你们一起的都是阳邑的兄弟。难道这你也不记得了吗？”游四似乎急了，大声问道。

“我想不起来，真的想不起来……”呆子将手插入自己的发丝间，无奈地道。

游四的神情也有些木然，双手重重地搭在呆子的肩头，吸了口气，犹抱着一丝侥幸地问道：“那你还记不记得蔡风这个名字？你还记不记得老爷子和长生？”

“我……我究竟是谁？谁？谁？究竟是谁？我……”

杨擎天重重地点中呆子的志堂穴，呆子顿时晕了过去。

“你干什么？”游四怒目相向地问道。

“他的脑脉和心脉受损，若是不让他休息一会儿，只怕他会内息四窜，有走火入魔之危！”杨擎天解释道。

游四这才松了一口气，奇问道：“这是为什么？”

“他当初所中的应该是修罗火焰掌，更中了一种可以让人神经受损的药物，而我只能将其伤势稍稍化解，却不能完全逼出所中之毒，因此，只要他所受的心理压力太重，毒性便会复发，导致神经错乱，走火入魔！”颜礼敬郑重地道。

“修罗火焰掌？又是烈焰魔门！对了，还未曾请教二位大名。”游四像记起了什么似的道。

“鄙人颜礼敬，这位乃是杨擎天！”颜礼敬客气地道。

一旁的蔡念伤突然神色激动地问道："不知道这位兄台所说的蔡风与各位是何关系?"

游四和那老管家一怔，惊讶地望着蔡念伤，神色间突然变得迷茫，他们一直都忽视了这坐于一角的年轻人，这一刻看起来，竟大吃一惊。因为蔡念伤的面貌竟有五成像蔡伤，更有三分像蔡风，这让人多么不可思议啊！游四不由得缓和了一下语气，诚恳地道："蔡风乃是我们公子的名字，请问兄弟可是我们公子的旧交?"

蔡念伤一下子呆住了，他竟不知道从何说起，一时千万的辛酸和感慨一齐涌上心头。

"请问，那你们所说的老爷子可是指蔡伤?"杨擎天神色间也显得无比激动地问道。

游四总觉得这几个人怪怪的，神情极为反常，不由得淡淡答道："不错，你们……"说到这里似乎想起了什么，骇然问道，"你们是华阴双虎?"

"不错，正是我们!"杨擎天声音有些发颤地道。

"我曾听老爷子谈到过你们，你们还活着?"游四惊讶地问道。

"不错，我们还活着，老爷子他还好吗?"颜礼敬眼睛竟有些湿润地道。

"他就是大公子蔡念伤!"杨擎天此语一出，更是惊倒一大片人。

游四和老管家一听，本来就有些不可思议，此刻被杨擎天如此一说，不由得他们不信。

可是在他们的印象中，蔡伤只有一子，那就是蔡风，而此刻，怎地又冒出一个蔡念伤来了？这的确让他们一时难以接受。

大厅之内几乎可以闻到落针的声音，这些情节太出游四等人的意料了。

"哈哈哈，真是要好好地向你们老爷子道声恭喜了。"一道浑洪的声音自厅外传来，打破了这种死寂般的宁静。

众人的目光全被来者所吸引，游四最先出声，热情地道："这位乃是威震西部的万俟丑奴将军!"

颜礼敬等人不由得一阵哗然，想不到那令朝中闻名丧胆的万俟丑奴竟会如此意外地立在众人面前。

游四不理会众人的惊讶，又指着杨擎天与颜礼敬介绍道："这位是华阴……"

"游公子也不用介绍，我其实早就认识他们！"万俟丑奴一本正经地道。

"哦，原来你们是旧识？这就更好说了！"游四笑道。

"我们见过面吗？"杨擎天一脸疑惑地问道，却弄得游四一头雾水。

"我见过你们，你们却未曾见过我。"万俟丑奴微微一笑道。

颜礼敬和杨擎天大感意外，愕然相视。

"你们不用惊奇，我是在井径官道上见过各位，那时候诸位正在与尔朱追命及刘文才对峙，所以你们并没有发现我，不过，那位小兄弟却知道我的存在！"万俟丑奴指了指昏迷的呆子轻缓地道。

"你就是那个传音给呆子的神秘人物？"颜贵琴惊讶地问道。

"不错，只不过是举手之劳而已，这位小兄弟我曾见过他，那是在鹤山附近，知道他与我师兄黄海有关，自然不能看他受掳。"万俟丑奴淡淡一笑道。

"黄海是你师兄？"在场众人除了游四外，无不哗然。这个世界上的事情偏偏如此奇怪，这些厉害人物全都有牵扯不断的关联，就像是葛荣乃是蔡伤的师弟一般，这些似乎大大地出乎众人的意料。

"不错，黄海是我师兄，而尔朱追命就是被我和师兄所伤，没想到两年的时间，他就能够恢复得这么快，不过仍是难逃一死！"万俟丑奴并不否认地道。

"你杀了他？"蔡念伤出言问道。

"不错，万俟将军这次送来的礼物中就有一颗是尔朱追命的脑袋！"游四代答道。

万俟丑奴望了望地上昏迷过去的呆子，淡淡地道："我当时并不知这位小兄弟失去了记忆。不过也幸亏你们赶来的正是时候，天下间大概只有道家与佛家两派的正宗真气才能够修复他的心脉和脑脉，若没有两家真气合力，只怕得去求见我师叔才能够回天有术！"

"你能让他恢复神志？"游四欢喜地问道。

“我一个人的力量仍有些力不从心，但若是贵庄主与我合力，相信就不会有什么问题了！”万俟丑奴自信地道。

“庄主目前正在边镇进攻衡水，战事极紧，只怕要过些时日了！”游四担忧地道。

“报——”一名守卫飞奔入内，一脸欢喜地呼道。

“何事？”游四急切地问道。

“衡水告捷，衡水守将开城投降，一万敌军降服，城中百姓夹道迎庄主入城。”那守卫拿着捷报，其话语却激动得有些语无伦次。

“啊！太好了，太好了！”大厅中的众人个个喜形于色地拍掌呼道。

“看来真是天助我们，说到衡水，衡水便破，北魏将亡也！”万俟丑奴也极为兴奋地道。

“那我们立刻赶去衡水吧！”杨擎天有些迫不及待地道。

“好，我陪你们去！”游四欢颜地道。

蔡伤缓步行入胡府，无人敢问津。胡府庄园虽大，但是此际却冷静异常，只有一些不怎么重要的仆妇仍在清理着院落，该辞退的，都辞退了，而胡孟更是连日极少上朝，辞官奏折已经献上，只待皇上批准。

蔡伤对胡府极为熟悉，在胡府中，最不用受禁忌的唯一外人就是他。

进入内府之时，老远就见到胡孟在陪着夫人下棋，一边品着香茗，倒也极尽优雅。

“见过胡兄，见过嫂子！”蔡伤行了一礼，恭敬道。

“哦，蔡兄弟，你来得正好，我被攻得毫无还手之力，还是你来帮我扭转乾坤吧。”胡夫人极为热情地呼道。

“秀玲没有来吗？”胡孟淡淡一笑，问道。

“秀玲此刻正在葛家庄内，我不想她跟着我一起担惊受怕。”蔡伤淡淡地道。

“官爷，请坐！”一旁的丫头迅速端出一张大椅，擦了擦道。

胡孟的脸色变了变，吸了口气道：“葛荣起事，接连攻下冀州、赵县、新河、辛集、武邑，前几日传来消息说，衡水也被攻破，此刻已列为朝廷的头号叛逆，你知道吗?”

“我知道，其实我早在二十年前就知道会有这么一天。前几日我听到赵县、辛集、武邑相继被破的消息，就知衡水已是他的囊中之物了。”蔡伤不否认地道。

“既然知道，那你为什么还让秀玲待在葛家庄?”胡孟有些色变地问道。

“因为天下再也没有比那里更安全的地方了。”蔡伤淡淡地一笑，伸手接过一杯香茗，神态自若地道。

“那你来京城干什么?”胡孟心头似乎有气地问道。

蔡伤知道让他辞去官职，对他来说，的确是有些想不开。蔡伤毫不恼怒，只是望了望天空，吸了口气道：“我想去看看这红尘之外的世界，去享受那只有蓝天白云，只有鸟语花香，只有互敬互爱，而无凶杀、仇恨的生活。”

“西方虽有净土可达极乐，却只是些虚幻之谈，这天地之间何处不是血腥?何处不是仇恨?有人的地方就少不了仇恨和凶杀，这是人的本性，这是潜藏于每个人心底卑劣的所在。谁也无法改变这种现实，你说的只是一句空洞之语，你想享受欢乐，就必须壮大你自己，就必须有人会痛苦，这是永远也无法改变的事实!”胡孟冷冷地道。

“世界上并不是每个人都将卑劣的一面发展得很全面，并不是每个人都泯灭了善良和爱心，仇恨和凶杀的产生，是因为这个世界本身存在的不平等，若是打破了这个不平等，变成人人都一样，无贵贱、无贫富、无压迫，那么这个世界上就不会有仇恨，就不会有凶杀。”蔡伤认真地道。

“谁能够打破这个不平等的世界?谁能够让天下的人无贫富、无贵贱之别?若是每个人都一样贫困，这会是什么世界?那同样会有凶杀，谁能够完全满足每个人的愿望?这是一个不可能出现的局面!那只是像当年靖节先生所述的桃花源，这是个乱世，每个人都得讲求实际，乱世之中，只有强者生存，为了生存可以不择手段。这只是一个适合猎人生存的年代!”胡孟不屑地道。

“不错，这的确是一个只有猎人才能够生活得快乐的年代，的确是没有谁有这个能力满足天下所有人的愿望，但我们又何必去满足所有人呢?”

说到这里，蔡伤抬起头来，叹了口气又道，“你看，这天有多么广阔，这地有多么辽远，永远都没有人知道天与地的尽头在何处，永远都没有人可以探测出天与地究竟有多大，而我们所熟知的却是多么渺小的一块地方，北朝、南朝、塞外、域外，或是更远一点，天竺、新罗、扶桑、阿拉伯和高句丽。而他们生存的地方就是天与地的边界吗？在这浩渺的天地之中，人，是多么渺小，人的眼光是多么狭窄？甚至看不穿头上的一片天空！在这浩渺的天地中，人所站的地方是多么小，这个世界中不为人知的土地到处都有，只是没有谁认真去找过。或许这个世界上并没有桃花源，可我们却可以去创造！”

胡孟和胡夫人不由得听呆了。胡孟终于幽幽一叹道：“或许你说得很对，可是天地浩渺，这种无人的世界又在何方呢？”

“我想远去海外，在我们脚下所踏的这片土地上，是很难找到无人的世界的，只有到海外无人涉足的地方，才有可能找到这样一块地方。”蔡伤认真地道。

“你要出海？”胡孟和胡夫人同时一惊，问道。

“不错，我们有足够的人力和物力去开创我们大同的王国，那蓝蓝的天，那白白的云，那碧绿的水，花香、鸟语，渔耕同行，那岂不是世外桃源才会有的生活吗？”蔡伤无比向往地道。

“你来京城就是要告之我这件事？”胡孟问道。

“是的，但那并不是眼下便可以办到的，我们出海的船队正在海中寻找最合适的海岛，等他们回来了，我们就可以起航！”蔡伤平静地道。

“船队，你有船队？”胡孟极为惊讶地望着蔡伤惊奇地问道。

“这并不需要我有，只要能够知道哪处有岛就行，船队根本不是问题！”蔡伤淡淡地道。

“你想让我跟你一起出海？”胡孟吸了口气问道。

“如果你愿意的话，我们可以在海外建立自己的王国，可以共同开创和平而自由的生活。如果你不愿意，我也不会勉强。不过，我却要提醒胡兄，洛阳并不是长住之地，中原多事，天下都不太平，唯海外才可寻得乐土。”蔡伤淡淡地道。

“洛阳的确不是长居之地，我已提前几日，向朝中提出辞呈，再过数日我就会离京南下。家人仆妇全都已调至南方，足可应付任何急变。”胡孟叹了口气道。

“不如我们就将他们全都移到海外的岛上，在岛上渔耕自给，相信不会有问题，而且也是最安全之所。”蔡伤劝道。

“是呀，老爷，天下何处有乐土？若是我们移往海外，就可以不用担惊受怕，该有多么逍遥自在呀。”胡夫人附和道。

“到时候再说吧，你有没有去宫中呢？”胡孟淡然问道。

“没有必要去那么早，这并不是一件什么大不了的事。”蔡伤轻松地道。

“朝中很乱，最近莫折念生杀死了元志，攻破了歧州城，而杜洛周挥军南下，竟攻到了定州，若是与葛荣的义军相连，后果更不堪设想。所以朝中上下，没有一人能睡得安稳！”胡孟提醒道。

“可是，你却睡得很安稳，对吗？这就叫无官一身轻，并不是每个人都有这个福气享受的。”蔡伤微微一笑道。

“的确，我的确睡得很安稳，一切事情都不用愁。也不必去考虑什么，少了那种钩心斗角的确让人轻松了不少。”胡孟并不否认地道。

“来，我们来下完这局残棋！”蔡伤突然伸了个懒腰笑道。

“好，我倒要看看谁输谁赢！”胡孟也别开情怀地道。

胡夫人却松了一口气。

洛阳，并不是一个能让蔡伤开心的地方，功名利禄始自洛阳，灭自洛阳，回首三十年的岁月，洛阳的确是给他留下了很多遗憾。

或许，生命生来就注定会有遗憾，生命本身就是一种遗憾。

自皇宫中行出来，漫步于小林幽径之上，天下的确是没有什么地方是他不能去的，就是深宫内院都不可能挡住他的脚步，进出皇宫对于他来说简直如同儿戏。

蔡伤似乎并不喜欢热闹，其实这个时候已经没有什么热闹可找，此刻已是深夜！

深夜的洛阳其实与乡村之中也没有什么分别，除开皇城是灯火不灭外，其他地方也依然是死寂一片，只是深宫大院倒是没有什么地方可以相比的。

在这种朝不保夕的日子中，人们喜欢做的就是醉生梦死，偶尔能在街道之旁，瞅见悬于青楼楼角的几盏大红灯笼，可是，只能为死寂的夜添上一丝诡秘。

蔡伤的步子极为悠闲，这个世上似乎再也没有能够让他心惊和慌张的事情了。

这静谧的世界似乎极能够让人心底变得平静，更让人能够仔细地去品味这个世界。

当蔡伤转过一个巷子之时，他的心跳了一下，眼角闪过一丝不敢相信的惊讶，那是一道转入另一个巷子的身影，是那么熟悉，那么清晰，似乎正是他内心深处热切渴求的某件宝物一般。这是一种很神奇的感觉，对于蔡伤来说，很少会出现这种反应，而此刻却如此清晰地映在心里。

蔡伤的脚步加快，快得有些不可思议，转过那个巷子的拐角，一道熟悉的背影正向远行。

蔡伤有若雷噬，先是一呆，然后竟欣喜若狂地呼道："风儿!"

那背影一震，骤然停下脚步，缓缓地扭过身来。

黑暗中，蔡伤看得一清二楚，正是这张充满稚气和顽色的脸让他魂牵梦绕，只是此刻，这张脸上多了几许惊异、激动和冷静。可是这一切已经不再重要，重要的是这张脸仍真真实实地存在着。

那让蔡伤震惊激动的神秘人，正是蔡风！失踪了两年的蔡风！此刻却出现在洛阳的巷子之中。

"风儿，真的是你吗?"蔡风以双手揉了揉眼睛，激动得有些不知从哪里说起，谁也想不到这不可一世的绝世人物，竟也有如此脆弱的时候。

"爹，你怎么会在这里?"蔡风的语气中似乎有几分惊讶，但更多的却是欣喜和激动。

不错，正是蔡风的声音，蔡伤怎么也不会记错蔡风那情真意切的呼唤。

蔡风有些沉重地移动着步子，蔡伤也是一样，似乎怕眼前只是一个虚幻的梦，而步子快了很容易使这个梦惊碎。

“风儿，你怎么也会在这里?”蔡伤深深地吸了口气问道。

蔡风并没有回答，只是怜惜而关切地道：“爹，你老了。”

蔡伤的心头一颤，这是一句极为普通的话语，可是此刻自蔡风口中说出来，却表现出一个儿子对父亲那深深的关切之情。

“这两年来，你还好吗?”蔡伤深切关爱地问道。

“我还好。”蔡风与蔡伤已只不过几步之遥!

“爹!”蔡风突然加快速度，像个受了委屈的孩子一般向蔡伤的怀里扑去。

“轰——”碎石飞溅，断砖横飞，一柄比毒蛇更毒更狠的剑穿破巷子的墙壁，向蔡风刺去。

“风儿，小心!”蔡伤和蔡风同时大惊。

“爹，他不是!”一声怒喝，竟是自出剑者的口中呼出。

没有人知道他在叫什么，蔡风显得无比惊怒。蔡伤更是有若愤怒的雄狮，好不容易终于盼得可以与儿子团圆，居然有人想杀死自己唯一的亲人，怎叫他不怒?

第八十二章　人海齐怒

蔡伤来不及拔刀，对方的剑的确太快、太狠，当世之中，具备如此身手的人其实也不会太多，应可以数得出来，但这一剑却是他见所未见的招式。

蔡风根本就不慌，他知道这一剑是不可能逃得过他父亲之手的。放眼整个江湖，还没有人能够真正可以与蔡伤对敌，但蔡风依然出刀了。

就是在蔡伤的手钳住那柄剑时，蔡风出刀了。这一刀比想象之中要快了很多很多，就是蔡伤也大感意外。蔡风的刀施展出来竟不会比他差，无论是速度抑或是力度及角度。

夜幕更深，深得像是看不到底的深渊，只是在蔡风的一刀击出之后才会有这种感觉。

凉意浸透了每一个人的每一根神经。刀，似自九幽而来，又似是自摸不着边际的另一层世界中跳出的精灵。

天与地之间全被死寂的杀气所笼罩，这样的一刀，就是蔡伤也只能够达到此种境界！那就是说，蔡风此刻已经成了另一个蔡伤！

蔡伤心中却没有半点欢喜，甚至有些不解，有些气恼，或许还有些痛苦。因为蔡风这一刀竟是攻向他的！

蔡风要杀死他，杀死自己亲生的父亲！这是多么不可思议的一件事情啊！

蔡伤清晰地感觉到蔡风击出一刀的杀机，浓烈得像北风中的蚀骨寒意。此刻已是冬天，蔡伤的心却比十个冬天的寒冷叠加起来，还要冰冷十倍！

“咔!”那柄刺向蔡风的剑断成了两截，蔡伤的手指就像是削铁如泥的宝刃，竟硬生生地将那柄剑剪断!

断剑回击，是迎向蔡风的刀。蔡伤的动作极快，快得完全不能用眼睛去捕捉，但蔡风的速度绝不比他慢!

“当——”断剑再断，蔡伤的手腕已被手中断剑的锋刃划开了一道极深的血槽，更可怕的却不是这里，而是蔡风那似乎可以让人变成千万片的刀!

刀没有停留，虽然被断剑阻了一阻，但那种无法比拟的杀机却依然存在。

“啪——”蔡伤的左手抓住了一块碎砖，重重地砸在刀刃之上，角度准确得骇人！一个真正的高手，在生与死之间，那是最清醒的，任何可以救命的东西都不可能放过!

砖头裂成了无数块，刀气在蔡伤的左手上划下了一条深深的伤痕。

蔡伤没有哼出半声，他必须退！否则，他就不可能见到明天的太阳了。他很清楚蔡风这一刀的可怕，很清楚!

蔡风的脚步绝不比蔡伤慢，而蔡伤的身形是倒退，蔡风则是直追，这要命的差距谁都清楚异常。

那柄刺向蔡风之剑的主人却是石泰斗——魔门在南方最杰出的年轻人。可是他的刺杀却完全没有作用，似乎正好配合蔡风完成了那刺杀的任务。这一切早在蔡风的算计之中，包括蔡伤所有的反应，都完全在他的掌握之中。石泰斗刺杀他，只是演奏的一出双簧戏罢了。只不过石泰斗的确太投入了，演得那么逼真，那么自然。就是蔡风也不得不为他喝彩，只是石泰斗喝出的那四个字倒让他有些不解。

石泰斗的身法绝不慢，甚至快得惊人，短剑飞掷而出，而在他动身的同时，手中又有了一柄剑，谁也不清楚他的身上究竟有几柄剑。

断剑掷出，却让蔡风吃了一惊，因为此刻的断剑仍然是攻击他，他心头微微有些怒意，这根本就不是他们所约定的，此刻再将短剑攻击他，岂不是明摆着帮助蔡伤吗?

不仅仅是断剑攻击他，还有石泰斗手中的剑！夜空之中，那柄剑竟泛起碧蓝的灵光，使得夜色一片凄惨。更可怕的，却是那柄剑竟化成了满天的光雨，飘飘洒洒。

锐啸，自四方惊起，空气被撕裂成无数的小片，石泰斗这一剑想置蔡风于死命！

蔡伤到此刻才明白，自己是拦错了好人，那人并不是他的敌人，反而是真正想救他的人！

“叮——”蔡风的左手轻挑，断剑竟向回飞射，刚好击在石泰斗的剑锋之上。

石泰斗身形一滞，蔡风这反弹之力大得惊人，竟震得他的剑式一散，这一刻，他才深深地体验到蔡风的功力是多么可怕！

蔡伤身子一扭，当蔡风将功力递转于左手之时，其中竟有一个难觅的空当，这使他险险地避过了身前致命的一刀！可是却未能让自己完好无损地退开。

蔡伤的胸口被划出了一条近尺长的伤口，蔡风的刀气已深深地切入了他肌理之中。

鲜血狂喷之中，蔡伤一声狂号，飞跃而出。但这一刻他的刀已经滑出刀鞘。

蔡风一个极为优雅的旋身，从衣袖底滑出一柄长剑，以左手反切而出。

“叮叮……”一连串爆响，石泰斗的身子倒飞而出。

“风儿，这是为什么?”蔡伤此时的心比伤口更痛，但仍然忍不住问道。

“我要杀你!”蔡风口中蹦出比夜风更冷的几个字，却如一柄利刃般再次刺入蔡伤的心。

“他不是蔡风，他是毒人绝情!”石泰斗惊怒地吼道，顿了一顿，即转望蔡伤，焦急地道：“爹，你伤得怎样了?”其语气无比关切。

“石泰斗，你疯了吗?吃里爬外!”蔡风也忍不住怒吼道。

“你才疯了，没有人性的毒人!”石泰斗毫不畏惧地骂道。

“你叫我什么?”蔡伤有些不敢相信地向石泰斗问道。

“爹，我是你儿子泰斗呀，我没死，是石中天叔叔救了我!”石泰斗向蔡风飞扑而至，口中犹自应道。

“你是我儿泰斗?!”蔡伤心头不由得又升起了一团狂热的斗志，石泰斗的话犹如黑夜中的一颗明星，使蔡伤眼前一片光明，他做梦也没有想到，天下除了蔡风和葛荣之外，还会有至亲的人存在，而且是他的儿子，这是怎样的一种惊喜!

“难怪，我还以为你真的会演戏，原来是想杀我！那就让我将你们一块儿送到西天极乐世界吧!”绝情恍然道。

“你真的是绝情？不是蔡风?”蔡伤犹自有些不敢相信地道。

绝情，手中的剑轻轻一挑，逼退石泰斗的攻势，冷冷地道：“我也想认识认识蔡风!”

“好，好!”蔡伤心头舒畅了许多，知道对方并不是蔡风，也就没有先前的那一种痛苦了，更不会有什么顾忌。何况，此刻他又有了儿子，失踪了多年的儿子却在这种要命的场合下重逢，的确是有一种让人振奋的动力!

蔡伤出刀了，虽然牵动了他喷血的伤口，可这一刀依然注满了深沉的霸气。

石泰斗的剑也划了出去，父子二人合力攻击绝情。

绝情一声长啸，右手的刀和左手的剑同时划出。

夜，变得无比疯狂，空气似乎在这一刻凝固成坚硬的石头。每个人都觉得鼻孔中呼吸的，不再是空气，而是冰冷的杀意。

每个人的每一根神经中都似乎有发狂的蛇虫在涌动。

石泰斗感觉到自己有一种爆炸的冲动，似乎自己再也无法承受这种可以摧毁一切的力量。

蔡伤胸口上的鲜血喷射而出，那种压力虽然他可以承受，但是伤口却是无法承受的。他有一种心力憔悴的感觉，因为对方所施展出的刀法正是怒沧海！而剑法正是黄门左手剑！放眼整个天下，也只有一人同时具备这两种绝世的武学，那就是蔡风!

除了蔡风之外，天底下绝不会有人会同时具备这两种绝世武功，就是蔡伤本人和黄海也不能够。那就是说，这毒人绝情就是蔡风！也许容貌可以改变，但是没有人可以改变这两种绝世武学的根本!

蔡伤出刀的同时，心在滴血。他明白今晚战场之上，乃是父子三人，而他若不全力出刀的话，石泰斗只会是死路一条，因此，他不能不拼尽全力出刀，他击出的也是怒沧海！

“轰——轰——”劲气在小小的巷子之中爆开，犹如天崩地裂。

巷子不再是巷子，两旁的砖墙全都摧枯拉朽一般倒塌，碎石、尘土、断砖，在暴射、扩散！

远处，传来婴儿的啼哭，近处，被惊吓的人们都不敢吱声。在这种战乱纷繁的年代里，人们似乎早已习惯了这种或那种毁灭性的争斗。

蔡伤的沥血刀竟然被击飞，他所受之伤的确不轻，而怒沧海必须让自己的精气完全达到巅峰状态，否则使出的怒沧海只会威力大减。在蔡伤使出怒沧海之时，已牵动了伤口，而且他胸口的肌理已被蔡风的刀气破坏，根本就不可能达到巅峰状态。并且，蔡伤一想到对方是蔡风的时候，更是难以控制住自己的心神。因此，基于这一些原因，竟被对方击飞了手中的刀！

石泰斗也不怎么好受，剑虽然并未被击飞，但手臂震得全都麻木了。

绝情也无法乘胜追击，蔡伤虽然受伤极重，可是他身为一代绝世高手，就是在重伤之下，余威犹不是普通高手可以相比的。绝情以一敌二，若是在蔡伤未曾受伤之时，那么此刻受伤的绝对是他。虽然如此，此刻他犹有些气血浮涌，难以控制地倒退了数步。

蔡伤一手捂住胸口，可哪里能够阻止鲜血的流泄。

“你是风儿！难道连爹你也不认识了吗？”蔡伤极为坚信地道。

绝情深深地吸了几口气，平复了翻涌的气血，不屑地道：“你以为这样就可以不死了吗？老实告诉你，我打心眼里就不知道蔡风是什么样子。不过，我相信你儿子蔡风定和我长得很像，认错对象的不只是你一个人。而今日，你必须死！这是我主人的命令，你只好认命吧！”

“你不是风儿，那你怎么会怒沧海？你怎么会黄门左手剑？”蔡伤咳出一口鲜血来，虚弱地问道。

“什么怒沧海，什么黄门左手剑，我不清楚，我只知道一定要杀死你！”绝情冷酷地道。

“爹，你怎么样了?”石泰斗有些踉跄地站起身来，关切地问道。

“他还没死，不过很快就会了结!”绝情缓步向蔡伤逼去，冷冷地道。

“绝情，你要杀就先来杀了我吧！不要伤害我爹!”石泰斗吼道。

“好一对同命父子，你也不用急。”绝情缓缓抬起手中的刀，月色之中，闪着一种青幽而碧森的光芒。

“呀——”石泰斗不顾一切地扑上。

“泰斗——”蔡伤一声惊呼。

绝情不屑地望了他一眼，石泰斗的武功根本就不可能与他相提并论，而且刚才那一击，绝情很自信可以震伤对方的内腑，是以，他根本就不把石泰斗放在心上。

石泰斗的剑依然诡异莫名，有若倒泄之星河，可是在绝情的眼中却是很一般，无论是眼力，抑或功力，石泰斗根本就不可能与绝情相比。

“叮!”绝情信手一剑，以一种诡异而神奇的弧度，斩在石泰斗的剑上，而就在此时，他的脚已经踢到了石泰斗的胸口。

“哇——”石泰斗倒翻而出，忍不住狂喷出几大口鲜血，最后重重地落在地上。

“这是你自找的，谁也怪不得我!”绝情狠辣无比地道。

“泰斗，你怎么样了?”蔡伤轻咳出一口鲜血，关切地问道。他们两人被绝情这样分在两边，却无法突破绝情这一关。

石泰斗挣扎了一下，竟挣起了上身，却无力回答蔡伤的话。

“哦，你还没死?看来是我低估你了!”绝情也感到一丝惊讶地道。

蔡伤的心中感到一阵苦涩，没想到自己一世英雄，却要死在这个小巷子之中，陪葬的还有刚刚见面的亲儿子，看来苍天真是好吝啬。

“你的主人只让你杀我，对吗?”蔡伤竟变得极为平静地问道。

“不错，是这么说的，但是却没叫我不要多杀人。”绝情淡然答道。

“既然如此，的确是没什么话好说了，你动手吧。”蔡伤平静地道，似乎对生死根本就毫不在意。

“好，有个性，如此人物，死了的确有些可惜。说实在的，若非你受伤在先，鹿死谁手的确没人知道，可你也不能怪我，在这个乱世之中，只有不择手段才能活得畅快，活得自在。”绝情微微有些感慨地道，说着再次提起了刀。

就在刀刚刚提起的时候，夜空中飘来一阵奇异的乐音，像是自遥远的九天之外悠悠飘来，又似是自幽森的十八层地狱中蹿出，缥缈而缠绵，但却似怀着一种无限悲天悯人的情怀，让人从中感觉到那种无私的博爱，让人领悟到生命的宝贵。

声音悠远而祥和，又像是老僧颂禅，像是空山晨钟，一种跳出红尘世俗之外的清闲情怀，使每个人自心底升起一丝觉悟。

夜空不再真实，世间的一切都在这乐音响起的那一刻变得不真实起来，包括生命，没有一样是真实的。

蔡伤缓缓地闭上了眼睛，石泰斗也缓缓地闭上了眼睛，心神完完全全地投入到了乐音之中，忘记了危机、忘记了伤痕、忘记了亲情、忘记了一切的一切。生命在燃烧、在澎湃，一种欣欣向荣的生气在心底潜长滋生。原来内心的世界是那般静谧而祥和！

绝情的刀缓缓垂下，眼中的杀机渐渐隐退，神色间显得有些迷茫，他忘记了杀死蔡伤，忘记了杀死石泰斗，一切都显得不真实起来。

“砰——”一声闷响，绝情的身子飞跌而出，重重地撞在一旁的断墙之上，这一撞也将绝情惊醒过来，扭头一看，骇然发现无声无息攻击他的人竟是唐家村相遇的尤一贴。

来者正是铁异游，若是在平日，铁异游根本就不可能偷袭成功，只是这一刻绝情的心神完全被乐音所吸引，对外界之事，根本毫不在意，才会致使这样。

“主人，我来迟了！”铁异游一把扶住蔡伤，惶急地道。

“铁异游！”蔡伤也恢复了神志，惊喜地道。

“不错，正是异游！”铁异游迅速将蔡伤扶起，然后靠墙坐下，从怀中掏出几颗丹药喂入他的嘴中，并以极为利落的手法封住蔡伤胸口几大要穴，以止住狂流的鲜血。

“尤一贴，不，铁异游！”绝情愤怒地爬起身来，抹去嘴边的血迹，冷冷地道。

“不错，正是铁异游！蔡风，你也该觉醒了！”铁异游大声道。

“你说什么？”绝情冷冷地问道。

“我说你就是蔡风，你正是他的亲生儿子蔡风！”铁异游一指蔡伤，深沉地道。

“你说谎！我是绝情，没想到你也来和别人一起对付我，还亏我当你是朋友！”绝情愤怒地道。

铁异游暗自心惊，刚才明明封住了他五处大穴，这一刻他依然站得好好的，可真是惊人至极。

“我没有说谎，绝情只是你现在的名字，你的前身就是蔡风！你知道为什么蔡风红极一时又突然消失了吗？那是因为蔡风的名字已被别人换成了绝情。你是个毒人，所以你忘记了以前所有的亲人，你的神志完全被人所控制。”铁异游高声道。

“你说谎！谁说我是毒人？我是绝情！你若再胡说，我立刻杀了你！你以为是我的朋友，我就不敢杀你吗？谁阻止我完成任务，我就杀谁！”绝情脸色变得极为难看，虽是在夜色之中，可却根本无法逃过铁异游的眼睛。

“这是你主人金蛊神魔田新球告诉我的，他说绝情就是蔡风，是蔡伤的儿子蔡风，你不信可以自己去打听打听！”铁异游吼道。

绝情的脸色一下子血红，狂号一声，手中的刀划破夜空，向铁异游飞斩而至。刀气犹如飓风一般，卷起地上的沙石和碎砖向铁异游无情地攻到。

铁异游的身子突然也成了一团旋风，旋转的风！向飓风的中心钻去。

石泰斗的眼中闪出一丝讶异之色。

“叮……”铁异游和绝情的身形再现，铁异游竟倒翻而出，重重地坠落于地！绝情因先被铁异游来个重击，此刻竟也没占到什么便宜，但其动作比起铁异游却要快多了，一滞之下，又立刻向铁异游扑去。

“阿弥陀佛！”一声沉重的佛号有如惊雷一般自天空滚过。

绝情身子一颤，扭头却发现一位白须飘飘的老和尚自巷子口走入。

“小施主还不觉醒吗？”老和尚的声音依然如巨钟般在绝情的心中

激荡。

“砰……砰……”铁异游乘机一口气重重击出五掌，每一掌都击在绝情的身上。

“哇……”绝情狂喷出数口鲜血，愤怒地一声狂嘶，如魅影一般掠过高墙，投入远方的夜幕之中。

“你为什么不杀了他?”石泰斗虚弱地问道。

“因为他是真正的蔡风。再说我刚才已尽全力……”铁异游无力地道，差点没虚弱地坐下来。

“你怎么样了?”老和尚关心地问道。

“我没事。他可真是一个可怕得难以想象的对手。”铁异游心有余悸地道。

“这是尘孽，一切冥冥中早有注定。”老和尚双手合十，念了一声佛号道。

“多谢大师出手相助。”铁异游真诚地道。

“那位小施主与老衲也颇有些渊源，是以老衲也不能坐视不理。再说，能为世间减少一些尘孽，乃出家人分内之事，何用言谢?”老和尚淡淡地道。

“大师和我们少公子熟识?”铁异游惊异地问道。

“不错，你怀里的圣舍利乃是老僧交托给他的，却不知怎的竟辗转于你的手中。不过，天道自有轮回，圣舍利终未落入邪魔外道手中，已算是天幸。”老和尚再宣一声佛号道。

“大师怎么知道圣舍利在我的怀中?”铁异游更惊，骇然退了两步，惊疑不定地望着老和尚，问道。

“施主不用惊慌，几日与施主相处，知道施主并非坏人，老衲也不用追回圣舍利了，这其中的细节待我慢慢跟你说来。”老和尚恬静地道。

铁异游望了靠墙坐着的蔡伤一眼，赶忙从怀中掏出几瓶金疮药，倒在其伤口上。

蔡伤缓了口气，向一旁的石泰斗指了指，虚弱地道：“先去看看他，他说他是中天带大的泰斗!”

“什么？他是二公子泰斗？”铁异游一声惊呼，问道。

“不错，我是泰斗，曾听石叔叔提起过铁叔叔。”石泰斗艰难地道。

铁异游忙放下蔡伤，走了过去，伸手把了把石泰斗的脉搏，心头微微一松，知道并没有生命危险，于是沉声道：“大师，请帮忙先将他们带到安全的地方再说好吗？”

“我们去胡府。”蔡伤虚弱地提醒道。

“不，那里不能去，因为假太后乃是魔门中人，和绝情是一伙的，这时的胡府肯定设有很多埋伏。”石泰斗提醒道。

“什么？假太后是魔门中人？”蔡伤这一骇不亚于当头挨了一捧，惊问道。

“不错，那假太后叫董瑶琴，乃是魔门阴癸宗的人！”石泰斗补充道。

“快，我们就先找家客栈住下。”铁异游急忙道。

“老衲知道几里外的南山上有座寺庙，主持玄通法师乃是老衲师侄，不如我们就去南山暂住吧？”老和尚提议道。

“你们哪里也别去，这里也同样可以埋下几堆枯骨！”一个冷冷的声音从巷子口传来。

铁异游和蔡伤的脸色微变，巷子之中立刻又充满了浓烈的杀机。

“元飞远！”老和尚脱口低呼道。

“哦，了愿大师什么时候跑出来了？”那为首的锦衣华服汉子轻松地道。

“也多谢元施主给了老衲十多年的参禅机会，老衲先行谢过了。”老和尚客气平和地道。

“想来，大师是悟透了圣舍利的奥秘，才会自洞中出来，那我可要恭喜大师了。”元飞远淡笑道。

“老衲愚钝，费了数十年犹未能悟透其中奥秘，此刻出来只是想来体悟一下入世的滋味，元大人误会了。”老和尚淡淡地道。

“只可惜，明日大师又要跟我回邯郸了，由入世而出世了。”元飞远淡然道。

“元飞远，你是奉太后之命来杀我的？”蔡伤淡淡地问道。

“不错，你乃朝廷重犯，十八年前作战不利，朝中未追究你的责任，你反而还杀朝廷命官，并多次率众于阳邑闹事，现在又伙同葛荣等逆贼造反，朝中容你不得！”元飞远淡漠地道。

铁异游扫了一眼元飞远身后的那些人，每一个都神气十足，只看打扮就知道尽是宫中的好手，最少也是望士队中精选出来的角色，而外面也定埋伏了很多人，现在蔡伤和石泰斗两人全都身受重伤，需要人保护，此刻只有他与老和尚两人，而老和尚并不是一个喜欢杀戮之人。更何况，他早就看出老和尚并没有很高深的武学，如何能够与如此多的宫中高手对阵呢？但这却是一个绝不能放手的局面，只得陷入苦战之局。

铁异游虽然自负，但知道这是败多胜少之局，甚至根本就没有胜算可言。

“异游，你带着泰斗先走，不要管我，想办法让风儿恢复本性，单以他的武功，就足可为我报仇。”蔡伤低沉地道。

“不，主人，要死大家一块死，异游怎能舍主人独活呢?”铁异游坚决地道。

“我明白你的心意，但留得青山在，不怕没柴烧。何况，风儿的情况只有你和大师知道，若是你们不去想办法，风儿永远都只会成为别人杀人的工具，永远都活在无知的痛苦之中。要知道，你的责任极大！”蔡伤语重心长地道。

铁异游向了愿大师道：“大师，你去吧，我为你断后，但愿你能够将这个消息传扬出去，在下和主人就感激不尽了。”

“施主此言差矣，施主身系责任重大，老衲早已看破生死，根本就不在意这些。你还是走吧，这里交给老衲好了。”了愿双手合十，小声道。

“你们别嘀咕个没完，你们谁也不可能走得了！”元飞远淡淡而冷漠地道。

铁异游骇然发现身后也同样是被宫内高手堵塞住了，心头不由得涌出一片不灭的斗志，冷傲地笑道：“好，杀死一个够本，杀死两个赚一个。来吧，我铁异游接着就是！看看你们是不是都有那么两手！”

“好！我就欣赏这种人，做事爽快直接，死也要死出个样子来。”元飞远拍手笑道。

“元飞远，你小心了，我第一个要取的，就是你那颗狗头脑袋，再去斩那些狗爪子!”铁异游的声音变得无比冷漠，而且充满了杀机地道，使在场每个人都感觉到夜更寒了。

火把照亮了这条狭小的巷子，地上一片狼藉，鲜血、残破的断墙、断砖，和蔡伤、石泰斗那苍白的脸色相映衬，显得格外幽森。

铁异游的剑泛出青幽之色，展现着一种古朴的美，每个人都感觉到那柄剑正在散射着森寒的杀意。

巷子之中的气氛顿时全都凝结了，杀意充斥了所有的空间，每一个人的呼吸都变得细长，似乎在酝酿着暴风雨的到来。

了愿却双掌合十立于一旁，将石泰斗和蔡伤扶于一起，静立于两人的身边，甚至闭上了双眼。

元飞远身后的众人全都缓缓地移动脚步，使得阵容疏散了不少。要知道，在这小巷之中，人多并不一定是件好事，若是方位未选择好的话，人多反而碍手碍脚，难以发挥其威力，而这些人全都是百里挑一的好手，自然很明白形势的重要性。

铁异游却是苦于不能移开身子，否则，以他的武功，采取主动进攻之法，杀出重围并不是问题。而此刻他却没有这份洒脱，只能处在完全被动的局面。

局面越来越紧张，铁异游反倒变得极为平静，心境也平静得若无波之水，这巷子中的每一个细微末节之处都清晰地反映到他的脑中。

铁异游变得平静，他手中之剑却似乎更增添了一些邪异的魔力，散发出一种青幽而森寒的冷芒。

“杀!”元飞远淡淡地喝了一声，那酝酿了已久的杀机，在这一刻完全爆发。

铁异游的眼中闪过无尽的杀机，就在敌方第一柄剑攻入他三尺之内时，他的剑才动了，火把的微光中，幻出一团奇异的彩芒，将他自己完全隐没在彩芒之中。

敌方第一柄剑刺入彩芒之中时，紧接着第二柄、第三柄……然后那彩芒像是膨胀的气泡，向外爆了开来。

没有听到兵刃交击的声音，但却有撕心裂肺的惨叫声。

那攻入彩芒的兵刃全都绞成了废铁，断去的还有对方握着兵刃的手。

铁异游的剑式犹如引燃的炸药，喷散着无尽的杀伤力。

元飞远似乎没有想到铁异游可怕如斯。虽然在很多年前，他曾听说过铁异游的名号，也知道铁异游曾为南朝极负盛名的剑客，只是在黄海的名字盛传江湖之后，铁异游这个人就消失在江湖之中了。后来才知道，铁异游已经列入蔡伤的家将之中，而此刻，双方才真正面对面的交手，元飞远心中的那种可怕之感表现得是十分强烈而清晰。

这些人，对于铁异游来说，并不能算什么。十八年前，他就可以闯出重围。而今日对手的武功与十八年前的宫中高手更是不能同日而语。其实铁异游在蔡伤十大家将中排名第二并非侥幸，而是其武功的确高深莫测。他的武功并不比黄海差很多，而且他与黄海的关系更是常人难以想象的。因此，黄海对武学并没有向铁异游隐瞒什么，“铁异游”就是在黄海的启示之下，才被悟出，这当然更表现出铁异游的确有其过人的慧根，否则绝不能创出如此惊世之剑术。

没有任何退缩，虽然铁异游表现出超出他们想象的杀伤力，但是没有人停止过攻击，他们都是宫中的一些好手，什么样的残酷阵势没见过？自不会因此而手软。

而铁异游也是有苦自己知，这些人的确都是宫中精选出来的好手，虽然他那一击使得对手伤了数人，但那凶猛的攻势最耗真力，几人合力之下，即使他功力再好，也不免有些气虚。更何况对方人多，采取车轮之战，也会让他死无葬身之地。而这一刻，对方根本就不会给他任何喘息的机会。更可怕的，还是要分出精力来保护蔡伤与石泰斗。而了愿大师似乎根本没有什么抵抗能力，只是在不住地宣着佛号。

“不要管我，你就痛痛快快地杀一场，死也要死得痛快淋漓！”蔡伤惨然低笑道。

铁异游心头充满了无限的愤怒，但却毫无办法可想，这时才深感自己力量的薄弱。

“铁异游，你束手就擒，也许我还可以给你一条生路!”元飞远冷哼道。

“放屁!”铁异游怒骂道，身上也同时中了两刀，但这并没有让他的心神混乱，越是在生死的关头，一个高手的潜力才能真正发挥出来。

惨叫声、怒喝声响个不绝，剑气刀风使得火把的光芒摇曳不定。

铁异游的手臂都杀得麻木了，甚至肢体也有些麻木了，满身鲜血却不知是谁的，手中的剑依然不休不止地狂舞，在他的心灵深处，只有一个意念，那就是——杀！杀！杀!

元飞远并没有出手，他就像是在看戏，看一场充满血腥的猎杀，猎物，就是铁异游。此刻，他眼中已闪出一丝冷狠而狂热的厉芒，因为，他知道这头凶猛的猎物再也不会凶上多久。

“轰——轰——”两团火光在人群中爆开，巨大的爆竹突然从天而降，几乎震惊了所有正在拼命的人。

望士队和宫中的高手正在爆竹爆炸的中心，每个人如火煎一般嘶叫起来，战局一片混乱。

元飞远的神色也变得极为难看，他看到了划空而过的大爆竹，他感到了危机的存在，于是他再也不能有任何犹豫，就在铁异游无法顾及蔡伤的时候，他出招了，一根极长的矛，像是横空而过的铁索桥，他必须一矛扎穿蔡伤的心脏，否则，世上再不会有比蔡伤更危险的人物!

铁异游的确没有办法抽身出来，他已经根本没有那份力量，因为现在他的手臂已麻木不堪，再说即使他一切都正常，要去解救蔡伤，只怕未等到那一刻，他就已被人割成了八大块。他是个高手，高手最冷静、最镇定的时候就是在血腥之中。

了愿大师的双目中突然爆出一团奇光，他竟以身子向矛头扑去——他要以自己的生命换取蔡伤的生命，但他的目中却没有丝毫悲哀和畏怯。死亡，对他来说倒似是一种解脱。

元飞远也有一丝惊讶，但他杀蔡伤的心意已决，绝不会因为任何人而改变。

“砰——”元飞远的长矛突然加速，而了愿大师的身子只是撞在矛杆之上，被反弹了回去，长矛根本就未曾减慢速度，反而以旋转的形式狂扎，变得更凶猛无伦。

蔡伤的眼睛一闭，他知道这一矛下来，就是神仙也无法存活，他似乎已经嗅到了死亡的气息。

元飞远很自信，他知道这一矛如果刺中目标，蔡伤绝对会死亡！他对自己使矛的信心就像是完全相信自己一般。

“轰——轰——”爆竹依然在不断地爆开，望士队和宫内高手皆被炸得四处乱窜。虽然，这爆炸无法让他们致命，但那碎竹片，和里面的碎铁片，也可以将他们划得满身是伤。

“轰——”断墙再次裂开，最先伸出的是一支笔，一支铁笔！然后是一只手，一只像是铁铸一般的手，跟着断墙就倒塌了下来！

蔡伤没有死，并非元飞远的长矛不锋利，也不是元飞远仁慈，而是因为那支铁笔，那只铁铸的手！那是一个充满了无尽愤怒杀机的老者。

一支短小的铁笔，一根修长的钢矛，相形之下，根本就不成比例，可是却有着难以形容的默契。

长矛刺在铁笔的笔尖之上，爆出一溜刺目的火花。

元飞远的身子一震，倒跌而出，像是根本无法承受那种狂野无伦的冲击力量。

铁笔也一震，然后从倒塌的砖墙之后伸出两只大手，蔡伤和石泰斗的身子就缩入了墙后，那是民宅。

这并不是让元飞远吃惊的地方，让元飞远吃惊的是这自民宅中破墙而出的人，其武功高得让他生畏。而本来在这些民宅之中，他已安排了高手，可此刻根本就没见到有人出来，也就是说，民宅中的望士队高手已被对方无声无息地解决了。

蔡伤和石泰斗的身形消失在众人的视线之下，在元飞远吃惊的当儿，从那破墙洞之间，又射出数道人影，犹如破笼而出的怒虎，冲入铁异游的战圈。

第八十三章　天竺梵音

元飞远大惊，这突然而来之人，没有一个不是高手。

铁异游的压力大减，却忍不住欢呼道：“擎天兄、礼敬兄！”

“今日让我们来杀个痛快！让这些狗爪子们知道，我们蔡门人不是好惹的！”来者正是杨擎天与颜礼敬诸人。

“异游兄，还有我石中天！”一个苍迈的呼声自巷子尾端传至。

铁异游只觉得血气上涌，战意高昂到前所未有的境界，一扫先前那颓丧之气，声音激动得有些颤抖地呼道：“苍天有眼，能让我们今日重逢，来吧，好好地杀一场！”

蔡念伤和呆子诸人也疯如怒虎，望士队和宫中的高手虽多，但因这是个小巷子，很多人根本就插不上手，而来者都是成名几十年出类拔萃的高手，更可怕的却是杨擎天和颜礼敬，两人都是近身搏斗的绝顶好手，越是地方狭小，就越是可以看出他们发挥出的威力。几人简直是所向披靡。

元飞远更是大惊，他们今夜的安排本是专为铁异游设下的，却没想到一下杀出如此多的高手来。而且，一开始对方就把他的阵脚打乱，怎叫他不惊？虽然望士队中的好手都有以一敌百的勇悍，可是与这种江湖中顶级高手比较起来，却是差了很多。

原来，假太后怕惊动真太后，并没有把内宫中的高手调出来，而且她认为，对付铁异游一个人，根本没有必要如此大动干戈，否则，只怕今晚倒真有得一战了。

了愿大师也从墙洞中退走，远处却传来了呼喊之声，也传来了马蹄之声。

铁异游呼道："我们也该退了，这些狗爪子并没有什么能耐，不过瘾!"

杨擎天诸人也知道，这般一闹，守城的官兵很快就会赶来，若等官兵来了，想杀出重围就有些棘手，还不如早一点离开为妙。

"中天，你的手怎么了?"铁异游这才发现石中天只有一条手臂。

"你的脸!"铁异游更加骇然，石中天的脸上满是刀疤，往昔那英俊的容貌竟在此刻变得狰狞可怖，若不是由武功的招式判别，还真认不出对方就是石中天。

"没什么，我们先找个安静的地方再聊!"石中天手中的铁杵犹如雷霆一般击出，将一名攻来的对手连刀带人砸得飞跌而出。

"撤!"杨擎天呼道。

这批来得无声无息的高手，走时也如一阵风般，只眨眼之间，就从元飞远的眼皮底下溜个干净。

挡住元飞远最后一矛的，是石中天！直把元飞远震得虎口开裂，使他几乎不敢相信这是事实。在其内心深处，总觉得今夜的高手一个比一个神秘莫测，但是他也不想太失颜面，忍不住呼道："给我追!"

可是等他们追入民宅，杨擎天诸人早已融入了夜色之中，远处只传来守城兵士的急促脚步声及马蹄声。皇城之下，竟出了如此大事，守城之人自然得调集人马，可是赶到之时，却只能见到满地的狼藉，残肢断腿。

洛阳城内，蔡伤诸人就像是从人间蒸发了一般，虽然城中的兵士四处搜寻，但仍没有他们的踪影，就是胡府，也依然没有蔡伤的行踪。

胡孟乃当今太后的哥哥，当今皇上的舅舅，自然没有人敢明着上门撒野，暗中却是有人来查询。虽然眼下假太后和蔡伤可以说是正式闹翻了，却仍不敢明着与胡府对着干，那只会更容易引起别人的怀疑，就是在皇上面前也难以交代。更何况，胡家在朝中的实力仍不能轻视。

洛阳城中昨晚发生了一起极为重大的争斗事件，望士队和宫中高手竟死伤达数十人，而敌人一个个都溜掉了，这的确让人心寒，但却并没有多少人知道真相，只知道有一批神秘的高手混入城中。

胡府受人监视，但胡孟的心情却极为平静，因为他根本不在意这些，他随时都可以轻便地离城而去，在洛阳扎根了数十年，若连这一点都办不到，那的确不配在朝中混。他也根本不会担心蔡伤的安危，的确，这个世上能留住蔡伤的人几乎没有，能杀死蔡伤的人更是找不出来，所以，他很放心。只要蔡伤未死，假太后绝对不敢太过胡来，否则只会激起逆反效果。这是谁也想象不到的后果，不过皇宫之中又增加了许多高手守卫。

蔡伤诸人出了城，而且径直上了嵩山。

到了少林寺，就像是回到了自己的家中。

蔡伤的伤势极重，但却不是致命的，这的确是一种幸运，若是刀气再深入一点，就定可以割断他的心脉，那时，即使不死也会变成一个废人。

铁异游也伤得不轻，只是当时一听说失散多年的好伙伴们全都聚在一起，一时激起了满腔的斗志，可是当逃离之后，他才发现，自己伤得竟是极为严重，几乎连走路的力气都没有了。幸亏一路上有石中天等高手照顾，而铁异游对医道也有些研究，伤势仍能控制。一路上，谈到石中天为何竟能和杨擎天诸人走到一起，无不说是天意巧合。

原来，当日游四带着诸人赶到衡水，而当时葛荣夺取衡水，就立刻对城中进行整顿和治理，将降军编排入队，对城中百姓进行安抚，虽然这些事情并不需要他亲自出手，但对城中的各乡绅富户要进行安抚和劝服，却得他亲自出马。

游四诸人赶到衡水时，已是衡水军士投降的第三天，此刻城中的一切都已基本上就绪。

万俟丑奴的到来的确出乎葛荣的意料，不过让他惊喜万分的却是已失去记忆的三子也出现在他的面前。更有可能是蔡伤亲骨肉的蔡念伤诸人也已出现，这对他来说更是喜上加喜。而万俟丑奴想要借粮一万担的事却让葛荣有些头大。要知道，军队之中若无足够的粮草，那其军只是有名无实，根本就经不起战争的考验。但出于义军之间相互的利害关系，葛荣考虑再三，只能借粮五千担，但这对于万俟丑奴来说，已经是够给面子了。

万俟丑奴也是起义军中的主要角色，当然明白起义军绝难像朝中那般，准备有足够的粮草，就是想要向百姓征收粮草都会影响军心，失去民心，这对起义军的趋势可以说是极为不利的。更何况葛荣刚刚起事不久，所需的人力、物力、粮草根本是难以估算的，在这种情况之下，葛荣仍肯借粮五千担，这是何等的看重他，何等的够义气。

葛荣当然也考虑到自己的难处，但他却是一个极有远见的人，否则他也不会早在二十多年前就开始为今日之事作准备，也不会如此疯狂地扩大自己的产业。由黑道绿林，转入明里的生意；由小生意到大生意；再由大生意向天下伸手，涉足征途政治，没有一个极大的抱负、极高的远见和魄力，绝难达到他眼前的局面。他虽然借粮五千担给万俟丑奴，却也由此提高了他这支起义军在所有起义军中的地位，提高了影响力，这个事实比什么雄辩都有力地证明他葛荣对各路义军的态度，从而更容易得到各路义军的支持。毕竟，到目前为止，各路义军并没有明显的冲突，在唇亡齿寒的战乱之中，葛荣这一招下得极稳也极准，事实证明也是如此。

万俟丑奴当然是拼尽全力为三子疗伤，在合葛荣和万俟丑奴两人的功力之下，终于还是修复了三子受损的心脉和脑脉。复醒的三子有若隔世，这才讲出那日他和众兄弟抬着蔡风赶向关内之时，却被金蛊神魔领着另外九魔和尔朱家族的高手暗算了。

原来，那次大柳塔之役，尔朱家族早就派出高手潜在附近，只是破六韩修远和卫可孤及蔡风都没有想到而已。谁知到最后仍是渔翁得利，十几人全被金蛊神魔毒倒。后来当三子讲到金蛊神魔用众兄弟试炼毒人及将蔡风炼成毒人之时，众人全都愤怒得大骂。得到这个消息后，葛荣就让诸人迅速到洛阳找寻蔡伤，免得让蔡伤多走弯路，而杨擎天诸人更是见蔡伤心切，全都赶至洛阳。

葛荣知道洛阳胡府与蔡伤关系极为密切，就让他们到胡府试探消息，由于蔡新元在葛家庄中保护胡秀玲，没跟蔡伤一起去洛阳，刚好此刻便派上了用场。那两手抓走蔡伤和石泰斗的人正是蔡新元。

蔡新元带着杨擎天和颜礼敬诸人南行洛阳，却在胡府附近遇上自南朝匆匆赶至洛阳的石中天。

石中天是听石泰斗告诉他的，金蛊神魔和祝仙梅诸人欲以毒人绝情刺杀蔡伤，而且安排有极为厉害的杀招。石泰斗很清楚绝情的可怕，是以不敢私下行动，就想与石中天会合后再一起行动。可事出仓促，还未等到石中天的到来，绝情就已经出手了，他只得拼命出击，哪想到结果仍难以挽回。

当石中天赶到洛阳之时，按照石泰斗的暗号，找到胡府，却意外地发现杨擎天和颜礼敬，本来还当是自己看走了眼，就想上前一试，结果对方果然是杨擎天与颜礼敬。只是此刻他已容颜尽毁，对方根本无法知道他是石中天。后来谈及过去的事，而且石中天已将看家本领使出，众人才真的相信石中天是真的。

十八年前，石中天从战场上杀出重围，回来搬救兵，却被无理回绝，他只好气恼地赶回正阳关，希望利用正阳关的力量解救蔡伤之围。可是谁知半途之中却发现倒于路边的陈保春，而此刻追兵已至，来人尽是好手。石中天一边护着陈保春及其抱出的二公子蔡泰斗，杀出重围的代价却是失去一条左臂，而陈保春依然回天乏术，却让他知道了正阳关的巨变。

当石中天养好伤之后，抱着蔡泰斗返回正阳关，却发现往日的将军府已易主，又得知蔡伤战死，心灰意冷之下，抱着蔡泰斗投奔南朝。他对魔门极为熟悉，知道尔朱家族为魔门一宗，就想潜身魔门，自内部策反魔门，因此不惜自毁容貌潜身魔门，并让蔡泰斗也寄身魔门。他这些年来一直潜居魔门十八层地狱，作为一把关之人。也只有这样，才能够使得蔡泰斗绝对安全。蔡泰斗之所以能够如此之快就可以闯出十八层地狱，他的功劳也不可没。而这些年来，蔡泰斗也一直跟石中天姓石，魔门中人，都当石泰斗乃是石中天的独生儿子。而前段时间，石泰斗探出了蔡伤仍活在世上的消息，而且魔门正在准备暗袭蔡伤，听到这个消息，石中天就立刻赶到洛阳，想助蔡伤一臂之力，并达成石泰斗认祖归宗的目的。当然，石中天也想与主人相聚，却不想如此巧合地与众位故人重逢，这下真是大大地出乎了他的意料，也让他欢喜无比。

颜礼敬诸人相遇石中天后，竟自其口中得知绝情要刺杀蔡伤，都大惊失色。于是石中天又说出了绝情就是蔡风的消息，这一下可真是石破天惊，众人什么也顾不了，就顺着石泰斗留下的暗号找到蔡伤的方位，可惜仍是迟了半拍。绝情已经伤了蔡伤不说，更发现暗藏了许多的望士队和宫中高手，听到元飞远的呼喝，在护着蔡伤的竟会是铁异游，这下倒真变得有些不可思议，也感到此事似乎是太凑巧了。不过诸人也知道事情很危急，众人立刻暗中解决了潜于民宅的望士队好手，从两个方向及时救出蔡伤和石泰斗。

而此刻众人逃出生天，故人相逢，那种热烈和欢畅却是难以形容的。那种死后重生的欢乐，的确是常人难以想象的。特别是蔡伤，本以为今生注定只会成为一个孤独的浪子，却没想到一夜之间，竟找回了四个最忠实的属下，也是四个最好最肝胆相照的朋友。更没想到，两个总认为死去多年的儿子突然全都出现在他眼前，这种突如其来的幸福几乎一下子吞没了他心中的忧伤和痛苦，使他磨灭了许多年的心，又复活了过来。

这幸福来得的确太突然了，突然得让人难以接受，可是这又真真切切地存在着。

由于蔡伤的心情极好，所以伤势控制得更好，使得他整个人似乎充满了活力，一点受伤的感觉都没有。这自然是因为蔡伤体内先天真气的影响。

这一路上，蔡念伤一直都守在蔡伤的身边，这对相离了十八年的父子，见面之下却不知道说些什么，抑或是根本就不知道从哪里说起，总觉得语言已经太过贫乏，太过单薄。

三子和颜贵琴一路上同行，似乎并不寂寞。恢复了记忆的三子，活泼得像只猴子，只逗得颜贵琴笑语不断。

了愿大师静静地行到一座木质小亭中坐下，望了望远处已秃尽的树林，淡淡地道："铁施主何不坐下？"

铁异游望了望了愿大师，很平静地坐下，微笑道："大师是因为圣舍利之事，才找我的？"

"不错，我找你的确是因为圣舍利之事。"了愿大师悠然道。

"我倒很惊讶大师居然能知道我怀中有圣舍利。说实在的，我对怀中之物，目前也只是在怀疑之中，并不敢确认它就是佛门舍利。佛门舍利我不是没见过，可是却从来没有见过这般巨大的舍利，在上古传说中，都未曾听说过有这般巨大的舍利。不知大师是否能给我一个好的解释呢?”铁异游毫不掩饰地道。

“其实，我在当初也感到奇怪，就是佛祖当初留下的舍利，也没有如此巨大的颗粒，而这一颗却有鸡卵般大小，或许这就是此圣舍利的特别所在。”了愿大师也有所思地道。

“大师果然与这圣舍利有关，否则也不会说得如此清楚。却不知道大师你是如何这般肯定圣舍利在我的身上呢?在我的印象中，从得到这颗圣舍利之时，从来都没让它见过光，而大师却是来自邯郸，我来自歧州，这之中的玄机，我的确悟不出来。”铁异游爽朗地一笑道。

了愿大师吸了口气道:“老衲本在邯郸元府的地窖中住了十年，直到两年前，蔡风公子闻到老衲的梵音，才闯入了地窖。老衲将悟了二十年都未曾悟透的圣舍利交给了他，因为老衲深深地感觉到他慧根深种，绝对与我佛门有缘，亦是不想让圣舍利失传。蔡公子走了，老衲依然在地窖之中静思，也不知道是佛祖显灵，抑或是突有所悟，我竟突然能够感受到圣舍利的存在，这本是西域天竺国的一种锁心术，却没想到，老衲在突然之间恍悟那是在去年清明之时，冥冥之中我感到圣舍利的存在。后来，元府的主人元浩不知从哪里知道圣舍利已经不在我的手中，也就不再对我的行动进行限制。直到上个月，我对圣舍利的感应更加强烈，那似乎已成了我心神的一部分，而且感觉到圣舍利自西而南，再自南而北向洛阳赶来，这就是老衲赶至洛阳的原因。老衲对圣舍利似有体悟，不知是否是因为圣舍利有变，抑或真是我佛显灵，我想再见一次圣舍利，经过数天的寻找，老衲很清楚地感应到圣舍利就在铁施主的怀中，或许铁施主会感到有些不可思议，但老衲实在没有半句谎言。”

铁异游定定地望着了愿大师，良久才回过神来，叹了口气道:“若非是大师，我的确是不敢相信这世间会有此等异术，不知道大师所说的梵音可是曾在洛阳让我家三公子心神受制的乐音?”

“不错，那的确是梵音，也是佛门音律的最高境界，那是最耗心神的一种，但却可以使万邪顿悟，杀意尽消。梵音在天竺瑜伽奇术中排名第四，却非任何人都可以用的，就是老衲修习了数十年，也只能够用一次，自此便无力再以梵音制邪了。”

“大师是从天竺国来的吗？否则怎会知道如此多的天竺秘术？”铁异游有些惊讶地问道。

“那倒不是，我师祖乃是慧持大师，当年慧持大师曾西行，相交于天竺国的异人，因此，我懂一些天竺异术并没有什么值得奇怪的。”了愿大师双掌合十道。

铁异游立刻肃然起敬，想不到眼前这干瘦的僧人乃是百年前白莲社净土宗六大神僧排名仅在慧远之下的慧持大师之徒孙。慧远的宗教活动对于后世有深远影响，只是净土信仰念佛结社。这个在后世称为白莲社，慧远因此成为中国净土宗的开山之祖。这种结社始于元光元年（公元四〇二年）七月，在慧远的主持下，刘遗民等一百二十三人，同在庐山般若台精舍无量寿佛像前举行斋会，发誓往生西方，由刘遗民撰写发愿文，其文云：“唯岁在摄提（摄提指寅年）秋七月戊辰朔二十八日乙未，法师释慧远贞感幽奥，宿怀特发，乃息心贞信之士一百二十三人，集于庐山般若台精舍阿弘陀像前，率以香华，敬荐而誓焉。”

“那这圣舍利可是慧持大师的遗物？”铁异游问道。

“不，这圣舍利乃是老衲祖师伯慧远留下的，这之中经过了许多反复的波折，才传到老衲手中，个中详情也很难一一对铁施主叙述明白，我想蔡伤蔡施主应该会很清楚。刚才我听戒痴师侄说，蔡施主乃是烦难师兄的弟子，乃是属我祖师伯的嫡系，对这之中的情由相信定会知之甚深。我刚才似有所悟，这颗圣舍利对唤醒蔡风被锁的神志会有很大的帮助，只是我仍难以想到其奥妙所在而已。”了愿大师淡淡地道。

“啊！”铁异游禁不住一阵惊讶，蔡伤乃是慧远嫡系，他可还是第一次听说。而且怀中的圣舍利还与蔡伤有着极深的渊源。

“铁施主可否告诉老衲圣舍利是如何传到你手中的？难道是蔡公子交给你的？”了愿大师有些难解地问道。

“我对这圣舍利的过去根本就不曾知道，也非我家三公子交给我的。在我南行之前，根本就不曾想过绝情就是我家三公子，对于他是否成为毒人，只是稍稍有些怀疑。所以，在我的印象之中，圣舍利应该不会与他有很大的关系。因为，即使圣舍利在他身上，金蛊神魔在将三公子炼制成毒人之时，定也能够察觉圣舍利的存在，岂会还能够留给三公子？不过，这颗圣舍利倒的确与三公子有一种极为默契的巧合。”铁异游淡淡地道。

“此话怎讲呢?”了愿大师神情极为认真地道。

铁异游吸了口气，淡淡地讲了一个连了愿大师都觉得玄异莫名、更不明所以的经历。

原来，那日在朱家村和唐家村为蔡风选好了河神庙的地基之后，所有的人全都投入了忙碌之中，而铁异游却独自返城。

天气极好，到了黄昏之时，集市仍未曾散去。时值莫折念生的大军败退，附近的战况极为和缓，因此，各镇上的村民也便很迟才罢市。

铁异游回到镇上，一路思索着绝情那几卷药典之上的笔迹，以及那种超凡入圣的武学，心中始终涌动着对黄海的思索，他也很难理解，绝情如此年轻为何有如此可怕的武功？那种踏浪而行的绝世轻功，若非有深邃难测的功力，绝对无法达到绝情那个样子。即使当年的黄海也不会达到如此境界，所以对于绝情的真正身份，铁异游感到很可疑。

思忖间，一阵争吵声惊醒了他，却是卖鱼的柳叔与他的儿子愣三。这两人平日里与铁异游还算熟络。

柳叔正拉着愣三，劝说道：“儿子，你不能杀它，说不定真是河神爷的坐骑，你若杀了它，河神爷一怒……”

“爹，你尽听陈三瞎说，什么河神爷，全都狗屁！鱼就是鱼，我就不信它还会变出个什么花样来。”愣三不服气地道。

铁异游心里有些奇怪，不知道他们说的是什么东西。不过，他却知道愣三是个极为倔犟之人。

“咱们河里从来都没有见过如此大的鱼，我活了这几十年，也还是第一次捕到这么一条……”

“我们好不容易才捕到它，已撕碎了我们几张好网，若不杀了它，实在难泄我心头之恨。爹，你别拉我，如果没人买，我就将它剁成一块块卤着吃。这种大鱼，卤着吃最好。”愣三倒也不愣，打断他爹的话，一把掀开几片大棕叶。

铁异游也大为心惊，他眼里出现了一条极大的鱼，竟有七八尺长，被绑在板车之中，鳃旁还渗出几缕血丝。

“哇——柳叔，你们怎么弄到这么大的一条青鱼?”铁异游禁不住打了声招呼道。

“哦，是尤大夫，你来得正好，愣三不听劝告，定要将这鱼剁了，你来劝劝他吧。”柳叔似发现了救星般向铁异游呼道。

“怎么了？这么好的家伙没人要吗?”铁异游不由得微微有些惊诧地问道。

“本来要买的人很多，可是后来被陈三那小子从中搅和，说这是什么河神坐骑，谁吃了它谁就要被河神责怪，谁就要倒霉一辈子，因此所有人都不敢买了。直到这刻还没有着落，只好将它剁了自己吃了。”愣三愤愤不平地道。

“陈三说得也没错呀，咱们河里从来都没见过这般大鱼，即使有大的，也不过三五十斤重，可这条鱼却足足有一百五六十斤重，我这么几十年来别说是第一次见过，就是听也是今日才听到，想都没想过会有这么大的青鱼。这定是河神的坐骑，若是我们杀了它，岂不是得罪了河神?”柳叔反驳道。

铁异游曾在南方生活过许多年，像这么大的青鱼倒也是第一次见到，但比这大的鱼却是没少见，特别是在海边，这种大鱼更是司空见惯，也不以为异。况且，他今日在唐家村和朱家村见众人要为绝情立河神庙，对这河神之谈，只是一笑置之。他根本不相信这个世上会有什么神仙鬼怪之类的，否则他也不会如此不屑一顾地对待那神婆了。

“什么得罪河神，这家伙冲破了我三张好网，差点把我的渔船也弄翻了，顶多只能是个水怪、妖物罢了，我们岂能便宜了它？我倒要让陈三看看，我吃了它的肉，会不会有什么事。”愣三倔犟地道。

“柳叔，不用着急，这鱼就是鱼，与河神什么的根本搭不上半点关系，也不必担心什么。朱家村和唐家村正在立河神庙呢，河神我见过，他还让朱家村和唐家村和好了呢！你们不如拿着这条大青鱼去祭祭河神，若是他的坐骑，就还给他；如不是他的坐骑，也算是对河神积德，如此岂不是更好?”铁异游笑着道。

“什么?朱家村和唐家村和好了?这怎么可能?”柳叔和愣三都有些不敢相信地道。

“不相信是吧?那你们到两村走走便知道了。”铁异游笑道。

“是呀,河神我见过,好年轻,可以踏着波浪行走,可以飞来飞去,连箭矢都射不到他,那可真是神呀!”一旁突然插出一个声音来,却是一个刚从朱家村回来的人。

“德山,你真的见过河神?”柳叔和愣三怀疑地问道。

“千真万确,我怎会骗你呢?朱老太爷和唐老太爷也相互握着手含笑而逝,人们还分不开他们的手呢!河神就让两村之人做一个大棺材将两人合葬于唐家村的祖山之上,当时的情况可真是激动人心呀!可惜你们没看到河神的英姿。不信你们可到唐家村和朱家村去看看,那不就知道了?”被称作德山的汉子充满仰慕之情地道。

“那你怎么这么快就回来了?而不等到朱老太爷与唐老太爷葬后再回?”愣三疑问道。

“明日河神庙就动工了,我是回来把我家里的人全部叫去,好积点阴德,将来河神保佑我多生几个儿子。”德山认真地道。

柳叔和愣三相视望了一眼,又望了望铁异游,自语道:“看来还真有这么回事。”

“自然是真有这么回事了,尤大夫说得没错,我看你们捞到这条如此大的青鱼,八成是与河神有关,明日不如送去祭河神好了。”德山认真地道。

“尤大夫在这里正好,明日就让尤大夫带你们去好了,听唐家村人说,尤大夫与河神关系极好。”德山又补充道。

“是吗?尤大夫怎么不早说呢?”柳叔似乎怨责道。

“现在说也不迟呀,河神的确与我关系还行!”铁异游笑道。

“那明日就由尤大夫帮忙,与我们一起将这条大青鱼拿去祭祭河神好吗?”柳叔有些渴望地道。

“如果你爷儿俩愿意的话,我也不妨为你们跑一跑。”铁异游极为轻松地道。

"那太好了！明日一早，我就来喊你老人家。"愣三也欢喜地道，显然他对铁异游极为信任。因为铁异游以尤一贴之名在城中行医，知名度极高，人缘也不错，愣三对他向来是礼敬有加。

翌日，愣三果然一大早就来喊铁异游了，可当铁异游和柳叔及愣三三人赶到唐家村时，绝情竟已走了，村中人虽然极为惋惜，但谁都没办法。知道绝情走了的只有姜成大和姜小玉两人。当众人知道绝情走后，已经没有办法找回了。但众人对铁异游和柳叔送来的巨大青鱼却极感兴趣，这些小村庄中人近百年来都没见过如此大鱼，即使是村中年龄最大的老者，也是如此。这下众人可真将大青鱼当作是河神赐的，而且送来的如此之巧，与河神庙选址的时间相吻合，更与河神显法是同一天。这使得村人更加确信河神的存在，甚至有人怀疑，唐家村和朱家村之所以不和，定与这条大青鱼有关，这数代来，朱家村和唐家村都不能和睦相处，就是这条大青鱼在作怪，而河神一显身，一施法，这青鱼精就被人所捕，可见河神是多么神通广大。

这条大青鱼倒真似有数百年的年龄，也不知道它生活了如此长的时间怎么也不会老死，一条青鱼能够活这么久的确是罕事和异事。

鱼能有这么长的寿命的确少有，而青鱼更是少见，除非是异种。因此这些人的怀疑和推测似乎也真是有理有据，像模像样。说到最后，就是铁异游也差点相信这条青鱼就是一个十足的异物，是使得两村不睦的罪魁祸首。于是两村之人全都到场，还有许多由附近村镇慕名而来的乡邻，参加了这场别开生面的大祭典。

由神婆宣读祭词，一阵乱跳之后，村中之人推选出由河神最亲密的人姜小玉操刀杀鱼，以示众人对河神的一种敬意。可是姜小玉却从来未曾沾过血腥，因此不敢杀，后来就推铁异游操刀。

铁异游却没有这般顾忌，他操刀的手法之高明，当然不是这些村人们所能想象的，就连那剁了几十年肉的屠夫也自叹不如。铁异游竟将这条大青鱼的鱼刺整条给擦得干干净净，青鱼之肉，一块块地堆在神案之上。这种将鱼刺完整地脱落之技的确神乎其神。鱼肉全部被割下之后，只剩下一具完整的鱼骨架子。这前后的过程，只不过用了几口茶的时间，而在铁异游剖开鱼腹时，却发现了一异样的东西，在鱼血之中依然亮晶晶的，似乎与血腥格格不入。那东西大如鸡卵，刀剥之不破，以铁异游的眼光，知道这绝对是颗异物，也就在众人毫不知觉的情况之下，将其纳入自己袖中。由于铁异游的动作的确很快，众人只见到血肉横飞，而不知铁异游到底出了多少刀，也不知道铁异游自鱼腹中得到异物，他们甚至根本不知这异物的存在。

铁异游神奇的刀法，的确让所有人都惊呆了，唯有姜小玉和姜成大在昨日见过铁异游的武功，并不惊讶。

铁异游当时并不知道鱼腹之物是什么东西，只是回到家中，在典籍中才发现这颗鸡卵大的东西并不是什么真元或是什么内丹之类的，而是像佛经中记载的圣舍利。但他却难以想象有这么巨大的舍利，更不明白这颗不知名的东西怎会藏在鱼腹之中，难道这真是一条青鱼精？后来他在绝情走后的第十天，就离开了小镇，再入中原。在这十天中，铁异游传了姜小玉一些基本的用药方法。姜小玉因与绝情在一起十多天，每天都上山采药，加上铁异游稍作指点，也对医道粗通皮毛。铁异游在临走之前，又将姜小玉介绍到另一位老大夫的门下。

当铁异游赶到江南建康时，绝情说黄海最后一次出现是在萧衍的皇宫之中，而铁异游知道黄海的师妹叶倩香乃萧衍的妃子，就直闯入西宫，从叶倩香的口中得知黄海已经出宫，同时也得知蔡伤的存在与魔门的消息，于是他就潜入了平北侯府，最后探听到绝情会去洛阳刺杀蔡伤的消息，就匆匆赶到了洛阳。

铁异游在讲到南行建康之时，省去了与叶倩香见面的一节，因为叶倩香叮嘱他不要向任何人提起。当年铁异游与天痴尊者有些渊源，而又是黄海至交，与叶倩香自是极熟。

了愿大师听完这些，也大为惊讶，不明所以，他也想不到圣舍利怎会出现在鱼腹之中。

铁异游从怀中掏出那鸡卵般大小的晶块，问道：“大师所说的圣舍利，就是这一颗吗？”

了愿大师眼中露出一丝虔诚之色，双掌合十，认真地道：“这正是我祖师伯留下的圣舍利。”

“真是奇怪，它怎会藏在鱼腹之中呢?”铁异游大惑不解地嘀咕道。

“老衲也想不明白其中奥妙所在，但这的确是圣舍利，不会有错。”了愿大师眉头微皱，不明其中缘由地道。

其实，不要说他们想不明白，就是任何人都会想不明白。当日绝情坠入河中，由于在河中弄散了莫折大提头上的发髻，使得那藏于头顶的圣舍利掉入河中，而那条大青鱼正是嗅到血腥才追上来，可当快追上绝情之时，绝情却被姜小玉与她父亲救起，而那颗圣舍利却被大青鱼吞入腹中。

要知道，圣舍利乃佛门至宝，即使任何普通人物都会感觉得到，而动物的嗅觉比之常人却是更胜一筹。更何况那条大青鱼的确也是种异物，竟也知道圣舍利所蕴藏的天地灵性，因此就毫不犹豫地将之吞入腹中，才会使得人们难以置信。那是因为他们根本不了解这之中的前因后果……

葛荣以衡水为中心，顺着滏阳河向两端扩展，起义军的队伍有如滚雪球一般，越滚越大。

葛家庄的秘密高手更是四处出击，狙杀、暗杀朝中命官，使得起义军附近的各城中每个稍有声势之人，都人人自危。更可怕的，却是那些被鼓动的百姓，乱子天天都有。

游四可能算是极忙极忙的一人，葛荣每天处理的事情太多，很多都忙不过来，游四便为之打理，为之代办。在义军之中，游四的确已成为了中心人物，而薛三和裴二却负责安排各路高手刺杀的事件。

杜洛周的势力也似乎是越来越猛，已于数月之间，就攻下了七八座城池，几乎可以垄断北方的路段，但杜洛周却绝不会对葛荣与北方通商的关卡有任何阻挠，那样对谁都不会有好处。更何况葛荣此刻的声望大增，就因为借给西方万俟丑奴五千担粮草，而且两人此刻已经同气连枝，合力抗敌。在所有义军之中，也只有这两路义军可以迅速相互援助，尽管两人之间的矛盾冲突只是迟早的问题，但却不是眼下。

在表面上，或许杜洛周与葛荣之间平静得很，但只要稍懂局势之人，就会知道事情绝不是如此简单，即使葛荣与杜洛周自己也都清楚明白这之中的利害关系。

杜洛周需要南下，而葛荣正是他南行的最大障碍。当年曾有刘备借荆州之史，葛荣岂会如此大方地放开城门让杜洛周的大军大摇大摆地南行？若是葛荣不让出道路，那杜洛周必须领军西侵，翻越太行，攻入山西，可这几乎是不可能的事情。太行虽然可作为一个很好的屏障，可是也同样是一种阻碍，辎车和军备粮草极难运送，更可惧的却是将战线拉得太长，攻入山西之后，葛荣会乘机而入，夺去北方的各个重镇，将使得杜洛周成为一群流窜的残军，这的确是不能不考虑的问题。因此，摆在杜洛周眼前的矛盾，就是如何让葛荣腾出道路。

葛荣也深明其中道理，他也知道与杜洛周之争已是势在必行，抑或是迫在眉睫，这些日子以来，他一直在思量着这一件事情。因此，他才会要在今日作下一个决定。

他派人召来了游四和薛三，这的确是两个可以分忧解难的好帮手。

游四和薛三似乎也感觉到了一些什么，因为葛荣此刻显得那般平静，往往葛荣在平静的时候，只有两种可能，一种就是高兴，一种就是有很重要的决定。

他们知道今日的葛荣并不是高兴，因为在他那平静的眉头上微微显出了一丝无奈。

“庄主有什么吩咐吗？”游四依然习惯于“庄主”这个称呼，这样似乎更为亲切一些，而葛荣也很喜欢听到这种称呼。

葛荣吸了口气，抬眼望了望游四和薛三，淡然问道：“你们以为眼前我们所面临的、必须解决的问题是什么吗？”

游四和薛三不由得一呆，他们也不明白葛荣意指何事，这种没有边际的问题，令人的确有些犯难，因为对于一支刚刚兴起的起义军来说，所面临的问题的确太多。

“庄主明鉴，眼下我们必须解决的事情，应该是将士们的冬衣，天气一天天地冷了下来，而仍有很多将士处在寒冷之中，这可能很容易削弱将士们的战斗力，甚至动摇军心。”游四想了想出言道。

“嗯，这的确是个必须解决的问题，目前有多少将士无过冬之衣呢?”葛荣淡淡地问道。

“对于战士们的冬衣不能太过华丽，要朴实而耐用，且更能抗寒，最好的就是棉衣青布。而在各地的布庄之中，这种类型的棉衣只能找出两万来套，我已叫人赶做了，应该还差数万套冬衣，这可不是一个小数目呀。”游四回应道。

“好，有两万多套想来也不会差多少，因为很多家人都给他们上战场的亲人送来了冬衣，或是有些人已经准备了过冬的衣物。这样，没衣过冬的人并不是很多，明日你们去查一查，将具体没衣过冬的将士清点成册，再按单分衣。不过，我们仍要再多准备数万套冬衣。”葛荣认真地道。

“还要多准备几万套?”游四和薛三不由得微愕，不解地问道。

“不错，我们不仅要让我们的将士都有棉衣穿，还要让更多的人有棉衣穿。”葛荣意味深长地道，眼神之中显出狂热之情。

“我有些不明白，即使再有很多人投军，也用不了这么多的冬衣呀?”游四疑惑地道。

“哦，难道庄主想以冬衣来吸引更多的人投军?”薛三似有所悟地出言道。

第八十四章　谋夺天下

葛荣神秘一笑，毫不掩饰地道："若说财力、物力，我葛家庄虽然富有，但是与朝廷相比，仍有很大的差距。若是几件棉衣就能够吸引更多的人来投军，我看我们根本不用打了。因为，天下所有想参军的人，肯定全都为朝中效命了，他们定比我们的棉衣更多。"

薛三和游四想了想，道："我们还是想不出要这么多棉衣究竟有什么用途。"

"好了，这个待一会儿再说吧，还是说一说我们必须解决的几个问题吧。刚才只说了一个怎样让将士过冬的问题，可还有很重要的事情需要解决，你们就没想到吗?"葛荣道。

"对，我们所需要解决的问题的确很多，我们必须尽快打开通到海边的道路，以保证让南朝的战备及时送到，并得以保全。"薛三附声道。

"这是一个问题，所以目前我们的主要攻击力不是南下，而是东夺，这个是战略上必须做到的，只有一边是无尽的大海，我们才可以取得无尽的资源，也可以减少许多后顾之忧。使我们这一面的压力大减，就要少费许多心神与精力。"葛荣肯定地道。

"说到后顾之忧，我看杜洛周仍是一个隐患。虽然到目前为止，我们仍没有正面冲突，可因为许多利害关系，使得我们不能不作一个正面交手，这是迟早的问题。而杜洛周比官兵更可怕的却是，他们知道我们与突厥人的交易，也就很容易卡断我们这条通向北方的道路。若真是那样的话，那么我们损失的就是一种难以想象的财富。杜洛周是一个极富野心之人，他要南下，而我们就成了他的障碍，对我们出手只是迟早的问题。"

游四微微有些担心地道。

“对，阿四说得很对，庄主，先下手为强后下手遭殃，我看我们不能将先机让给杜洛周，那样对我们绝没有什么好处。”薛三附和道。

葛荣的神色显得极为平静，微微笑了笑道：“今日，我就是要告诉你们这件事。”

“庄主英明，原来早就想到了这件事。”游四和薛三同时恭敬地道。

“其实，我一直都没有告诉你们，这也是我二十年来的一个最大伏笔。你们知道葛家十杰中的老大是谁吗?”葛荣吸了口气深沉地道。

游四和薛三相视望了一眼，茫然地摇了摇头。的确，那一直是一个谜一般的人物，在所有外人的心中，皆以为“十杰”这个行列中的成员都知道得很清楚。其实一直以来，十杰中的大杰一直都是一个谜。就是游四与薛三这等深得葛荣信任之人，也无法知道大杰究竟是谁。此刻葛荣提起，让两人心中起了一种怪异的感觉。

“杜洛周就是十杰中的杜大，早在很多年前，我就知道破六韩拔陵这个人的存在，而且是个极为厉害的人物，野心十足。于是我就派杜大去了北方，他是个极为优秀的人才。所以，我让他去北方给我打下一片天空来，而我则负责南方之事。他并不是我训练出来的人，因为在二十年前，他就已是北方一个了不起的好手，只是后来投入我的门下，这些年来的所作所为非常不错。后来，破六韩拔陵起义，他入军也是我的布局，而破六韩拔陵却始终蒙在鼓中，真是可怜又可笑。风儿为我出的那个点子，为我设下的那个计划的确很妙，再加上杜洛周又有心促成这种局面，阿那壤才会如此快就接受了朝廷的借兵之议。而后来，杜洛周出兵塞北也是我加入风儿计划中的一步，有了风儿的计划，又有了杜洛周的出手，这一切的确很顺手顺心，几乎没有什么意外。直到后来，杜洛周起兵上谷，仍在我的计划之中，可是其后石离、穴城、斛盐三地驻兵响应，合众二万，归于杜洛周旗下之后，又有幽、定两州列入旗下，杜洛周却心生自立，再也不愿意接受我的提议，甚至想杀死我，只是他知道自己仍没有那个能力，才不得不对我表面上礼敬有加，可是他羽翼已丰，的确不会对我有太多的顾忌。近来，应该是他向我开刀的时候了。”葛荣很平静地吸了口气，眼中神光暴闪。

游四和薛三不由得大为愕然，哪想到杜洛周竟是十杰老大，而且破六韩拔陵一直都在葛荣的算计之中，至死都无法明白其中的真相，倒是可悲。两人的心中也生出一种异样的感觉，眼前的葛荣似乎更深邃得让人难测，心思之深沉实非常人所能及的，让人心寒。但对于游四与薛三来说，他们内心深处虽然有些敬惧，可更为欢喜，为葛荣的智谋而欢喜，谁都想跟随一个明主，而这个人必须有大智大慧，且心地宽和，而葛荣此刻表现出来的智慧和他平日的性情，使得深深明白他的游四与薛三斗志更加高昂。

“你们是不是感到很惊讶?”葛荣笑问道。

“的确有些惊讶，实在没想到杜洛周也是我们中的一员。那庄主现在准备与他动手吗?”薛三并不否认地道。

“交手是一定的，但我不想让渔翁得利。因此，我们进行的是没有大场面的战争。”葛荣出言道。

“那我派人去暗杀他。”薛三沉声道。

“他不是一般人，他的个性和心机我很明白，想暗杀他比暗杀破六韩拔陵更难。”葛荣深沉地道。

“对了，庄主还记不记得高欢这个人?”游四突然插口问道。

“高欢?”葛荣想了想反问道。

“不错，高欢和尉景。”游四重复道。

“我记得，在大柳塔之行中有这么一号人，他们还是风儿的好朋友，是速攻营中的人物。看他们的才智，应该还是个人物。”葛荣淡淡地道。

“这两个人并没有再留在朝廷的军中，而是反投入了杜洛周的队伍。”游四道。

“哦，他们怎会投入杜洛周的队伍呢?是不是有什么图谋?”葛荣若有所思地道。

“不，他们与尔朱荣之间有怨，所以才会反出尔朱荣的队伍，加入杜洛周的队伍。而这两人是很记恩的人物，因为风少爷曾救过他们两人的性命，又与属下有过一段交往，知道庄主乃是风少爷的师叔，所以，他们愿意为庄主效力，只是我仍未来得及向庄主说明而已。”游四解释道。

“哦，那这样就好办多了。”葛荣喜道。

“只要高欢和尉景两人作内应，以他们的武功和才智，想要刺杀杜洛周并不是一件什么很难的事情。”游四充满信心地道。

“那这件事就交给阿四去办好了，务必要兵不见血为上。但若是需要任何帮助，尽管提出，杜洛周是志在必杀！他对我的事情知道得太多了，留下来始终是一只后患无穷的恶虎！”葛荣狠声道。

“可是杜洛周部下仍有很多将领，若是杜洛周一死，他们立刻取而代之，统领剩下的义军，岂不是让我们多了一个死敌吗?”薛三担心地道。

“是呀，三哥担心得没错，若是杜洛周突然死去，而他的部下又没有得到更保险的处理，必会变得更难以控制，这对我们的大局可极为不利。”游四附声道。

“这一点你们不用操心，只要杜洛周一死，其他人就不足为惧，而且其局势我们定能全盘控制！”葛荣极为自信地道。

游四和薛三很明白葛荣的性情，若是没有八成把握，他绝不会说出这样的话来，既然说出了这些话，自然已经有了足够的安排，他们也不会再多问什么。

“对了，庄主，我看鲜于修礼也是个危险人物，最近他的活动极为频繁，主要是拉拢破六韩拔陵的旧部，我看他也大有可能会揭竿而起，而他所处的地方却与我们不远，若真揭竿起义的话，对我们恐怕也会极为不利，说不定成了另一个杜洛周也不为奇。”薛三像是记起了什么似的道。

“那就让我派人去干掉他，这样岂不一了百了？省得日后麻烦不断。”游四出言道。

“不，鲜于修礼也不是个好惹的主儿，我们要杀他自是易如翻掌，可这样定会激怒许多破六韩拔陵的旧部，更会影响我在江湖中的声誉和地位。若是在我没有起事之前杀了他，绝对没有人会说什么，但此一时彼一时，小不忍则乱大谋，我们不仅不能够杀他，而且还要小心地保护他。”葛荣神秘地一笑道。

“保护他?”游四和薛三不由得相顾愕然。

“不错，我们不仅仅要保护他，还要助他成事。”葛荣肯定而坚决地道。

游四和薛三有些不敢相信地望着葛荣，却不知道该如何发问。不过，他们知道葛荣定会告诉他们，因为他们太了解葛荣了，或许，他们对葛荣根本就是全不了解。

“我们要保护他，助他成事，但却不能让他知道。”葛荣又道。

游四和薛三似乎想起了什么，不由得问道：“庄主想用他来对付杜洛周的人马？”

“错！我想他成事之时，杜洛周应该已不在这个世上了，用他对付杜洛周之说，全不在理，也不是好办法，那样只会让朝廷捡个便宜。这种傻事，我们绝不能干！”葛荣道。

“属下不明白这之中究竟有何玄机？”游四和薛三都有些迷茫地道。

葛荣微微得意地一笑，道：“其实这之中道理很简单，我们的大军对他所在的地方及他周围的几个城池不加攻击，给鲜于修礼发展的空间，我们助他成事只是一种手段，他一旦成事，定要先对我们未曾攻下的城池进行攻击，而当他将这些城池攻完之后，那他的价值就利用完了，也即是他丧命之时。若那时我们能顺理成章地将他的部下接管过来，这是不是一件很有意义的事情呢？”

游四和薛三不由得恍然大悟，欢声道：“好计划，通过他，自可以更大地潜挖破六韩拔陵的起义队伍中降军的力量，也更大范围地招来兵马。只要能顺理成章地接手他的起义队伍，那我们的力量的确会大增。”

“但这个布局必须小心，我不想养出一只真正的猛虎来。”葛荣肃然道。

蔡伤没有死，石泰斗背叛的消息传到南朝，祝仙梅和韦睿差点气得疯了过去。一直都是他们在算计别人，却想不到如今竟被别人要了这么一回，真想立刻赶到北魏将石泰斗碎尸万断！

只可惜，蔡伤连影子都没见到一个，洛阳城内，他就像是几颗小水珠一般被蒸发掉了。更糟糕的却是洛阳唯一与蔡伤有联系的胡府，竟在一夜之间人去楼空，踪影全无，这更为洛阳城增添了几许神秘莫测的气氛。明白人眼里，自然会猜到胡府的失踪与洛阳城中的惨案有关，否则的话，胡孟也不会在这个时候递交辞呈，胡府之人的失踪与惨案会如此巧合。

胡府撤出洛阳，竟是在宫廷高手的眼皮底下进行的。朝中的监视似乎根本就不起任何作用，甚至还不知道胡孟究竟是从哪条路撤走的。

魔门之举似乎是招招失算，招招受制，就连一向镇定如恒的金蛊神魔也异常心烦恼怒，铁异游竟让绝情受伤而走，这几乎是不可能的事情！更让人头大的却是，消失于江湖多年的华阴双虎重出江湖，那曾有蔡府智囊之称的石中天也在这一刻出现于江湖。有如此多的高手相助，蔡伤岂不又成了二十年前不可一世的蔡伤了？这种后果谁也难以想象！

今日的蔡伤更可怕，他再不会有任何的顾忌。二十年前的蔡伤还有一个皇上不敢得罪，可今日却不同，若是他决意要对付哪一个人的话，就会毫无顾忌，放手大胆而行，其后果就难以预料了。

而石中天更曾在魔门待了十数年，对于花间宗的一切都几乎了若指掌，有这样一个人相助蔡伤，花间宗还有幸存之理吗？

现在魔门首先要做之事，就是将一些需要转移的目标尽量转移。对于蔡伤，未能让其死去，就得提防他疯狂的报复，这是一种必须的措施。令祝仙梅诸人最担心的，仍是蔡伤根植于南朝的力量，若是假太后被蔡伤所杀，抑或是解药无法研制出来，他们则会满盘皆输，这对于南朝的魔门势力打击之大，则是难以想象的。

金蛊神魔此刻竟有一种极深的自豪感，因为他知道，南朝魔门的力量至少有一半要靠他去挣回，这解药的研制尤为重要，是以这段日子，祝仙梅对他几乎是百依百顺，倒也让他快活如神仙。但他也明白，南朝魔门的成败与他的成败关系也极大，他不能不去尽力，值得庆幸的是，他竟在五天之中将那颗解药的药性尽数化验出来，虽然仍不能完全制出解药，但配出压制毒性的药物也不是一件难事。这倒让祝仙梅和假太后放心了不少，至少知道生死并不是不可逆转的。

金蛊神魔心下也不由得骇然，因为他从来都未曾用过如此长的时间才明白其药性。能够炼出此种毒药的人，恐怕已达到陶弘景那种级别了，否则绝对无法达到这种效果。虽然测出了药性，但金蛊神魔暗地里仍不得不叫声好险，想到这个制毒的高人，不由得想起天外有天之说。当初他曾夸下海口，声称定能解开天下一切有关“毒”的东西，而眼下差一点就无法破解，虽然测出了解药的药性，但若要配制却又有许多麻烦了，药物的用量绝不能有丝毫的差错，哪怕一钱都不行，这的确是一件让金蛊神魔头大的事情。而且，即使能够按照药理配出解药，也只能够管用三个月，而三个月后又怎么办呢？不能断根的解药，毕竟还不是一个很好的结果。不过，祝仙梅对此也极为满意，金蛊神魔对毒物的认为毕竟没有让她失望。

昌义之和韦睿极忙，刘家准备将女儿南嫁，甚至已定好了日子，在过年之前要嫁入萧家。而眼下已是十月，离过年只不过很短的时间，从北朝至南朝，这数千里的路程，单说赶路就要近月，因此，刘家嫁女已是迫在眉睫了。这之中的一切都得尽快安排，因此，蔡伤的事，他们根本就顾不上。

刘家嫁女，应该算是一件极大的事，可是，这一切似乎都在暗中举行，没有请宾客，没有过多的烟花爆竹，甚至连广灵城中之人都不知道刘家是在嫁女。

那一天，从刘府之中行出一列商队，长长的商队竟有数百米长，光马车就有近十辆，另外是一箱箱的货物，也用马车拖着，只是全都用毛毡盖了起来，没有人知道这其中究竟是什么。

这样一条商队，近十年来都很少见到，但广灵刘府，乃是四大家族之一，拥有这样的商队，根本就没什么值得大惊小怪的。随着商队而行的，更有数百官兵，马上马下，行色极为壮观。

尔朱荣最近的心情极坏，那是因为尔朱追命丢了一件东西，追命却追不回自己的命，万俟丑奴竟偷走了尔朱追命的脑袋，这的确是让尔朱家族大为震怒的事情。

尔朱追命被列入尔朱家族四大高手之一，其武功绝对不是普通人物可以想象的，只是这次在重伤未愈之下被人取走了脑袋，与刘家不无关系，但却没办法怪罪刘家，刘家的牺牲也已经够大的了。为了对付南朝，刘文才连最钟爱的女儿也送了出去，尔朱荣还怎能怪他呢？在这段日子中，先是尔朱推浪之死，再是尔朱追命与他身边的几个高手之死，弄得整个尔朱家族都蒙上了一层阴影。

葛荣借粮五千担给万俟丑奴，这本来倒是一个最好向万俟丑奴报复的机会，但却坠入了葛荣与万俟丑奴合布的一个陷阱之中，弄得损兵折将，铩羽而归。结果，粮草依然很安全地送到西部起义军的手中，这的确够让人泄气的了，可是这也是徒呼奈何之事。因此，尔朱荣近来的心情极为不好，而朝中对他的事情也是不冷不热，近来太后对尔朱家族更是什么都不热心，没有太后的支持，一切事情都变得棘手起来。

蔡伤的伤势好转极快，这不仅仅是因为他体内的真气起着微妙作用，更是因为他的心情极好极好。这段日子以来，蔡泰斗与蔡念伤全都守候在他的身边，更有颜礼敬诸人的细心照顾，使得他伤势好转得异常快速，就是连他自己也觉得有些奇怪。不过，这却是他十数年来最开心的一段日子。唯一的心事，就是蔡风！

蔡风没有死，对于他来说却是极大的振奋。可是蔡风却成了一个失去了记忆的毒人，成了别人的杀人工具，却让他大伤脑筋。但只要人没有死，这一切就会有希望。

以蔡风眼下的武功和功力，即使是蔡伤在斗志和体力最旺盛之时，也不一定就能胜过他，最后的结局必定是两败俱伤，那对于他们父子两人来说，岂不是太过于残忍了？

从三子的口中得知，天下间唯有陶弘景可以解开毒人的禁锢，找到陶弘景出手，并不是一件很难的事，但怎样将蔡风送至南朝呢？怎样让蔡风好好地合作却成了所有问题中最难的。因为天下已经没有任何人可以擒住蔡风，即使以多为胜，其结局仍然会是令人难料的。蔡风有足够的能力逃走，而且找到蔡风的下落也是一个问题。

铁异游和了愿大师向蔡伤谈到圣舍利的问题，蔡伤才记起了愿大师那神秘莫测的乐音，心中又充满了希望和斗志。

“大师那日所奏的乐音，似乎是我佛门中的一门极为高深的武学，却不知道大师可否再助我抓回逆子呢?”蔡伤开门见山地道。

“阿弥陀佛，出家人以慈悲为怀，能拯救一条生命脱离苦海，乃是我分内之事，蔡施主何必客气?”了愿大师神情极为安详地道。

“那蔡伤就在这里先谢过大师了。”蔡伤客气地道。

“你我先祖同为净土信仰之辈，源出一门，不必如此见外。”了愿大师恬静地笑道。

“大师有所不知，我师祖虽出于净土宗，但却将我师父逐出门墙，我师尊虽然后来皈依佛门，却也不能算是净土弟子，因此，我也不能算是净土宗人。是以，我现在归还俗家，若在礼节之上有错漏之处，还请大师勿怪。”蔡伤极为平静地道，神色间也极为安详。

“哦，原来是这样，令师烦难大师确是世间奇人，居然能荣登天禄，成就直追祖师爷慧远，实为我辈中人之楷模，若是早将这颗圣舍利交给他，相信眼下定不会是这个局面。唉，老衲来迟了。”了愿大师感慨地道。

“因果循环，早有定数，大师何用感慨?悟通天道固然是好，而这颗圣舍利或许另有有缘之人也说不定呢!”蔡伤出言道。

“老衲入相了。”了愿大师双掌合十闭眸道。

“大师的确着相了。世俗万物皆魔障，入眼即为定，圣舍利也为物。要悟通舍利，就必须先忘记舍利，万物皆空，舍利亦如此。若大师老记着它是先人的圣物，那么大师定会着相，着相则万魔生，因此，永远也无法悟通舍利之精义。”蔡伤淡淡地道。

“老衲受教了，真是惭愧，老衲妄参数十年的佛学，竟仍无法悟通这个道理。老衲一直在塞外苦思，难怪会退为无知。”了愿大师真诚地道。

“佛有入世之佛，有出世之佛。入世之佛，乃以佛心照万物，以心度世人，入世而忘已，再自乱世之中找到心中一点清明。自一点清明中修明灵台，以灵台反映世俗尘世。是以，入世之佛，可体万物之疾苦，可度众生于极乐，可化浅薄而入高雅。入世之佛要心存万物，又不以万物视之。这就是祖师慧远法师的真实写照，入世之佛所需的不仅仅是超凡的智慧，悲天悯人的善心，更多的却是一种百折不挠的勇气和毅力。而大师虽有悲天悯人的善心，却少了那种超凡的慧根。这舍利乃是入世之物，大师却以出世之法修习参悟，自然是不得其法，众魔乱生。甚至使大师本就具备的慧根大受损伤。因此，我劝大师不要再去考虑圣舍利的问题，那只会使大师坠入魔道。”蔡伤认真地道，那望着了愿大师的眸子这一刻变得无比深沉。

了愿大师听了直冒冷汗，额上豆大的汗珠，滑下也不知道擦去，良久，才双掌合十宣了一声佛号，道：“多谢施主点化，否则只怕老衲真要陷入万劫不复之境了。施主之慧根老衲难及万一，对禅机佛学之领悟更是老衲登梯难及。依老衲看，参悟圣舍利，施主是最合适的人选了。”

“大师言重了，我并不答应参悟圣舍利，因为我也不是入世之人，我在红尘世俗之中，度过了这么多年，却非参悟佛心，倒是满手血腥，杀戮太重，促使我的魔障更甚常人数倍。我更没有这个毅力和恒心去完成这入世的任务，参悟圣舍利反而适得其反。”蔡伤肃然道。

了愿大师和铁异游全都呆住了，他们的确有些不明白蔡伤所指，但蔡伤所说之言似乎极有道理。

“那么，主人所说的出世之佛又是怎样的一种修习方法呢?”铁异游有些好奇地问道。

蔡伤淡淡地吸了一口气，望了望湛蓝的天空，道：“出世之佛的修习之法与入世之佛的修习之法却有很大的区别，但是佛性的根本未变。出世之佛，往往是普度众人的圣者，流传千古。而出世之佛，只注重修习本心，自一种空灵的本性之中发掘出那可以使自身清明的佛性。那是一种完全超脱红尘世俗的修行。在天竺和西域，有许多苦行之僧，他们不与世人过多地交往，一生一世矢志不移地追求着一个信仰，他们感觉不到救助世人的义务，那其实也是一种出世的修行方法，但却走入了误区。出世之佛讲究的是本心自然，真纯的佛性。他是通过大自然来达到感悟天地的目的。他们追求一切自然。然而在自然中不断地修习自己的心灵，这通常只适合那些绝世高手。这个世界之中无处不存在玄机，这种通往佛界神冥的大门就在每个人的心中，能打开这扇大门的人就是悟通了天道，也就是成了佛成了神。入世之佛是以入世积累的善心、仁慈来开启这扇门，而出世之佛则是借助大自然存在的神秘力量来开启自身的心门。这是两种绝然不同的修习方法，但却是有着相同的目的。我师父烦难大师就是属于出世之佛。只是我太过愚钝，又没这个恒心，才无法追及他老人家的脚步。但人世间并不是每件事情都能追求完美，一切顺其自然为好。”

铁异游和了愿大师的表情极为不同，铁异游对这一切似乎仍不怎么在意，但了愿大师的表情完全不是那么回事。他就像是完全陷入了另一种让人莫测高深的世界之中，心神已不再在他的躯壳之中。

蔡伤望了望了愿大师，扭头向铁异游问道：“异游能有个什么好的办法可以擒住风儿吗？”

铁异游愣了一愣，心有余悸地道：“以三公子的武功，只怕天下能够将之擒下的没有几人，若是连主人也没有把握的话，大概已经没有人能擒住他了，除非金蛊老魔。”

“你说得没错，除了金蛊贼魔之外，大概的确没有人能够将他擒下，但是我们必须要将他擒住！”蔡伤坚决地道。

铁异游皱了皱眉头，提醒道：“我发现三公子的穴道似乎根本不怕攻击，那时我刚一出手，以为击中了他的五大要穴，却没想到他像没事人一般，对于不惧点穴之人，还真不知该如何才能够擒住他，而又不伤他。”

“不错，他的穴道可以随时移动位置，在你的劲气逼体之前的一刹那间，他的穴道就可能已经移位，而使人根本无法知道他的真实穴位在何处。这是因为他自小练习无相神功所导致，但并不是没有破绽。他的穴道在某个固定的时辰中，会有几处穴位是无法移动的。他所能够移动的穴位是根据时间而定的，只要能够掌握好时辰，就可以点中他的穴道。”蔡伤分析道。

“可是，我们就是接近他都很难，他若是想不战而走，我们根本就无法拿他如何。再说他的行踪，我们也无法掌握。那日我之所以能够击中他的穴道，是因为了愿大师的梵音所助，否则，我绝不可能得手。”铁异游无可奈何地出言道。

“这的确是一个问题，因此，我们必须找一个机会，一个出手的机会。”蔡伤也皱了皱眉，思索道。

“对了，既然陶弘景大师可以解开毒人的禁锢，他也就一定知道毒人的短处和破绽。我们不能在三公子的身上找到破绽，难道就不能自毒人身上下手？”铁异游提醒道。

“对呀，陶大师定会有办法，我明日便起程去积金见他。”蔡伤迫不及待地道。

了愿大师到了此时，似是从梦中醒来，平静地道：“老衲愿助施主一臂之力，老衲的梵音可以使他的心魔暂制，相信这对于消除蔡公子的魔念有所帮助。”

“对了，大师不是懂得佛门中的六字真言吗？相信这对驱魔归心定有好处。能得大师相助，定会事成有望……”蔡伤满怀希望道。

“爹，我可以进来吗？”蔡泰斗的声音自门外传来。

“进来吧。”蔡伤语气变得极为慈祥。

蔡泰斗大步跨入，望了蔡伤一眼，关心地问道：“爹，你觉得今天舒服些吗？”

“哈哈，爹现在已经全都好了，你不用挂念，倒是你的内伤并未痊愈，还得继续以无相神功自疗。我教给你的那段内功之法练得怎样了？”蔡伤疼爱地问道。

“孩儿觉得好多了，进展极快。”蔡泰斗欢喜地道。

“你大哥呢？”蔡伤问道。

“大哥的进展也很快，现在正在练功呢。”蔡泰斗答道。

“嗯，你要向你大哥学习，多花些时间去练功。”蔡伤微责道。

“孩儿是有事想告诉爹爹，才会在这个时候来的。”蔡泰斗解释道。

“哦，有什么事？”蔡伤问道。

“孩儿知道三弟不久就要去劫刘家的大小姐，这是金蛊神魔的第二个任务。因此，只要盯住刘家送亲的队伍，就定可以找到三弟的下落。”蔡泰斗认真地道。

“哦，有这回事？刘家可是广灵刘家？”蔡伤问道。

“不错，正是广灵刘家。大哥和颜叔叔他们知道。听贵琴说，那刘小姐还曾逃婚出来，竟引得刘文才亲自来抓。这刘小姐嫁到南朝，一路上可能会出现很多意外，只要我们与刘家小姐商量好，布个局，相信不难擒住三弟。”蔡泰斗分析道。

“如此一来，就省事多了。不过你千万别小看你三弟，此刻他已是毒人。毒人所能做到的事情，总会超出人们的想象之外，他的生命力极强，甚至不惧刀剑。若是我们没有九成把握，绝对不能轻易出手。因为失去了一次机会，那就不会再有，或是很难再找到下一次机会。因此，我仍得去积金走一趟。”蔡伤坚决地道。

“我陪你去。”蔡泰斗道。

“不，你和你大哥一起去衡水，见你师叔，让他派人去盯着刘家送亲的队伍。最好由你颜叔叔和杨叔叔两人亲自出马为好。”蔡伤认真地道。

“那爹爹准备什么时候出发?”蔡泰斗无奈地问道。

“我明天就走，由你铁叔叔相陪就行了。你们和了愿大师一起住在冀州，我很快就会回来。记住要好好练功，也可以顺便帮你师叔出些力，但却绝不能烦你师叔。”蔡伤肃然道。

“孩儿明白。”蔡泰斗道。

“明白就好，去把三子和新元叫进来，我有事吩咐他们去做。”蔡伤吩咐道。

“是!”蔡泰斗应了声就退了出去。

“这的确是个很好的机会，只怕错过了这个良机，就很难再找到出手之机了。因此，我们这次绝不能失手!”蔡伤的语气竟变得沉重起来。

“不错，若是金蛊神魔不出来，以三公子的厉害，我们永远都无法掌握到他的行踪。而这一次，他想劫刘家的大小姐，正可逼他现身。到时三公子手中有个累赘始终不便，却正好是我们出手的时候。”铁异游有些兴奋地道。

“我真不明白，风儿的武功怎会增长得如此可怕，才两年时间，就达到这等水平，真让人不可思议。”蔡伤不解地道。

“也许是公子的资质太高，或慧根深种的缘故吧。”铁异游试着解释道。

“风儿的确是个奇才，比之他的两个哥哥，肯定有过之而无不及。虽然念伤和泰斗的资质也很好，却少了风儿那种出自天然的灵性，就是当年的我，也有所不及。可是，风儿学武并不是很专心，他对什么都感兴趣，如打猎、设机关、烧饭做菜、养狗斗狗等，对各门的学说也兴趣浓厚，当然五行之术也不例外。因此，他虽然根骨好，但在武功之上的进展却只和我当年不相上下。不过，在其他杂门之上，我自叹不如。风儿的每一项杂门之学都极为精通，在有些方面，更是无人能及。像他那般发展下去，达到眼下这种功力，没有十五年时间是不可能实现的，更何况他所学的不仅仅是我的刀法，还有黄门左手剑。就是他把所有的心思都放到武学之上，也至少需要十年时间，才能够达到眼下的成就。可是他失踪还不到两年时间，其武功增长之速，真让人不敢思议。”蔡伤疑惑地道。

“这可能是因为他变成了毒人，才使他的武功变得这般可怕吧。”铁异游再次解释道。

“若是如此，这金蛊神魔田新球可就太可怕了。”铁异游接着又感叹道。

“邪魔歪道，终难善了。”了愿大师插口道。

“金蛊贼魔，我一定要杀！就是不为风儿，我也决饶不了他！”蔡伤语气中充满了杀气地道。

“老爷子召我们有何吩咐呢？”三子和蔡新元跨入禅房，出言询问道。

蔡伤并没有怪他们不报而入，这两个年轻人在他的眼皮底下长大，什么脾性他都极为清楚，若是太过讲究身份，反而会不自在。

“我要你们去与胡家联系上，探知他们的具体情况，然后回冀州保护主母。”蔡伤淡淡地道。

“三子明白。”

“新元明白。”

两人同时应了一声，蔡伤欣然地点点头，对这两个年轻人的信任，甚至比对蔡念伤和蔡泰斗的信任更甚。他也很珍惜这两个年轻人，就像是心痛自己的儿子一般，否则长生的死也不会如此激怒他！

“主人，你好些了吗？”颜礼敬欢喜地走入道。

“嗯，我已基本上康复，并不会影响我什么。”蔡伤欣然道。

颜贵琴也向蔡伤行了一礼，却是叫了声：“老爷子好。”

众人只觉得他们父女俩的叫法都十分有趣，但谁也不在意。颜贵琴一向被人当作大小姐看待，养尊处优惯了，哪里适应这种主人长主人短的叫法？就是称呼蔡念伤与蔡泰斗两人为大公子、二公子，也是心不在焉的，没有半点诚意。不过，这大方顽皮的女孩却是挺讨人喜欢的，自然没人责怪。

蔡伤也极为疼爱这些晚辈，从颜贵琴的顽皮中，他似乎找到了蔡风的影子。

颜贵琴对这曾经是神话般的人物倒是极为尊敬，全因自小打心眼里就认定了这么一个人物，叫起来自然不觉得别扭。

“山下的情况怎么样了？”蔡伤淡然问道。

“京城里倒是乱得很，有些人人自危之感，甚让人觉得好笑，但还没有人想到主人会住进少林寺。”颜礼敬认真地道。

“三子，我刚才抓住了一只松鼠，我们一起去看看如何？”颜贵琴一拉三子的衣袖，小声道。

“丫头，别乱扯淡！”颜礼敬喝道。

蔡伤却淡然一笑，望了望红着脸的三子笑道：“她抓住了一只松鼠让你去看，你待会儿定要抓只老虎让她看看，知道吗？”

这么一说，几人不由得都笑了起来，颜贵琴和三子的脸都红了起来，但却没有畏怯之意。

“老爷子，那我们先出去了。”三子有些仓皇之意地道。

“啥时候，我的三子爷也脸红起来了？”蔡新元打趣地笑道。

“去你的！”三子一脚踢在蔡新元的屁股上。

“哎哟，女孩子可不喜欢爱动粗的男人哦。”蔡新元一捂屁股，装作痛呼道。

“再多嘴，我叫他再踢。”颜贵琴有些骄傲地笑道，一脸得意之色。

“走，不理他。”三子一拉颜贵琴的手就向外跑去，弄得众人大感好笑。

“这孩子，越来越不像话了。”颜礼敬唠叨道。

“哎——话岂能如此说，只有这样直情直性的年轻人才真的可爱嘛。”铁异游欣赏道。

“是呀，还是他们有值得骄傲的资本，我们都老了，若是再返回二十年，我也会像他们一般。”蔡伤感慨地道。

莫折念生的确是个可怕的战将，不仅完全继承其父莫折大提的勇武，更多了一股野性与狂傲，还多了几分谋略，每每总会出奇制胜。才两个月的时间，就已连攻下数座城市，斩杀十多名朝中大将，使得满朝慌恐，其势头却愈演愈烈，向西又攻下凉州，其锋锐不可当，一时之间，竟比万俟丑奴与赫连恩的起义军更凶。西面频告战急，使得朝廷人心惶惶……

朝中无人敢应命出征，后只得请回崔延伯和萧宝寅，领兵十万以平西乱。

第八十五章　独探敌营

游四的神情极为庄重，高欢也一样表情很肃穆。谁都知道，刺杀杜洛周绝对不是一件易事，当初高欢曾出入赵天武的军中，取宇文定山的人头，都没有丝毫的犹豫，可是眼下，要取杜洛周的脑袋，绝不会比取破六韩拔陵的脑袋容易，这不仅仅是因为杜洛周本身就是一个可怕的高手，而且他本身也是一个刺杀高手。一个善于刺杀的人，自然很清楚应该怎样保护自己，而且杜洛周岂会想不到葛荣的手段？对于自己的一切早有防备，这更增添了刺杀的难度。

“我知道，这次的任务很困难，很可能会有生命危险，但只要高兄所需，我定为你提供，一切就按照我们刚才拟订的计划进行。到时候，我们肯定会派大军接应，若是高兄能够成功，那肯定是大功一件，我们庄主绝对不会亏待有功之人的。”游四沉重地道。

“葛庄主既然派游兄亲来，就可看出他对这件事的重视。高欢这条命乃是蔡风兄弟捡回来的，能够为庄主办事，也算是为报蔡风的救命之恩，即使是死，也得干！游四兄弟放心好了，我定会尽我最大的力量而行！”高欢诚恳地道。

“这一点我自然会相信，但我们所需的不是无谓牺牲，我们要的是一个理想的结局，达到最终的目的。因此，这之中不能够有丝毫的马虎，以高兄之智，我自是放心，可是还得小心为妙。”游四认真地道。

“游兄的关心，我自然明白，高欢在这里先代我的兄弟们感谢了。我们会留下稍有用处的残躯，也明白留得青山在，不怕没柴烧的道理。”高欢自信地道。

“我们之所以需要小心行事，要与我们的大军相配合，是因为我们不想让朝廷的兵马捡个现成的便宜。若是我们一气白忙，结果却只是为别人做嫁妆，那可就有些贻笑大方了。”游四不无担心地道。

“只要葛庄主能够及时赶到，我想应该不会出现这类事情。”高欢自信地道。

“高校尉，大王召你入见！”一声呼喝自帐外传来，倒吓了游四一跳。

高欢向游四使了个眼色，回应道：“好，我立刻就来，你先去吧！”

帐外的脚步声渐传渐远。

“游兄，看来今日之事只能够说到这里了，我们就按照计划行事，后天不见不散！”高欢平静地道。

“好，若有什么意外的变动，请迅速与我们联系！”游四回应道。

“尉贤弟，送游兄弟出营。”高欢低呼道。

尉景自帐外钻了进来，沉声道：“外面的情况极为正常，游兄请跟我来。”

“高兄，就此别过，一切小心！”游四淡淡地说了声，转身随在尉景之后行了出去。

游四随着尉景很快就行出了军营，却没有任何人怀疑。尉景和高欢在军中还算很有地位的，杜洛周是一个十分重视军功之人，他根本不知道高欢曾在速攻营中做事，高欢与蔡风的关系他更不清楚，但他却知道高欢和尉景的武功极好，此时正值用人之际，高欢和尉景自然得派上用场。

数次出战，高欢所带来的那一群兄弟，总是杀敌最多，当然是勇猛强悍，这一点自然很被杜洛周看重，后来在攻下顺平之役中，高欢和尉景更表现出不凡的领导才能，确实是两个难得的将才。因此，高欢与尉景一干人等上升得极快，但如此一来，不免遭人嫉妒，特别是石离、穴城、斛盐三地来投的军系，对高欢更是没有什么好脸色看。

杜洛周却不是一个真正放得开之人，因为石离、穴城、斛盐三地来投的兵马几乎占了他所有兵力的两成，而高欢却只不过有数名好友而已，因此，在处理事情方面，对三地的军系有极多的偏袒，这使得高欢与尉景极为不满，也极为丧气，如此之人岂有真正争夺天下的雄心壮志和能力？即使夺得天下，又有什么本领治理天下？所以，高欢毅然决定投靠葛荣。葛荣如此深沉，筹备到此刻才开始发动起义，可见其心思之细密深远，的确不是常人所能比拟的。投得明主方有前途，高欢绝不是傻子！

军中的士兵对高欢与尉景倒是极为信服，游四看在眼中，记在心里。

凌通心头暗惊，忍不住低下头呼道："灵儿，低下头！"

萧灵闻言低下头，还没看清是怎么回事，禁不住问道："通哥哥，怎么了？"

"是尔朱家族的人来了，那天我们杀了他们两人，这下子，那三人全都来了，还带了好几个帮手。"凌通斜眼瞟向正走入酒店中的六人，有些微微惊惧地道。

"那可怎么办？他们是来抓我们的吗？"萧灵惊慌失措地低声问道。

"他们应该不知道我们在这里，可能是碰巧吧。"凌通心中在求神拜佛，望这几个人不要发现他们。口中却忍不住自我安慰道。

"小二，给爷们来五斤高粱酒，再将你店中最拿手的菜给我端上来！"其中一名汉子大声呼喝道。天幸，这些人并没有注意坐于一角的凌通与萧灵二人。

凌通心头一动，低声对萧灵道："灵儿，你在这里坐一会儿，不要去看他们，我去去就来。"

"你要到哪儿去？"萧灵有些担心地低问道。

"我去给他们做几道菜！"说着狡黠地向萧灵眨了眨小眼睛。

萧灵明白凌通是有了主意，但仍心里有些害怕地道："你快去快回哦。"

"我知道，你别怕，他们不认识你。"凌通说完端起自己桌上的一碟糖醋鲤鱼向后厨房走去。由于他个子不太高，今日又未曾穿虎皮袄，一身朴素的衣服并不怎么显眼，是以，竟没有人注意到他的行动。

凌通心中暗喜，在尔朱家族几人看不见之处，一把拉住送高粱酒的店小二，大惊小怪地问道："你这酒是送给谁的？"

"怎么着，刚来的几位大爷要酒，这便送上去呀！"店小二不耐烦地道。

“你知道那几位客官是什么人吗?”凌通一脸严肃地问道。

“什么人?”店小二也不禁有些好奇地问道。

“他们乃是大名鼎鼎的尔朱家族之人，这可是一些不好伺候的主儿，你可得小心点哦。”凌通表情有些夸张地道。

店小二果然神色微变，刚才他看这几人极有气势，就知来头不小，却没想到竟是尔朱家族的人，这可是个大主顾了。但仍有些疑惑地问道：“你怎么知道?”

凌通装作叹了口气道：“不瞒你说，我家也是开酒店的，这几位大爷前些日子便光顾了我家的酒店，结果，唉……”

“结果怎样?”店小二倒被凌通的话所吸引，忍不住问道。

“店中的伙计也和你一样，先送去高粱酒，结果被那位瘦小的大爷一拳给打得吐血!”凌通暗中观察小二的脸色。

店小二果然脸色大变，凌通接着道：“我问为什么要这样，原来他们有个规矩，就是首先至少要上一个菜，才能够上酒。否则就是对食神不尊重，不尊重食神便是不尊重他们。所以，他们就要打人。我是一片好心，这才来告诉你。不过，你上菜时，这道糖醋鲤鱼别送去，你们这道糖醋鲤鱼做得火候不够，比我家那个最坏的厨子做的还差，送上去只会让他们大发脾气。”

店小二将信将疑地望了他一眼，道：“不可能，这鲤鱼可是本店最有名的几道菜之一，怎会差呢?”

凌通不屑地道：“你知道什么叫好？什么叫不好？我家开酒店五十几年，祖祖辈辈都是做菜品菜的高手，你不信拿这碟鱼去问厨子，问问他们是不是在油烧沸之时，才将鱼放入锅中的？这样只会使鱼多少带些焦味，少了几许鲜嫩，只能在油烧至七成热时放鱼入锅。还有这些鱼汁，只能在这道菜到六成热时迅速加入葱姜、蒜末、醋、酱油、白糖、清汤，而且如果熟油淋多了，吃在嘴中，就多了些油腻。我说了这些，信不信由你，你去问问厨子就知，我这可是为你好，为你们店好。”

店小二听凌通说这糖醋鲤鱼之时，那些作料说得如此清楚，俨然一个大行家的架势，虽然见对方年纪不大，但他在店中干了多年，对于这些作料多少也懂得一些，却没有凌通知道得如此详细，哪会再怀疑对方的确是世代开酒店的？对于凌通刚才所说的话也信以为真，只是仍有些不服气对方对这道名菜的批评。心想反正先要去端一碟菜来，不如顺便问问厨子也好，免得那几位爷凶狠起来，把自己也打得吐血，可就太不划算了。

凌通见小二主意松动，装作好人做到底地道："我看你先去端道菜来，顺便说声鱼的问题，我好人做到底，在这里帮你看着酒好了。但是要快点哦，念在咱们是同行的分上才救你一救。"

店小二见凌通如此帮忙，虽然说话有些傲气，但仍然感激不已，道："那就多谢了，多谢了!"说完将酒交给凌通，就向厨房走去。

"哎，这鱼带回去，若我说对了，就重新再烧；说错了，这鱼也就算我的钱好了。"凌通补充道。

"好的，好的!"小二接过鱼，连声称道。

凌通心中暗笑，伸头斜望了尔朱家族诸人一眼，口中低骂道："奶奶的，小爷可不是好惹的，为了防止你们对付老子，老子只好先下毒手啰!"说着自怀中掏出一包自己配制的烈性迷药，尽数倒入酒坛之中，然后轻轻摇了摇。

店小二只过了片刻即到，神色变得极为恭敬，忍不住赞道："公子说得真准，我家厨子叫我谢谢公子的提醒，还想请公子去厨房指点指点。当然，如果公子愿意的话，我们东家也说，只要公子肯指点厨艺，今天的菜算是请客。"

"哦，那倒不好意思，既然东家如此盛情，我不出手倒说不过。好，你快将酒送去，我自己到厨房看看。"凌通笑道。

"公子请跟我来。"这时自厨房中又走出一个伙计恭敬地道。

那最先与凌通答话的伙计端好酒和一道冬笋雪菜肉丝送了出去。

凌通来到摆满菜肴的厨房，这里显得有些拥挤。几名厨子见凌通来了，忙笑脸相迎道："多谢公子能赏脸，请公子多多指点。"他们倒真的把凌通当作一个菜道高手了。

凌通向蔡风学来的，只是对野味和鱼的做法，其中尤以这道糖醋鲤鱼为精，其他虽然会做，却也一般。不由得充当行家地道：“不妨让我来做这道糖醋鲤鱼如何?”

众厨子一听，忙道：“那真是太好了。”

凌通伸手抓起菜刀，他乃是练武之人，对使刀使剑极为纯熟，眼力之准、运刀之快和用力之均匀自不是这些普通厨子所能比拟的。

菜刀在他手中就像是活过来了一般，先在指间打了一个美妙的旋，然后左手快捷无比地自池水中捞起一条斤半左右的黄河鲤鱼。

动作之快之利落，只让几名厨子和一旁的几人看呆了，凌通伸手入池捞鱼，竟是水花不溅，只是一道极细的水纹泛起，这几乎不可能。他并未捋起衣袖，但衣服却并未湿，可那条被捞起的活鲤鱼却是真真切切的。

凌通菜刀划落，当别人仍未反应过来之时，他手中的鲤鱼又到了水中，这次却是鱼头捏在凌通的手中，内脏迅即落入盘中，一丝丝血水自鱼腹中涌出，水几乎是在鱼腹内激涌，很快就清洗好了内脏。凌通刮鱼鳞的动作更是让人叹为观止，刮好鱼鳞，就已顺手在鱼身之上划出了直斜两种交错的刀纹。当有人在水中分清内脏和鱼腮之时，凌通已将盐和淀粉糊涂在了鱼身，这时锅中的花生油正好烧至七成热，凌通就将鱼放入锅中油炸。他一手提着锅铲，另一只手却在另一只锅中忙活，将作料熬成浓汁。每一个动作都让所有的厨子敬佩不已，当鱼全部呈金黄色之时，汁也已经熬好，配合得几乎是天衣无缝。

鲤鱼放入盘中，凌通的左手就已经舀起汤浇往鱼身。一股让人口水直涌的香味扑入众人的鼻中，鱼身立成深红之色，连几个厨子都食欲大动。

“谁来尝尝?”凌通放下手中的东西，连粗气都不喘一口，淡笑道。

站得最近的那名厨子最先动手，细细地咬了一口，良久才吁了口气，眉开眼笑地赞道：“好，好，味道真是好极了，想不到天下竟有这么好的厨技!”

“单论公子那用刀的手法，和加放作料的速度，就是神乎其技，今日真是遇到高人了。”

“不知公子是在哪里开酒楼呢?”众人七嘴八舌地问道。

凌通暗自好笑，忖道：“你们是没见到蔡大哥的手艺，比我更好百倍，如果尝了他所做的菜，不让你们这些凡夫俗子连舌头都咬破才怪。”但口中却道：“我有个朋友在外面，不能在此待久，这便告辞了。”

众人有些不舍地道：“公子何不在本店多住一些日子？一切费用全包在我们身上。”

“诸位的好意在下心领了，但在下仍有要事待办，他日若有机会一定再来。”凌通说完，不等众人挽留，就行了出去。心中暗自盘算着，那些人应该快倒了。他对自己的药性知之甚深，虽然这种迷药发作较慢，但却很突然，也并非易解之药。一般迷药，只要以水一惊便醒，但自己的这种却不行，必须以热水相浇，而且醒来之后三个时辰脑子一片浑噩。

凌通悄悄地溜回座位，萧灵差点没哭出来，凌通去了半盏茶之久，她还当是他抛下自己独自走了呢，见凌通回来，自是欢喜无限，眼圈发红，本来满肚子怨言，一下子全消了，只是担心地问道：“怎么办？”

“他们已经中计了，待会儿他们一个个倒下了我们便走。”凌通低声道。

“那个大块头叫尔朱送赞，他右边一个叫尔朱送礼，左边叫尔朱送福，其他几个人我没听出他们的名字。”萧灵小声道，显然刚才她在极小心地留意着这几人的言行举止。

“乖灵儿，真有你的。”凌通从桌底下握住萧灵的手，赞道。

萧灵微感一阵羞涩。

凌通这才扭头向那桌的酒坛望去，低问道：“他们喝酒了吗？”

“嗯，喝了！”萧灵低声回答道，旋又低声惊呼道，“我们的马呢？”

凌通循声望去，果然见自己系马之处已经没有了马的踪影，霎时脑子中一片空白。

怎么会这样？究竟是谁在捣鬼？凌通忍不住立身而起，他的确是坐不住了，他的行囊在马背之上，况且，若是马匹丢失了，这里至杭州仍有近千里之遥，如何能够走到啊！那可不是闹着玩的。

“小家伙，好好地给本爷坐着，待老子吃完了，再与你一起算账！”尔朱送赞那一桌上传来了一声极为冷沉的声音。

凌通吃了一惊，显然对方是与他说的，他望着那些人不紧不慢的样子，似乎是早就发现了他，更料定他无可逃脱一样。心头隐隐感到马匹的失踪可能与这几人有关。哦，是了，这几个人那天见过他两人的马匹，而自己的马拴在外面，对方自然就认出来了。心中暗骂自己真是蠢笨如牛，如果对方认出了马匹，自然知道自己在酒楼之中。但为什么对方不直接过来找自己呢？是不是对方仍怕了万俟丑奴就在店中，而不敢动手呢？抑或是他们并没有发现我溜到厨房中去，而并不认识灵儿？是了，灵儿那天虽然在，但身穿虎皮袄，而且只是远远地望见背影，自是不能确认。而刚才自己从店后出来，这才被他们认出，他们牵走马匹，可能还是因为害怕万俟丑奴的存在，这么一来，他们就不只这几个人了，外面一定还有人守着，那该怎么办才好？凌通心念电转，心中稍安起来，暗自庆幸对方并没有想到他会在店小二的高粱酒中下药，也庆幸自己早一步发现了这些人上了酒楼，才会抢先溜去在酒中做了手脚而不被对方发现，否则只怕今日是死定了。

萧灵却吓得脸都变色了，有些惊惶地低声道："他们……他们认出了我们，该怎么办?"

凌通坐了下来，淡然一笑，道："先吃饱再说。"

这两人的举动也引起了楼上之人的注意，众人很清楚地感应到尔朱家族的众人对凌通这两个小孩存有的敌意，只是尔朱家族的六人气势不凡，就是不知他们是尔朱家族的人，也不会有人敢去招惹他们。这年头，不公平的事，人们见得多了，也知道最好不要做出头之鸟。

凌通正准备大吃大嚼，忽见尔朱送赞的身子一晃，"噢"的一声，尚没能够说出什么便伏在桌子之上，另外五人刚感觉到不对，便也相继扑倒，桌上汤水四溅，四周众人一阵惊呼。

此时不走，更待何时？凌通一手拉起萧灵，一手抓住身边的小包袱就向外闯去！

游四离开杜洛周的军营，对这里的阵形布局都有所注意，心中暗赞杜洛周的确是个了不起的角色，难怪破六韩拔陵如此信任他，他能和赵天武并肩齐驱绝非幸运所得。不过想到自己竟在他的营地之中设计刺杀他，游四不由得大感有趣和兴奋。

此刻已近腊月，北方的天气极寒，所有的树木和灌木都似乎瘦了几圈，整个天空也似乎更空旷了一些。

游四极为悠闲地踱着步，虽然风很大，天气有些冷，但离开了那气氛极为紧张和压抑的军营，整个人似乎清爽起来，连天空都高了不少。

但这种感觉并不长久，游四的神经似乎一下子全都绷紧了。眼中闪过一丝锐利如刀锋的厉芒，他静静地扫视了周围一眼，脚步也就定在地上不再移动。

这里的气氛没有什么异样，天高气爽，风大林秃，枯草灌木丛生，但游四却知道，今日之事并没有了结，这是一种感觉，也是事实！

此时游四的手搭在腰间的刀柄之上，神色阴冷至极，倒像是寒风下的白桦皮！

他没有蔡伤抑或蔡风那种超常的灵觉，但他的脑子绝不笨。他敢独入杜洛周的营地，这份胆量和豪气自然不得不让人敬服，更是为了表现出他的诚意。千军易得，一将难求，这一点游四很明白，否则也不会有刘备三请诸葛亮的美谈。

游四这般独入敌营与高欢相见，的确很出高欢的意料，也使高欢觉得葛荣和游四对他的尊重和信任，否则，游四根本就没有必要亲自涉险，但也只有这样才能够收到最佳的效果，更能够让高欢与尉景为之拼命，这正是士为知己者死的缘由。

游四的确是个极为聪明之人，也绝对勇敢和无谓，很懂得收买人心之法。葛荣之所以欣赏游四、看重游四还不仅仅是这些，也是因为游四见闻广博，心细如发，亦没有普通年轻人那种心高气傲的架子。胜不骄，败不馁，绝不会因为冲动而忘了大局，这正是游四最可怕的地方。

游四的确是这样一个人，与葛荣年轻的时候，极为近似，他绝不会做没有把握的事情，喜欢冒险却不会盲目，包括这次独入敌军阵营。

游四虽然是孤身而入，但他早已做好了最后的安排。

游四在葛荣的起义队伍中，绝不是个小角色。自起事那天起，除在葛家庄外，游四的身边绝对不缺高手，绝对不会是单身行动。任何人都知道，失去了游四就像是断了葛荣的一条臂膀，因此想杀游四的人太多了。

游四自然知道自己的命很值钱，虽然没有当初卫可孤的脑袋贵重，但也不会差到哪儿去，是以，游四的身份极为神秘，除了在葛家庄和冀州城外。

今日，游四只是孤身一人闯入敌阵，但他并非一人而来，跟随他前来的至少有十八位高手，葛家庄的金子银子多，但高手更多！葛荣花费了二十年的时间，才精心训练出这一群不为外人所知的年轻高手，能够与之匹敌的，大概只有阳邑的那群优秀猎手！

那些高手并没有随游四进入军营，只是留在营外秘密的地方接应游四，他们所在的地方正是游四所立之地，但这一刻，他们却没有出现，这就是游四止步的原因。

如果这里的平静可算正常的话，那是不可能的！游四绝对不会怀疑这种平静只是一种假象，只是潜伏着无限杀机的假象！

十八位高手没有一人现身，没有一个出来同游四打招呼，这就是不正常之中最没理由的一个表现。

游四很小心地移动着步子，他想不出来，究竟是什么人能够在无声无息之中，抑或是在这十八位高手毫无反抗之下被制住？因为他根本找不到一丝打斗的痕迹，这是完全没有道理的，即使千军万马过来，也绝对会留下痕迹。强横如蔡伤这种级别之人，也不可能在十八位高手完全没有反抗之下，将其制住。那是什么原因，除非……

想到这里，游四鼻息之间嗅到一股淡淡的甜香，似兰似麝。

游四的脸色大变，他立刻明白为什么十八位高手会在不知不觉中被制，那定是因为这丝香气。

游四已经没有细品香气的雅兴，迅速屏住呼吸，但仍觉得头脑一阵昏眩。幸亏他的功力极为深厚，因此并没有倒地，反而是扶住一株树干，重重地吐出一口气，身形才如飞燕般倒射。

就在这时，游四感觉到脑后一道劲风无声无息地逼到。

他根本就没有任何考虑的机会，对于一个高手来说，考虑也只是多余的。没有什么比他的自然反应更快！

游四绝对是见惯了凶险的高手，也绝对是一个能镇定如恒的高手。

剑，自游四的耳畔擦过，锐利的剑风使得他面皮生痛，但游四终还是避过了这要命的一剑！

游四出手了，对于任何敌人，他都不会手下留情，这也是葛荣所欣赏的另一点。因为游四很明白，对敌人的仁慈就是对自己的残忍，除恶务尽，打蛇七寸，绝对没有什么话好讲！

月形弯刀，划过一道美丽的弧线，犹如凄虹残霞，亮丽无比。

剑的主人乃是一秃顶鹰身的老者，老者似乎没有想到游四那翻身、移位、出刀的动作会有如此利落，一气呵成，震撼之下，刀气已经割体欲入。

“叮！”弯刀在长剑的剑身上轻轻滑动，有如轮盘一般，其势不竭，最终目标是老者的脖子。

游四恼怒对方的偷袭与暗算，又想到对方绝对不止这么一个人，最好的办法当然是速战速决，待离开这是非之地后，再另做打算。

月形弯刀的滑溜超乎任何人的想象之外，那老者也还算是了得，就在刀身距他的脖子不到半尺的时候，竟仰首躲过，但却仍被削去下巴的一块皮，只吓得他心惊胆寒。

更可怕的却并不是那被削下的一块皮肉，而是游四的脚！无声无息，但却有着雷火般威力的一脚！

那老者弯曲着身子，刚好挺腹凑上游四的脚，那种顾此失彼的感觉的确很有趣。

老者一声狂号，飞跌而出，鲜血狂喷！

游四绝不想有任何停留，四个方位，只有来路是安全的。他不想冒任何险，因此，最佳的逃生之路莫过于折返而回，更何况如果这些伏兵乃是杜洛周的属下，那么高欢和尉景诸人就有难了，他不能见死不救，同时他也很自信，只要混入军营之中，逃生的机会绝对大得多！

“嗞……”一道破空之声自游四的身后飞袭而至，身在半空中的游四没有任何回头的余地，手中的月形弯刀顺应着自己的感觉划出。

“当！”游四的身形大震，不由自主在空中翻了两个筋斗，最后落于地上，微微冲出一小步，才刹住身形，但去路已被人拦截，一个看起来像一只猛虎般的老者！

游四很清晰地感觉到对方那种压迫性的气势，对方那锐利的目光似乎要刺穿他的眸子。

游四心头发悸，但却并没有丝毫的慌乱。

对方绝对称得上高手，这是一个死局！游四缓缓地转身，赫然发现一个中年人正在把弄着手中的金钢爪。

“鲜于修礼，竟会是你?”游四大感惊讶。

“不错，没想到游少侠仍然没有把我忘记!”来者正是鲜于修礼，而挡住游四去路的老者却是鲜于战胜。

“鲜于大将军我怎会忘记呢?即使忘记了自己也不会忘记你呀!”游四的语气变得轻松起来。他知道，一切的愕然和愤怒都是无谓的，绝对没有什么益处。惊慌更是蠢人才做的事，因此游四此刻反倒变得轻松起来。

游四的表情和语气实在是出乎鲜于修礼的意料，他微微愣了一下，瞬即笑道：“游少侠果然没让我失望，单凭这点镇定如恒的洒脱，就是修礼难以堪比的。”

“鲜于大将军客气了，我哪里有什么镇定如恒的洒脱。记得上次，我看到一只老虎，就差点没被吓得趴下，那可真是胆小至极。”游四毫不在意地道。

“我已经不是什么大将军了，游少侠是在挖苦我吗?”鲜于修礼神色变冷道。

“游四哪敢！鲜于大将军误会了，虽然你此刻不是，但在不久的将来，你必定是。我在这里只是早一点恭贺你而已，难道有什么不对吗?”游四语出惊人，倒让鲜于修礼脸色阴晴不定。

“此话怎讲?”鲜于修礼冷冷地问道。

“这点还用我说?鲜于大将军自己心知肚明，这不是明摆着的事吗?只要你登高一呼，其响应者必定会成千上万地拥到，只要你不负众望，别说是大将军，就是一方之主也不无可能。”游四淡淡地道。

鲜于修礼和鲜于战胜的脸色极为难看，冷冷地望着游四，似乎是想从对方的眼神之中发掘出其内心所想，但是他们失望了。

游四的眼神中除了宁静和安详之外，什么也找不到，甚至没有丝毫的惊惧和畏怯，平静得像是一口深不可测的潭水。

“外面的传说果然没有夸张，游四比我们想象中的还要可怕！”鲜于修礼并没有掩饰地道。

“鲜于大将军过奖了，但游四仍是被大将军算计了，现在倒像是一只困在陷阱之中的野兽，最可怕的人物应该是大将军。”游四谈笑自如地道。

“你不像是一只落入陷阱的野兽，反倒像是一位老谋深算的猎人，否则你为何没有一点惊恐不安的表情？”鲜于修礼并没有立刻动手的意思。

“在不知道算计我之人是鲜于大将军之前，我的确感到很惊慌，当时脑子中只有一个意念，那就是迅速离开这是非之地。但现在却不一样了，因为我根本没有必要逃跑。”游四神态更是潇洒，竟悠然还刀入鞘，对身后的鲜于战胜和立在一丈开外的鲜于修礼竟没有丝毫戒备之心。

这样一来，鲜于修礼和鲜于战胜反倒紧张起来，不知道眼前这小子葫芦里到底是卖的什么药，一副戒备之态。

“我有些不明白你的所指。”鲜于修礼语气没有丝毫放松地道。

“试想，一只野兽若发现猎人正是他的朋友，你想它还会怕吗？”游四笑道。

“你知道我这次是想干什么吗？”鲜于修礼冷冷地问道，眼中露出逼人的神光。他曾和这年轻人交过手，知道自己的功力实在比对方高出一筹，刚才那一爪也试出对方的功力不及自己，所以，他并不怕游四的攻击，更何况，有一个武功绝不低于游四的鲜于战胜，和埋伏一旁的众多高手，他根本就不用怕游四逃走。

“我不知道你想干什么，也不必管你要做什么，因为，我只知道我们会成为合作的朋友。所以，我根本没有必要管你是想干什么。”游四极为自信地道。

“你很自信！”鲜于修礼的语气不无揶揄地冷笑道。

“对，我很自信，因为我知道你绝不是一个傻子！”游四傲然笑道。

鲜于修礼对游四的话有些不置可否，只是冷笑着并不作答。

“不是傻子，就应该知道利害关系，知道利害关系的人自然不会做出对自己不利的事。所以，我根本不用担心你会对我做出什么不明智的行动，我又何须担心呢？”游四侃侃而谈，但每一句话似乎都包含玄机，使得鲜于修礼的确不敢有什么行动。

游四心中冷笑，他的确很自信能够兵不见血地解开眼前这种死局。而眼下，鲜于修礼正一步步地进入他的计划之中。

鲜于修礼和鲜于战胜果然全都心生踌躇，鲜于修礼冷冷地道：“我倒是看不出利害关系的所在，何不明示？”

游四悠悠地吸了口气，淡笑道：“你不是看不出利害关系，而是你根本没去看。相信眼前劳动鲜于先生的最终目的只有一个，那就是鲜于先生想成为鲜于王，雄霸一方！不知游四可否猜对？”

“哼！”鲜于修礼不置可否，他并没有反对和否认游四的猜测。

“鲜于先生大概不会自己主动来对付我，因为鲜于先生不会不清楚，若要杀我，对你有百害而无一利。首先，要冒险或牺牲一些属下的好兄弟；其次，要浪费你那极为宝贵的时间，你的时间若用在实现梦想的准备工作上，定会有更大的回报；再则，你还得考虑即使真的杀了我之后，你所面对的将是葛庄主的数十万大军，和成千上万的高手疯狂的刺杀和报复，就算这些不能够让你美梦破灭，但至少也可以使你焦头烂额，成为你前进路上的一大劲敌。不过，我想，你定不会有快活日子好过。就这三条，便可以很清楚地表现出你的举动是最不明智的抉择。你是个聪明人，自然不会不清楚这之中的利害关系。可是你今天却这么做了，那么可以肯定，一定是有人让你来对付我！”说到这里，游四目光紧紧地盯着鲜于修礼的表情。

鲜于修礼的脸色一阵青一阵白，显然被游四说中了心事，情形显得有些不太自在，甚至有些尴尬。

“这个人定是杜洛周，相信鲜于先生必不会为朝廷效命，我很自信没有看错你的为人，而除了朝廷之外，最想杀死我的人，就是杜洛周。可是鲜于先生却答应了他的请求，这倒出乎我的意料。或许是我把鲜于先生估计得太高了。”游四漫不经心地道，语气之间充满了狂傲淡然的神气。

鲜于修礼和鲜于战胜脸色有些难看。

“杀了他，鲜于兄!”那受伤倒地之人挣扎着站了起来，急怒地喝道。他很清楚地感到游四之言已经动摇了鲜于修礼的信念，因此想尽快取了游四的性命。

鲜于修礼一震，眼神变得复杂起来。

游四心神一动，冷冷地向那人喝道：“你是杜洛周的人，可对?”

“是又怎么样?”那人咳出一小口鲜血，厉声道。

“是就对了，因为我说出了杜洛周的用心所在，你就害怕了!”游四说完竟不屑地笑了起来。

“呸！谁害怕了？你小子诡计多端，只是在挑拨离间!”那人怒道。

“只有庸人才会被人乘虚而入，受到挑拨。也只有心怀鬼胎之人怕人挑拨，鲜于先生是个明白人，是不是在挑拨离间他心中有数，何用你指出？真是可笑又可怜。”游四毫不客气地道。

“杜三，听他说完，我倒想听听他有什么鬼话要说。”鲜于修礼冷冷地道。

那老者为之气结，只恨自己武功不如人家，却是无可奈何。明知道这样下去可能情况有变，但他却没有办法阻止。

游四好整以暇地道：“杜洛周本与鲜于先生乃是同根所出，这是没错的，而同气连枝却不是杜洛周和鲜于先生所应具备的性格。鲜于先生的性格我不用说，但杜洛周的性情鲜于先生不会不知道，卧枕之侧岂容虎视?相信鲜于先生一定十分清楚其中的利害关系。”顿了一顿，接着又道，“所谓一山不容二虎，想来这是鲜于先生这么久未曾投入杜洛周军中的主要原因，假如我没有猜错的话，鲜于先生早已准备自立门户，另行起事。而杜洛周早就知道这些，而让鲜于先生来对付我，定是杜洛周以让你对付我为条件，答应助你一臂之力，而且定会对你说，你们俩同出一家，自应相互携持，不知道我所说对不对?”

游四说完望着鲜于修礼那阴晴不定的脸色，及那复杂难明的眼神，心中暗自得意。

“不错，他是曾说过，以你的人头交换他的三百匹战马和五千件兵器、五百担粮草!”鲜于修礼咬了咬牙道。

“哇，我的脑袋还真值钱，我也不知道是该高兴还是该悲哀，不过我想，他还给了你其他的承诺，比如他定会拔除你的后患，歼灭葛庄主与那帮兄弟之类的。否则，你不会不明白，三百匹战马、五千件兵器及五百担粮草不够打一次仗，也许还不够攻下半座城池，而葛庄主的数十万大军，对付你们这些刚刚兴起的军旅，那是太容易了。而只要用一批高手，将你们的马匹粮草付之一炬也不是难事，鲜于先生怎会傻得被这点东西就掩住了自己的眼睛，而换来一个大敌呢?”游四不依不饶地道。

“你果然聪明得可以。不错，他的确有这个承诺!”鲜于修礼应道。

游四笑了，笑得很邪很得意，但却让杜三心头发毛，让鲜于修礼的脸色越来越冷。

“他是在痴人说梦，不自量力!”游四不屑地冷笑道。

“你不觉得你将葛荣看得太高了吗?”杜三也不屑地反唇相讥道。

“事实胜于雄辩，有些事情根本就不用人去说，只要用自己的眼睛和脑子去观察去分析。这已经是明摆着的事情，何用我言明?”游四傲然道。

“葛荣之所以厉害，自有你的功劳，若是你死了之后，葛荣就等于少了一只手臂，又何惧之有?”杜三不屑地笑道。

“你也太看得起我了，我的确是应该感到骄傲，但事实上只是你们太天真了，天真得有些近乎可笑，也很可爱，若是葛庄主只有这么几把刷子的话，想来我也不必这般为之卖命了。事实证明，看轻敌人，始终只有最悲惨的结局。对于葛庄主来说，像我这样的人多不胜数，不是我妄自菲薄，在别人眼里，也许我还可算得上一个人物，但这只是一些目光短浅的人之见。”顿了一顿，游四向杜三冷然道，“你知道你们大王原来的身份是什么吗?”